Toni Lauerer · **Cordula**

Toni Lauerer

CORDULA

Eine Erzählung über Leben und Tod,
über Liebe und Rache,
über Freundschaft und Feindschaft,
über Schönheit und Schrecken im Wald

VERLAG ERNST VÖGEL

ISBN 978-3-89650-329-9

© 2011 Verlag Ernst Vögel, 93491 Stamsried

Herstellung: Druck+Verlag Ernst Vögel GmbH · 93491 Stamsried

Meinem guten Stern
mit großem Dank für so vieles

INHALTSVERZEICHNIS

Ein später Gast 1

Der Großvater 18

Ein unvergesslicher Morgen 25

Der Stammtisch 38

Der Tag danach 61

Ein verliebter Wirt 76

Skepsis einer Mutter 85

Der Geist der Vergangenheit 90

Im Wechselbad der Gefühle 110

Die große Liebe 125

Ein Regentag 130

Die Aussprache 143

Vorfreude und Angst 158

Der letzte Abend 165

Eine Tote kehrt heim 188

EIN SPÄTER GAST

Rolf räumte die Gläser von den Tischen auf der Terrasse und trug sie in die Wirtsstube. Ohne Hast, wie es seine Art war; zwischendurch blieb er einfach stehen, sah auf die hohen Fichten und Buchen, die majestätisch den Berggasthof umgaben und beschützten. Er atmete tief ein, sog die reine Luft in sich auf und schloss kurz die Augen. Und er lächelte zufrieden.

Jetzt war es wieder ruhig, außer dem leisen Säuseln der Blätter war nichts zu hören, auch der tagsüber so eifrige Gesang der Vögel war längst verklungen. Die letzten Gäste waren in die Nacht verschwunden. Die meisten waren Wanderer gewesen, wie immer hier heroben, die nach einer mehr oder weniger anstrengenden Tour ein frisches Getränk und eine herzhafte Brotzeit im Berggasthof zu schätzen wussten. Nur Gerd, der treue Stammgast, der beinahe schon zur Einrichtung gehörte, saß alleine noch drinnen am Stammtisch und rauchte eine Zigarette. Jetzt, nachdem alle „Fremden", wie er sie nannte, gegangen waren, konnte er trotz Rauchverbot gefahrlos in der Wirtsstube rauchen. Es störte keinen, schon gar nicht den Wirt, der selbst Raucher war.

Der Gerd! Er war zwar ein noch junger Mann von 24 Jahren, liebte aber die Natur und die Ruhe genau so wie Rolf. Discos, vordergründig „coole" Typen und sinnloses Gefasel, das man dort wegen der lauten Musik gottlob eh kaum verstand, waren ihm ein Gräuel. Ach, es war wieder ein schöner Abend gewesen – angenehme Temperaturen für Ende September hier heroben auf 900 Meter über dem Meer, nette und zufriedene Gäste und ein Umsatz, mit dem auch Rolf zufrieden sein konnte. Er wollte nicht reich werden. Hauptsache, es reichte zum wirtschaftlich sorgenfreien Dasein.

Während er gedankenverloren vor sich hinsummend seine Arbeit erledigte, hatte es ganz leicht und ganz leise zu regnen, eher zu tröpfeln, begonnen, eine frische Brise war aufgekommen und Wetterleuchten deutete ein scheinbar noch fernes Gewitter an.

Nicht alltäglich, ein Sommergewitter mitten im Herbst, aber auch kein Wunder nach einem ungewöhnlich heißen und schwülen Tag wie heute! Aber wer weiß, ob es hierher ziehen würde, vielleicht würden nur diese paar Tropfen als Ausläufer über dem Berggasthof niedergehen. Wieder atmete Rolf tief ein und genoss mit geschlossenen Augen den Moment. Dieser Geruch! Dieser Wahnsinnsgeruch! Dieser frische, würzige, sagenhafte Geruch nach Tannen, nach Fichten, nach Laub, nach Pilzen, nach Beeren und nach Moos! Nach prallem Leben und nach moderndem Vergehen! Es hatte fast den Anschein, als würden die Düfte des Waldes durch den einsetzenden Regen förmlich explodieren! Vor allem dieser unvergleichliche Geruch war es, der Rolf in diesem Moment denken ließ: Die Entscheidung, den Berggasthof hier auf dem Kreuzfelsen zu übernehmen, war die richtige!

Die Entscheidung, aus einer seit Jahren lieblosen Ehe auszubrechen, der Stadt und der ewig nörgelnden Frau den Rücken zu kehren und in neuer Umgebung seine Gedanken und sein Leben zu ordnen, war nicht nur richtig, sondern überfällig gewesen! Er hätte es eher tun sollen, viel eher! Und irgendwie fühlte er sich zu diesem Platz, zu diesem Haus zugehörig. Vermutlich lag es daran, dass sein Großvater vor langer, langer Zeit hier heroben auch einmal Wirt gewesen war – kurze Zeit nur, bis er dann bei einem Verkehrsunfall als noch junger Mann sterben musste.

Aber daran dachte er jetzt nicht, jetzt waren seine Gedanken überaus positiv, fast überschwänglich. Liebevoll strich er mit der Hand über eine der Holzplanken, die die Terrasse umrandeten.

„Glücklich allein zu sein ist besser als unglücklich zu zweit!", hörte er sich selbst leise sagen, als er lächelnd ein Tablett mit leeren Gläsern in die Wirtsstube trug. Er war zufrieden in diesem Augenblick, zufrieden mit sich und zufrieden mit der Welt. Es konnte kaum schöner sein!

„Was sagst, Rolf?", brummte Gerd, während er sich erneut eine Zigarette anzündete. „Ach nichts, passt schon, Gerd!", meinte Rolf, einigermaßen verwundert darüber, dass er mit sich selbst geredet hatte. „Ich räum noch fertig auf, dann rauchen wir zwei noch eine miteinander, gell! Kleinen Moment noch!" „In der Ruhe liegt die Kraft", lachte Gerd, „nur nicht hudeln!" Rolf stellte die Gläser hinter der Theke ab und ging wieder hinaus auf die Terrasse, um den Rest zu holen. Inzwischen war der Regen schon kräftiger geworden, auch der Wind, und der Wald dampfte, rauschte und wogte, als wollte er sich nach der Schwüle des Tages erholen und erleichtert durchatmen.

Rolf bückte sich, um eine auf dem Boden liegende leere Zigarettenschachtel aufzuheben. Als er sich geistesabwesend wieder aufrichtete, zuckte er erschrocken zusammen: Unmittelbar vor ihm stand jemand! So nah, dass er den Atem spüren konnte.

Im schwachen Schein des aus dem Gaststubenfenster schimmernden Lichts und wegen der vorbeiwabernden, vom warmen Regen verursachten Dunstschwaden konnte er keine genauen Konturen oder gar Gesichtszüge erkennen. So war er sehr erleichtert, als er eine angenehm weiche, weibliche Stimme sagen hörte: „Grüß Gott! Entschuldigen Sie bitte, ich glaube, ich habe mich verlaufen!"
„Um Himmels Willen, haben Sie mich jetzt erschreckt!", raunzte Rolf sie an, gar nicht souverän und charmant, wie es sonst seine Art, insbesondere gegenüber Damen, war. Aber man ist nicht charmant, wenn man am ganzen Körper zittert wie Espenlaub und wenn einem buchstäblich die Haare zu Berge stehen. Eben noch hatte er die himmlische Ruhe, nur untermalt von den Geräuschen der Natur, genossen, und nun diese unvermittelte, unheimliche, nächtliche Begegnung.

„Das tut mir leid, das wollte ich nicht", meinte verlegen sein Gegenüber und wich einen Schritt zurück, so als wollte sie sagen: „Ich tu dir doch nichts".

„Wo kommen Sie denn her, mitten in der Nacht und hier heroben, und auch noch bei diesem Wetter?", fragte Rolf, nun schon deutlich gefasster und freundlicher. Er war über sich selbst verärgert, weil er den späten Gast so angefaucht hatte. Sich so aufführen gegenüber einer Frau! „Rolf, du Idiot!", dachte er.

„Ich wollte den Wanderweg rund um den Kreuzfelsen gehen und irgendwann hab ich im Wald die Markierung nicht mehr gefunden und mich verlaufen. Und dann hab ich mir auch noch irgendwie den Fuß verknackst und konnte kaum mehr gehen. Das wurde zwar wieder besser, aber dann wurde es dunkel und es begann zu regnen und geblitzt hat es auch und ich war so erleichtert, auf einmal ein Licht zu sehen!", sprudelte es ängstlich und schutzbedürftig aus ihr hervor und sie deutete dabei auf das Gaststubenfenster, aus dem immer noch der schwache Lichtschein drang. Rolf sah besorgt nach unten auf ihre Füße. „Mit dem Fuß geht's schon wieder", sagte sie eilig, „aber verlaufen hab ich mich trotzdem!"

Sie strahlte genau jene Art Hilflosigkeit aus, die den Beschützerinstinkt in jedem Mann geweckt hätte. Und sie verfehlte auch bei Rolf ihre Wirkung nicht. Jeder Mann möchte gern der tapfere und furchtlose Ritter sein, zu dem die schöne Maid aufschauen und an den sie sich anlehnen kann, da war er keine Ausnahme. „Jetzt kommen's erst einmal mit hinein", beruhigte er sie, „hier draußen wird's langsam ungemütlich! Nicht, dass Sie mir noch krank werden!"

Der Regen prasselte nun schon kräftiger auf die Terrassentische und in den vollen Aschenbechern, die noch draußen standen, schwamm eine unappetitliche, braune Brühe. Ein Grollen deutete an, dass das Gewitter, das noch vor einigen Minuten so weit schien und nur als Leuchten wahrnehmbar war, ungewöhnlich schnell näher kam. Dankbar nahm die verirrte Wanderin das Angebot an und sie betraten gemeinsam die Wirtsstube. Rolf hatte fürsorglich seinen Arm um ihre Hüfte gelegt, es wirkte fast, als würde sich ein Vater rührend um seine Tochter kümmern. Der Altersunterschied zwischen den beiden war deutlich erkennbar. Das Mädchen hatte noch wie selbstverständlich einige leere Gläser von draußen mit hinein genommen, was Rolf einigermaßen überrascht, aber sehr wohlwollend lächelnd registrierte. Drinnen drehte er sich schnell neugierig um. Er wollte unbedingt sehen, zu wem diese angenehme, einschmeichelnde Stimme gehörte. Und er erschrak ein zweites Mal, diesmal aber aus einem ganz anderen Grund als vorher draußen auf der dunklen Terrasse: Vor ihm stand ein atemberaubend schönes, junges Mädchen! Groß, schlank, mit langen dunkelbraunen Haaren, die zu einem frechen Pferdeschwanz gebunden waren – und mit einem Lächeln, dem man als Mann nicht widerstehen konnte. Die Jeans, die Wanderschuhe und die eng anliegende orangefarbene Jacke wirkten sportlich, aber angesichts ihrer Traumfigur trotzdem feminin und elegant.

Rolfs Männerherz hüpfte in seinem Leib vor Freude, er schluckte beeindruckt, fast ehrfürchtig. Und er sprach seine Gedanken laut aus: „Wahnsinn!" „Wie bitte?", fragte sie, obwohl sie genau verstanden hatte, was er gesagt hatte und auch, aus welchem Grund er es gesagt hatte. Sie war sich ihrer Erscheinung und ihrer Wirkung auf das männliche Geschlecht durchaus bewusst – wenn man sehr schön ist, dann weiß man das auch. „Ach nichts", meinte Rolf, verlegen wegen seines unbeabsichtigten lauten Denkens, sagte dann aber, selbst überrascht über seinen Mut: „Also nichts für ungut, aber Sie sehen verdammt gut aus, verdammt gut! Ich glaube nicht, dass ich hier heroben schon mal ein so hübsches Mädchen gesehen habe! Ich glaube, ich habe überhaupt noch nie ein so schönes Mädchen gesehen!" Sie sah ihm amüsiert in die Augen und lächelte. „Danke," hauchte sie, „vielen Dank! Das ist aber nett von Ihnen!" „Entschuldigen Sie, aber das musste jetzt mal gesagt werden!" Hatte da eben wirklich er geredet? Hatte er das zu ihr gesagt? Das war doch sonst nicht seine Art, dermaßen mit der Tür ins Haus zu fallen! Lag es an diesem Mädchen, dass er sich so weit aus der Reserve locken ließ? Dass er sein Herz, ganz entgegen seiner sonstigen Gewohnheit, auf der Zunge trug? Es musste an ihr liegen! Sie forderte es, allein schon durch ihre äußere Erscheinung, regelrecht heraus, dass man ihr Komplimente machte.

„Vielen Dank!", wiederholte sie mit einem zauberhaften Lächeln und stellte die Gläser auf der Theke ab. „Übrigens, ich heiße Cordula! Mit „C"! Und Sie sind …?" „Ich heiße Rolf! Mit „R"!", lachte er, albern wie ein verliebter Sechzehnjähriger. „Und apropos, Cordula: Hier auf dem Berg duzt man sich normalerweise! Über 800 Meter Meereshöhe gibt's kein Sie!" „Aha! Und wie hoch sind wir hier?" „912, laut Atlas!" „Okay, dann ist ja alles klar! Ich hab's ja schon gesagt, ich bin die Cordula!" Sie lachte ihn an und er schmolz dahin. Er konnte sich nicht sattsehen an ihr.

„Und du der Rolf!"
„Bitte?" Vor lauter Bewunderung hatte er ihr nicht zugehört.
„Und du, du bist der Rolf!"
„Genau, ich bin der Rolf!"

Etwas verlegen standen beide da.

Rolf tat das, was er immer tat, wenn er nicht wusste, was er tun sollte: Er wischte mit einem Lappen die Theke ab, obwohl es gar nichts zu wischen gab. Das Mädchen übte einen Zauber auf ihn aus, den er schon lange nicht mehr gespürt hatte, vielleicht hatte er ihn überhaupt noch nie gespürt. Dass sie gut und gerne seine Tochter sein hätte können, daran dachte er in diesem Moment überhaupt nicht. Sie war schätzungsweise gerade mal zwanzig Jahre alt und er hatte vor Kurzem seinen fünfzigsten Geburtstag gefeiert. Egal, völlig egal! Zeit spielte bei dem Gefühl, das er gerade empfand, keine Rolle.

Schon gar nicht die Zeit, die zwischen seinem und ihrem Geburtsdatum lag. Aber er konnte das, was sich in seinem Inneren abspielte, nicht in Worte fassen, da unterschied er sich nicht von den meisten anderen Männern. „Danke für's Gläser herein tragen!", war alles, was ihm einfiel. Dabei hätte er ihr so viel zu sagen gehabt, so viel! Und so Schönes! „Gern geschehen!", lächelte sie ihn an und ihre Augen strahlten – er strahlte auch.

„Und ich, ich bin der Gerd!", riss ihn plötzlich eine vertraute, aber jetzt störende Stimme aus seinen Träumen. Ach Gott, der Gerd! Der war ja auch noch da! Den hatte er völlig vergessen. Überhaupt hatte er für einen Moment eigentlich alles vergessen und war in ihren grünen Augen versunken. Gerd hatte das Gespräch zwischen Cordula und Rolf verfolgt und es hatte ihn weniger amüsiert, als es ihn eigentlich amüsieren hätte müssen. Irgendwie missfiel es ihm, dass Rolf sich aufführte wie ein verliebter Gockel. Es hätte ihm egal sein können, er kannte das Mädchen ja nicht, aber es war ihm nicht egal, überhaupt nicht! Es störte ihn sehr, es nervte ihn, dass der Wirt so charmant zu ihr war! So übertrieben charmant, so hatte er ihn bisher noch nie erlebt. Er stand vom Stammtisch auf und reichte Cordula die Hand.

„Weißt, ich bin Stammgast hier beim Rolf im Bergwirtshaus! Ich bin sehr oft da, weil es hier heroben so schön ist! Der Berg, der Wald, überhaupt alles! Und die Ruhe! Ich mag den Lärm der Stadt nicht so!" Auch er war redseliger als gewohnt – und charmanter, da unterschied er sich an diesem Abend nicht von Rolf. „Ja, ich liebe sie auch, die Natur! Vor allem den Wald und die Berge!"

Während Cordula dies sagte, hielt sie immer noch Gerds Hand und der fühlte etwas, was er bisher noch nie gefühlt hatte. Schon öfter war es vorgekommen, dass ihm eine Kollegin, eine Nachbarstochter oder eine Zufallsbekanntschaft spontan gefallen hatte, aber was er in diesem Augenblick für dieses fremde Mädchen fühlte, dieses Gefühl kannte er noch nicht. Es war ein wunderbares Gefühl, er verging fast vor Freude. Es wäre eine beinahe märchenhafte Situation für ihn gewesen – wenn nicht Rolf daneben gestanden und sie verliebt angegafft hätte. Der wunderte sich. Was war denn heute mit Gerd los? Gerd, der normalerweise so schüchtern war, dass er schon rot wurde, wenn ein hübsches Mädchen überhaupt in seine Nähe kam. Gerd hatte diese Traumfrau einfach angesprochen! Einfach so. Und das, obwohl er nüchtern war! Denn wenn er seine üblichen fünf Bier intus hatte, dann war er anders, ganz anders! Dann hielt er sich für unwiderstehlich und war ein guter und meist auch charmanter Unterhalter, manchmal allerdings auch etwas zu aufdringlich. In diesem Zustand konnte er gar nicht begreifen, wenn eine Frau ihn nicht anziehend fand. Da konnte er richtig sauer werden, wenn er zurückgewiesen wurde und dann mussten ihn seine Freunde mit einem „lass es gut sein, Gerd" beruhigen. Er hatte sich schon öfters am Tag danach für das geschämt, was er im Alkoholdunst zu den Mädchen gesagt und wie er sie betatscht hatte. Nie und nimmer wäre ihm nüchtern so etwas passiert. Weder das Ansprechen noch das Betatschen. Die Leute sagten, das hätte er in den Genen – denn sein Vater und auch sein Großvater waren als junge Burschen genau so gewesen.

Aber heute hatte er nach dem ersten Bier seltsamerweise nur Wasser getrunken und trotzdem plauderte er munter drauf los. Eigentlich hatte er geplant, nur noch seinen Kaffee, der dampfend vor ihm stand, und eine allerletzte Zigarette zu genießen und dann heimzugehen. Es war zwar dunkel und die Strecke fast zwei Kilometer lang, aber er kannte die Gegend wie seine Westentasche. Er war ja hier aufgewachsen, wie auch schon seine Vorfahren. Aber nach Hause gehen? Jetzt? Unter diesen Umständen? Bei dieser Frau in seiner unmittelbaren Nähe? Nie und nimmer! Nein, er würde noch dableiben. Die Alternativen, daheim allein in seinem Bett zu liegen oder hier die Anwesenheit Cordulas zu genießen – es war sonnenklar, welche die bessere war.

Rolf war erstaunt. Aber nicht nur wegen Gerds ungewöhnlichem Charmeausbruch, auch etwas anderes fiel ihm auf und machte ihn sehr stutzig: Seine zwei Hunde, die üblicherweise jeden, aber auch jeden neuen Gast schwanzwedelnd und freundlich begrüßten und beschnupperten, kauerten schon die ganze Zeit unter dem Stammtisch, so als wäre Cordula nie hereingekommen. Auf Rolf machten sie fast den Eindruck, als hätten sie Angst. Aber wieso sollten sich seine Hunde vor einem so unglaublich hübschen Mädchen fürchten? Wahrscheinlich waren sie einfach nur müde. Er dachte nicht weiter darüber nach, es war ja auch egal.

„Könnte ich wohl auch noch einen Kaffee haben?", fragte Cordula. Sie hatte inzwischen ihren kleinen roten Rucksack auf die Eckbank gestellt, die den Stammtisch umsäumte, und sich neben Gerd gesetzt, den dies sichtlich mit Freude und Stolz erfüllte. Brav rutschte er etwas zur Seite, damit sie es bequem hatte. Aber er rutschte nicht zu weit, damit sich noch ein zufälliger Körperkontakt, eine leichte Berührung, ein sanfter Druck ergeben hätte können. „Es ist doch gestattet?", fragte sie freundlich. „Freilich! Gerne!", schnurrte Gerd und Rolf fühlte erstmals Eifersucht in sich aufsteigen, obwohl er seinem Stammgast und Freund eigentlich jede Freude gönnte. Es war ihm noch nicht bewusst, er merkte es noch nicht, aber ab diesem Augenblick begann die Freundschaft zu bröckeln. Und der Grund dafür war erst seit wenigen Minuten im Bergwirtshaus: Cordula hatte ihn schon in ihren Bann gezogen.

„Natürlich kriegen Sie … äh kriegst du einen Kaffee! Und soll ich dir gleich ein Taxi bestellen? Du willst doch sicher noch hinunter heute!" Er stellte diese Frage in der Hoffnung auf eine negative Antwort, ging aber doch hinter die Theke, wo das Telefon stand. Cordula zögerte. „Ah …, Rolf, ah …, warte noch kurz! Gäbe es denn hier eine Übernachtungsmöglichkeit?" „Ja schon", antwortete Rolf, „ich habe drei Fremdenzimmer im Obergeschoss des Anbaus! Aber sehr einfache Zimmer. So wie du aussiehst, bist du Besseres gewohnt!" „Wieso? Wie sehe ich denn aus?" Sie schüttelte amüsiert und kokett lächelnd den Kopf und sah ihn abwartend an. „Ja, so …, so fein, so gepflegt, so irgendwie mehr nach Sternehotel und nicht nach Berggasthof!" Sie lachte. „Danke für die Blumen! Ich sehe also aus wie eine verwöhnte Göre, der man nie und nimmer zutrauen würde, ohne Zimmerservice und Grandhotel zu überleben. Und die nur Champagner schlürft und Kaviar isst und mit einer deftigen Brotzeit nichts anfangen kann! So sehe ich also aus? Interessant! Na herzlichen Dank für diese tolle Einschätzung!" Sie versuchte, beleidigt zu wirken, aber selbst da war sie zum Anbeißen. „Nein, so war das natürlich nicht gemeint!", bemühte sich Rolf eifrig um Schadensbegrenzung.

„Er meinte ja nur, weil du so toll aussiehst", stand Gerd dem Wirt zur Seite, nicht ohne Eigennutz.Denn wenn der Himmel schon mal eine solche Traumfrau hier herauf schickt, dann darf man sie keinesfalls verprellen, dachte er bei sich. Dass sie eher aus der Hölle kam als aus dem Himmel, wussten zu diesem Zeitpunkt weder Gerd noch Rolf.

Nur sie selbst. Und wie zur Bestätigung grollte draußen unheimlich und bedrohlich der Donner.

„Wenn du hier übernachten willst – gerne! Wie gesagt, die Zimmer sind sehr einfach, aber sauber! Und die Betten sind frisch bezogen! Dusche gibt's leider nur eine gemeinschaftliche auf dem Gang. Aber da du der einzige Übernachtungsgast bist, gehört sie dir allein! Die Gemeinschaft besteht heute nur aus dir!", versuchte Rolf witzig zu sein. „Super!", freute sich Cordula, und die beiden Männer freuten sich auch, noch mehr als sie. Irgendwie hatten sowohl Rolf als auch Gerd das Gefühl, sie hätten eine Eroberung gemacht in dieser Gewitternacht. Der Verstand hätte ihnen signalisieren müssen, dass das nach den wenigen Minuten des Kennenlernens natürlich Unsinn war. Aber der Verstand war bei beiden ausgeblendet, nur das Gefühl war da und es war ein schönes Gefühl, ein sehr schönes. Rolf hatte während des Gesprächs den Kaffee für Cordula und auch für sich eingeschenkt und stellte ihn auf den Tisch.

„Du Rolf, da wäre noch was! Könntest du dich bitte kurz hersetzen, ich möchte dich etwas fragen", sagte Cordula zögernd, fast ein wenig verlegen. „Äh ..., ja freilich", meinte Rolf gespannt, „ich kann mich schon hersetzen zu euch, die anderen Gäste sind ja momentan gut versorgt!" Er lachte und zeigte auf die menschenleere, halbdunkle Gaststube. Bei dieser Gelegenheit sah er durch das Fenster, dass das Gewitter draußen jetzt ganz schön tobte. Grelle, gelbrote und bläuliche Blitze erhellten die Nacht und der Regen prasselte an das Fenster. Dass die Blitze ein Warnlicht des Himmels für ihn und auch für Gerd sein könnten, auf diese Idee kam keiner von beiden. Warum auch – es war ein perfekter Moment! Einer dieser Momente, die man nicht oft hat im Leben! Dieses Mädchen mit ihnen gemeinsam am Stammtisch bei einer Tasse Kaffee und einer netten Unterhaltung, weit weg vom Alltag und hoch über der banalen Welt! Eine ungewöhnliche Frau hatte die Gewöhnlichkeit ihres Daseins unterbrochen. Es sollte kein Morgen geben, solche Momente sollte man einfrieren können für die Ewigkeit!
Mit einem lauten Knall schlug der Wind plötzlich die Gaststubentüre auf und peitschte den Regen in den Raum. Cordula zuckte zusammen. Wenn auch die kalte Dusche nach dem schwülen Tag ganz gut tat, das war dann doch zuviel des Guten! Rolf sprang auf und schloss die Tür mit einem kräftigen Ruck. „Scheinbar habe ich sie nicht rich-

tig zugemacht", wandte sich Cordula an Rolf, „entschuldige bitte!" „Nein, da kannst du nichts dafür, die schließt schon seit Wochen nicht mehr richtig! Mensch Rolf, du musst mal einen Schreiner anrufen, damit er sie repariert!" Tadelnd sah Gerd den Wirt an, weil sich Cordula so erschrocken hatte. „Gleich morgen", entgegnete Rolf und setzte sich wieder an den Tisch. Mit der Bemerkung „heut kommt eh keiner mehr, bei dem Wetter" hatte er vorher noch die Türe abgesperrt.

„Also Cordula, was wolltest du mich fragen?" Sie zögerte abermals, ihr Blick senkte sich. „Ah ..., wie soll ich jetzt anfangen, es ist eigentlich eine längere Geschichte." „Wir haben Zeit," sagten Rolf und Gerd, unbeabsichtigt im Duett. Sie sahen sich an und lachten, aber trotzdem wünschte sich jeder, der andere wäre nicht da. „Also, in Kurzform", begann Cordula, „mein Freund, mit dem ich jetzt über ein Jahr zusammen war, hat eine kleine Werbeagentur und ich habe bei ihm gearbeitet. Letzte Woche hatte ich im Büro etwas vergessen und bin nochmal zurückgegangen. Ich habe ihn in flagranti mit meiner Kollegin erwischt. Auf meinem Schreibtisch! Dieses Schwein! Dieses verdammte Schwein!" Ihre Augen füllten sich mit Tränen. „Armes Ding!", wollte Rolf sie trösten und legte seinen Arm auf ihre Schulter, was Gerd gar nicht gefiel. „Ich weine nicht, ich ärgere mich nur, weil ich so blöd war und auf ihn reingefallen bin! Dieser Drecksack ist keine Träne wert!", sagte sie trotzig. „Trotzdem armes Ding", meinte Gerd, aber er freute sich über das, was er hörte.

Bei so hübschen Frauen, die auf einen unanständigen Mann hereingefallen waren, hatte man als anständiger Mann bessere Chancen, hatte man überhaupt erst eine Chance. Und dass gerade er ein anständiger Mann war, daran hatte Gerd nicht den geringsten Zweifel. In seiner Familie hatte es immer nur anständige Männer gegeben, schon sein Großvater und auch sein Vater waren im Dorf geachtet und hatten sich nie etwas zuschulden kommen lassen.

Rolfs Gefühle waren ähnlich – auch er wäre seiner Meinung nach ein viel besserer und treuerer Partner für Cordula gewesen als der charakterlose Ex-Freund.

Sie erzählte weiter: „So, und nun habe ich beschlossen, einen Schlussstrich zu ziehen und mich privat und beruflich neu zu orientieren!

Und weil ich die Natur und die Berge liebe und weil man bei einer Wanderung in frischer Luft am besten denken kann, bin ich hierher gefahren, um mal für mich alleine zu sein und auf andere Gedanken zu kommen!" „Und hast dich verlaufen", ergänzte Gerd, ohne auch nur eine Sekunde seinen sehnsüchtigen und bewundernden Blick von ihren Augen und Lippen abzuwenden. Es ist verblüffend, wie schnell man sich rettungslos verlieben kann. „Und habe mich verlaufen! Genau! So, und jetzt meine Frage an dich, Rolf: Könntest du hier heroben eine Hilfe gebrauchen?" „Eine Hilfe?" Rolf war perplex. „Wie Hilfe?" „Na, eine Hilfe beim Bedienen! Oder auch in der Küche – Brotzeiten herrichten kann ich bestimmt! Wie gesagt, ich möchte eine Zeit lang in Ruhe über meine Zukunft nachdenken, aber ich muss auch von was leben. Und vielleicht war es Schicksal, dass ich hier gelandet bin. Es sei denn, du brauchst niemanden. Dann schlafe ich mich aus und verschwinde morgen wieder, auch wenn es mir ehrlich gesagt leid täte! Ich habe mich fast schon in diese herrliche Landschaft verliebt! Und ihr zwei seid auch ganz nett, habe ich den Eindruck!" Allein Cordulas Frage brachte Gerds Herz zum Pochen.

Die Aussicht, diese Frau in nächster Zeit praktisch täglich sehen zu können, quasi mit ihr zusammenzuwohnen, ließ eine Vorfreude in ihm aufkommen, die kaum auszuhalten war. Er hatte schon oft davon gehört, aber jetzt fühlte er zum ersten Mal, was Schmetterlinge im Bauch waren. So was gab es doch normalerweise nur im Film oder im Märchen und nicht in der Wirklichkeit! Eine wunderschöne Prinzessin kommt zur Tür herein und fragt, ob sie bleiben darf und ob sie ein Bettchen für die Nacht haben könnte. Die Gebrüder Grimm hätten es nicht besser erdenken können! Das musste doch ein Traum sein! Es war keiner! Er strahlte sie weiter an.

„Ey Gerd, was schaust du denn so?", fragte Cordula und stupste ihn zart mit der rechten Hand am Oberarm. „Ach nichts", antwortete er selig. Sie hatte ihn berührt! Es musste doch ein Traum sein! „Also, wenn ich so überlege, ich könnte schon jemanden brauchen", meinte Rolf, „jetzt hat gerade die Wandersaison begonnen und wenn das Wetter hält, dann ist hier tagsüber bis Ende Oktober ziemlich was los! Für die nächsten fünf, sechs Wochen hätte ich Arbeit genug. Ich habe schon mal in der Zeitung inseriert, aber den jungen Mädchen ist es hier zu einsam! Gar nicht so leicht, jemanden zu finden!"

Für Gerd klangen diese Worte wie eine schöne Melodie – fünf, sechs Wochen – und abends, wenn die nervigen Wanderer weg waren, er ganz allein mit Cordula! Die Anwesenheit des Wirtes blendete er bei dieser Vorstellung einfach aus. Seine Gedanken gingen auf die Reise …

„Ich könnte dir freie Kost und Unterkunft geben und fünf Euro pro Stunde zahlen. Das ist nicht viel, aber das Trinkgeld, das du bekommst, gehört natürlich voll dir!", bot Rolf an. „Und so wie du aussiehst, bekommst du eine Menge Trinkgeld, vor allem von den Männern", säuselte Gerd mit seinem charmantesten Lächeln. „Ach komm, übertreib nicht! Aber danke für das Kompliment, Gerd!", erwiderte Cordula und stupste ihn erneut freundschaftlich an der Schulter, was ihn noch glückseliger machte, als er es ohnehin schon war. „Gut Rolf, das hört sich fair an, ich bin dabei", nahm sie das Angebot an. „Ich hab bloß im Moment keine Papiere dabei, eine Lohnsteuerkarte oder Ähnliches natürlich auch nicht! Meine ganzen Sachen liegen noch bei meinem Freund in der Wohnung, aber da möchte ich jetzt nicht hin! Ist das ein Problem?" „Wenn es für dich keines ist – für mich nicht! Wir können das ganz unbürokratisch regeln: Ich zahl dich am Schluss in bar aus, du unterschreibst mir eine Quittung, fertig! Wie du das dann mit dem Finanzamt regelst, geht mich nichts an." „Super", freute sich Cordula, „schlag ein, Chef!" Gerne nahm Rolf ihre warme, weiche Hand und besiegelte so den mündlichen Arbeitsvertrag. „Und ich bestätige das Ganze als Zeuge", lachte Gerd und legte seine rechte Hand auf die der beiden, nicht ohne dabei wie zufällig Cordulas Finger leicht zu streifen. Sie lächelte ihn an und ließ ihn gewähren.

Rolf, dem dies nicht verborgen geblieben war, spürte plötzlich trotz all der Freude über seine traumhafte neue Angestellte ein unangenehmes Gefühl. Was sollte das? Was sollte diese plumpe Berührung? Was bildete Gerd sich ein? Aber er ließ sich nichts anmerken. Noch nicht. „Apropos freie Kost – eigentlich hätte ich Hunger! Ist noch etwas Essbares da? Darf ich mir in der Küche eine kleine Brotzeit holen? Dann lerne ich die Örtlichkeiten gleich kennen, Chef", fragte Cordula. „Gerne", antwortete Rolf, „du brauchst nur an der Theke vorbei rausgehen auf den Gang, die erste Türe links ist die Küche!" „Alles klar, bis gleich!"

Cordula ging in die Küche. Und wie sie ging! Rolf und Gerd blickten ihr sehnsüchtig nach und hatten beide die Gedanken, die Männer haben, wenn sie eine Frau mit so einer Traumfigur mustern. Sie saßen da und konnten immer noch nicht so recht begreifen, was in den letzten Minuten geschehen war.

„Wahnsinn, was?", unterbrach Gerd die kurze Stille, während er sich eine neue Zigarette anzündete. „Absoluter Wahnsinn!", bestätigte Rolf selig seufzend und kopfschüttelnd, „also so was ist mir noch nie passiert! Ist die nicht super?" „Super ist gar kein Ausdruck! Du, ich glaube, das ist das hübscheste Mädchen, das ich je gesehen habe! Und das netteste!" „Ja, meistens sind sie entweder hübsch oder nett, aber wenn beides so extrem zusammentrifft wie bei der Cordula, das ist der positive Supergau!" Beide ergingen sich in Superlativen für die junge Frau in der Küche. Sie hatten sich beide in sie verguckt, so richtig, so rettungslos verguckt. Rolf aus der Sicht eines Fünfzigjährigen, der eine letzte Chance sah, seine Jugend noch einmal aufflackern zu lassen und Gerd aus der Sicht des belächelten Dauersingles, der es einmal allen zeigen wollte. Er und Cordula! Da würden seine Freunde staunen! Und blass werden vor Neid! Deren Freundinnen waren allesamt Dorftrampel gegen diese Frau! Dumme Kühe! Er dachte schon mit der Arroganz des Gewinners.
Zufrieden lächelten Rolf und Gerd still in sich hinein. Und keiner gönnte sie dem anderen. „Kommst du zurecht, Cordula?" rief Rolf nach hinten. „Jaja, alles klar!", hörten sie aus der Küche. „Aber hier gehört mal ordentlich aufgeräumt! Da werde ich mich mal morgen gleich drum kümmern!" „Du bist ein Schatz!", rief Rolf lachend, man hörte ein gutgelauntes „Danke" aus der Küche und Gerds Laune wurde schlagartig schlechter.

Wieso musste der „Schatz" zu ihr sagen? Der würde doch wohl nicht im Traum daran denken, eine Chance bei ihr zu haben, der alte Spinner! Schatz! Der könnte doch ihr Vater sein! War das ein Anzeichen von Senilität, dass er meinte, er und Cordula …? Unvorstellbar für Gerd! Aber auch er ließ sich, wie kurz zuvor Rolf, nichts anmerken. Noch nicht! „Genau, die ist ein absoluter Schatz!", sagte er gequält lächelnd zu Rolf. Sie schlürften schweigend ihren Kaffee und blickten sehnsüchtig in Richtung Küche, um durch das kleine Durchreichefenster vielleicht einen Blick von ihr zu erhaschen. Und jeder dachte, hoffte vom anderen, dass der nie bei ihr landen würde können. In dieser Beziehung unterscheiden sich erwachsene Männer nicht von kleinen Buben: Freundschaft kann schnell enden, wenn jeder das gleiche Spielzeug haben will.

„Ich glaube, das Gewitter ist vorbei", sagte Rolf nach einer Weile, „ich hör nichts mehr! Ich schau mal kurz raus!" Er ging auf die Terrasse und sah in einen sternenklaren Nachthimmel mit einem bleichen Halbmond. Es war ein kurzes Wetterintermezzo gewesen. Und nun war die Luft so frisch und klar und kühl wie schon lange nicht mehr. Jetzt merkte man, dass es doch schon Herbst war. Rolf atmete tief durch und sah hinauf zu den Sternen. Sein Glücksstern, an den er schon nicht mehr geglaubt hatte, war heute aufgegangen, da war er sich sicher! „Eine tolle Luft hier draußen, jetzt, nach dem Regen!", rief er zu Gerd ins Gastzimmer hinein. Dass seit einigen Minuten der Hauch des Todes das Bergwirtshaus umwehte – wie hätte er es in diesem Augenblick ahnen können! Er hob einen Sonnenschirm auf, den der Gewitterwind aus der Verankerung gerissen hatte und dachte an Cordula.

Die war zwischenzeitlich wieder ins Gastzimmer gekommen und hatte sich mit einem gut gefüllten Teller zu Gerd gesetzt. „Mmmhh, sieht ja toll aus!", bewunderte dieser ihr appetitliches Arrangement aus Tomaten, Gurken und Käse, „da kriege ich gleich selber Hunger!" „Magst probieren?", fragte Cordula und hielt ihm mit der Gabel eine Tomatenscheibe an den Mund. Lachend und voller Glückseligkeit schnappte es Gerd und auch sie lachte herzlich.
In diesem Augenblick kam Rolf herein. Seine zarten Gefühle wichen sofort einer quälenden, das Herz zusammenschnürenden Eifersucht, als er die beiden so vertraut sah. „Na, euch schmeckt's ja", meinte er mit gespielter Freundlichkeit. „Gerd, wolltest du nicht schon lange aufbrechen? Das Gewitter ist vorbei, es ist sternenklar draußen! Wie gemacht für einen Nachtspaziergang!" „Ja schon, aber ich kann dich doch mit so einer schönen Frau nicht alleine lassen, da bist du doch überfordert", lachte Gerd, doch es war nicht lustig gemeint. Er wollte die Zeit, in der der Wirt mit Cordula allein war, auf ein Minimum beschränken. Er wollte überhaupt die Zeit, in der Cordula mit anderen Männern zusammen war, auf ein Minimum beschränken. Am liebsten hätte er sie in ein Schatzkästlein gesperrt und immer mit sich

getragen. Es waren sehr besitzergreifende, sehr kranke Gedanken, die ihn beschäftigten.

„Geh nur heim, Gerd!", sagte Cordula, „wir sehen uns ja jetzt bestimmt öfter und dann können wir noch über Gott und die Welt quatschen, oder? Ich bin sowieso ziemlich müde. Ich ess noch einen Happen, dann leg ich mich hin. Ich muss doch morgen fit sein – mein erster Arbeitstag! Oder, Chef?", lachte sie Rolf an. „Genau!", sagte der und seine Laune hatte sich schlagartig gebessert. Ein klarer Sieg für ihn! Sie wollte mit ihm allein sein, das war doch offensichtlich! Sie wollte Gerd loshaben! Er jubelte und triumphierte innerlich. Aber auch Gerd war voller Hoffnung. Der Satz ‚wir sehen uns jetzt bestimmt öfter' war für ihn ein Zeichen, dass sich Cordula auf die Zeit und die Gespräche mit ihm freute. So stand er beruhigt und voller Hoffnung auf, drückte Cordula lange, viel länger als nötig, die Hand und verabschiedete sich mit einem „schlaf gut, bis morgen!" von ihr. Rolf musste sich mit einem ‚Servus', das er gleichgültig erwiderte, begnügen und Gerd verschwand, nachdem er bezahlt hatte, in der Nacht. Selten hatte er auf seinem Heimweg den Kopf so voller intensiver Gedanken.

Irgendwie hatte er das Gefühl, dass sich durch das Auftauchen von Cordula sein Leben verändern würde. Dass er damit nur allzu recht hatte und dass die letzte halbe Stunde der Beginn einer Katastrophe für ihn war, das wusste er nicht. Dass er dabei war, in einen Abgrund zu schlittern, das wusste er nicht. Dass der Tod soeben seine knochigen Finger nach ihm ausgestreckt hatte, das wusste er nicht. Und dass Cordula jemand ganz anderer, etwas ganz anderes war, als er und Rolf glaubten, das wusste er auch nicht. Er war einfach nur glücklich. Und er war verwundert, dass er zu einem Menschen nach so kurzer Zeit eine so gewaltige Sympathie spürte, eine Zuneigung, ein unsichtbares Band, ein stilles Verständnis. Das Wort ‚Liebe' spukte in seinem Kopf herum! Er fühlte, dass etwas Besonderes mit ihm geschehen war. Scharf war er schon öfter auf Mädchen gewesen, aber das war etwas anderes, etwas ganz anderes. Das Scharfsein hatte keine Substanz, das kam nicht vom Herz, sondern eher von den Hormonen. Bei Cordula, da kam es direkt vom Herz, da war er sich ganz sicher.

„Wahnsinn!", sagte er laut auf der schmalen Teerstraße, die zwischen hohen Fichten steil nach unten führte. Übermütig kickte er einen Tannenzapfen, der auf der Straße lag, wie einen Fußball in den Wald.

Er dachte an die erstaunten, an die dummen Gesichter seiner Freunde, wenn er ihnen Cordula vorstellen würde. Seine Freunde! Die mit ihren Dorfpflanzen, die sie als Freundinnen hatten! Die, die ihn immer gehänselt hatten, weil er bisher noch mit keiner etwas hatte! Denen würde die Kinnlade herunterfallen, wenn sie Cordula sähen! Und wenn sie dann sähen, wie gut er und Cordula sich verstehen, dann würden ihnen die Augen tropfen. Er lachte laut vor sich hin bei dieser Vorstellung. In dieser Vorstellung, die schon jetzt einen Hauch von Wahn hatte, gehörten sie ganz fest zusammen, er und Cordula. Dass sie eine völlig fremde junge Frau war, dass kein Mensch wusste, woher sie kam und wer sie war, dieser Gedanke hatte momentan keinen Platz in seinem Gehirn. Und dass er keinerlei Beziehung außer einem kurzen Gespräch zu ihr hatte, dieser Gedanke auch nicht. In bester Laune, summend, pfeifend und träumend schlenderte er nach Hause. „Gell, da schaust du! Die Cordula würde dir auch gefallen!", lachte er den Mond an, der groß und bleich genau über ihm stand. Totenbleich!

Es war eine Stunde vor Mitternacht, als er nach zwanzig Minuten Fußmarsch daheim ankam. Schlafen konnte er jetzt sowieso nicht, er war viel zu aufgekratzt. Er würde noch zum Großvater hineingehen und ihm alles erzählen. Genau! Der Großvater sollte als erster von seinem Glück erfahren. Von ihm und von Cordula und wie schön sie ist und wie gut er sich mit ihr versteht! Er freute sich, das Wunderbare, das er gerade eben erlebt hatte, dem geliebten Opa zu erzählen.

In der Zwischenzeit hatte Rolf im Bergwirtshaus noch seinen Kaffee getrunken und Cordula sehr gerne Gesellschaft geleistet. „Jaja, der Gerd", meinte er, „er ist schon ein netter junger Kerl, gell!" Er war sehr gespannt, was sie antworten würde. „Schon", sagte sie, „aber von netten jungen Kerlen habe ich zur Zeit die Nase ehrlich gesagt ziemlich voll! Du weißt schon, was ich meine! Ich habe gerade einen netten jungen Kerl hinter mir! Mir ist es nach dieser Enttäuschung lieber, ich kann mich auf einen Menschen verlassen! Und das muss nicht unbedingt ein netter junger Kerl sein! So richtig verlassen kann man sich auf solche jungen Hüpfer selten! Klingt jetzt blöd, weil ich selber auch noch so jung bin, aber glaub mir, ich weiß, wovon ich spreche!"
Was hatte sie gesagt? Wie war das? Rolf hörte es ungläubig, aber mit großer Genugtuung und Befriedigung. Das hieß doch ganz klar, dass ihr das Alter eines Mannes egal war! Das hieß doch, dass er als Fünf-

zigjähriger nicht chancenlos war, im Gegenteil! Das hieß doch, dass er hoffen konnte und das zu Recht! Das hieß es doch, oder? Längst war jegliche Vernunft von den Hormonen in den Hintergrund gedrängt worden. Er fühlte sich wie ein verliebter Teenager. „Und sie gehört mir jetzt ganz allein", dachte er völlig irrational, während er sie lächelnd beim Essen betrachtete. Sie lächelte zurück und sie wusste genau, was in ihm vorging. Und es war ihr recht so. Es war ihr sehr recht.

Sie verbrachten noch einige Minuten plaudernd am Stammtisch, dann ging Cordula in ihr Zimmer, das sich wie die anderen beiden Fremdenzimmer in einem Anbau befand, den man über eine kleine Rasenfläche hinter dem eigentlichen Gasthaus erreichte. Rolf begleitete sie charmant und beschützend bis vor die Tür und wünschte ihr eine gute Nacht. Er war zwar nicht mehr so jugendlich heißblütig wie Gerd, aber trotzdem wäre er schon heute gerne mit hineingegangen. Doch er hatte sich im Griff, noch hatte er sich im Griff. „Danke noch mal, dass du mich hier aufgenommen hast", sagte sie gähnend, „schlaf gut, bis morgen!" Selbst gähnend sah sie phänomenal aus!

Er ging zurück ins Gasthaus und legte sich ebenfalls schlafen. Er hatte seltsame, schon lange vergessene, aber schöne Träume in dieser Nacht. Auch Rolfs Leben sollte durch das Auftauchen von Cordula eine Wendung nehmen, eine dramatische Wendung! Auch ihn hatte der Tod schon im Visier. Hätte er es gewusst, er hätte sie augenblicklich hinausgeworfen und die Türe versperrt und vernagelt. Aber er wusste es nicht!

DER GROSSVATER

Gerd war seinem Großvater schon immer mehr verbunden gewesen als seinen Eltern.

Nicht, dass er sich mit Vater und Mutter nicht verstanden hätte, aber seinen Opa liebte er von klein auf heiß und innig. Er hatte ihn stets mehr als Freund denn als Verwandten angesehen. Besonders nach dem frühen Tod der Oma und kurz darauf auch seines Vaters hatten sie viel Zeit miteinander verbracht. Unzählige Stunden war er als Kind bei ihm in der Stube gesessen und hatte sich seine lustigen Geschichten und hintergründigen Lebensweisheiten angehört. Sätze wie „Denk immer daran, keiner schenkt dir was, ohne dass er was von dir will!" oder „Tu das, was du willst und nicht, was die Leute wollen!", hatten sich bei ihm eingeprägt. Besonders oft hatte der Großvater zu ihm gesagt: „Gerd, achte immer darauf, dass du ein reines Gewissen hast! Glaub mir, ein schlechtes Gewissen belastet dich mehr als ein Zweizentnersack auf dem Buckel!" Umso älter er wurde, umso mehr begriff er, dass in diesen auf den ersten Blick banalen Sätzen viel Wahrheit und Lebenserfahrung steckte. Umso mehr stimmte es ihn traurig, dass die Gespräche mit dem Opa seit einigen Wochen nur mehr sehr einseitig waren.

Nach einem plötzlichen Zusammenbruch bei einem Waldspaziergang war Großvater am ganzen Körper gelähmt und hatte sein Sprachvermögen verloren. Regungslos lag er seitdem im Bett und starrte an die Decke. Anfangs war es ein fast unerträglicher Anblick für Gerd, ihn so hilflos zu sehen und zu erleben, aber zwischenzeitlich hatte er sich an den Zustand gewöhnt. Und er hatte festgestellt, dass er sich trotz allem mit dem Großvater unterhalten konnte. Denn Bewegung und Sprache waren zwar blockiert, aber sein Gehör, seine Augen und sein Geist funktionierten noch. Und so hatten sich Gerd und sein Opa eine Kommunikationsmöglichkeit geschaffen. Gerd erzählte ihm wie früher, was er erlebt hatte und was ihn bewegte und der Großvater zeigte mit seinen Augen, was er dazu meinte. Einmal blinzeln hieß „ja" oder Zustimmung und zweimal blinzeln bedeutete „nein" oder Ablehnung. Diese Art der Unterhaltung hatte sich gut zwischen ihnen eingespielt. Und Augen können oft mehr sagen als der Mund.

Gerd öffnete die Tür zur Kammer, das Licht brannte, wie so oft. „Hallo Opa! Bist du noch wach?" Die Augen des alten Mannes sagten „ja". Gerd nahm sich einen Stuhl, setzte sich ans Bett und hielt die Hand seines Großvaters, so wie dieser oft die seine gehalten hatte, wenn er als kleiner Bub nachts Angst hatte vor Monstern, Vampiren und Geistern. Jetzt war das nicht mehr nötig, denn als Erwachsener war ihm klar, dass es Geister nicht gab. Er glaubte das zumindest.

„Du Opa, ich habe heute ein Mädchen kennengelernt – der absolute Wahnsinn! So was Hübsches und Liebes habe ich noch nie getroffen!", sprudelte es aus ihm hervor. „Verstehst du mich, Opa?" Ein erneutes Blinzeln bejahte die Frage. Der Großvaters freute sich mit ihm, wusste er doch, dass Gerd bei Mädchen bisher kein großes Glück gehabt hatte. „Gut! Und weißt du was? Ich glaube, sie mag mich auch! Wir haben uns so nett unterhalten! Und das Schöne ist: Wir werden uns in nächster Zeit sehr oft sehen! Sie bleibt nämlich einige Wochen als Bedienung im Wirtshaus auf dem Kreuzfelsen! Ist das nicht super? Du solltest sie sehen! Obwohl, du kannst sie ja sehen! Ich mach mit dem Handy ein Foto, dann bringe ich es dir mit! Du wirst staunen!"

Er hatte das Gefühl, dass der Großvater ganz leicht seine Hand drückte, so als wolle er ihm gratulieren. Aber das musste er sich wohl einbilden, denn wegen der Lähmung hatten die Arme und Hände seit dem Zusammenbruch im Wald keinerlei Kraft mehr. „Hey, und sie hat einen wunderschönen Namen – Cordula!", berichtete Gerd begeistert weiter. „Toller Name, gell? So edel irgendwie! Cordula!" Er sagte den Namen noch mal langsam, fast ehrfürchtig wie eine Hymne vor sich hin. Er wartete auf das bejahende Blinzeln der Augen, doch das kam diesmal nicht. Stattdessen waren sie plötzlich starr und weit aufgerissen! Diesen Blick hatte Gerd noch nie bei seinem Opa gesehen. Diesen angstvollen, verzweifelten Blick. Er war irritiert und machte sich Sorgen. „Opa, was ist denn? Ist dir nicht gut? Tut dir was weh?" Der alte Mann atmete heftig und stoßweise, die Augen nach wie vor weit offen und starr zur Decke blickend. „Soll ich den Arzt anrufen?" Ein kurzen zweimaliges Blinzeln verneinte die Frage. Dann blinzelte der Großvater erneut zweimal. „Jaja, hab schon verstanden, den Arzt brauche ich nicht zu holen. Ich glaube, ich habe dich überanstrengt mit meinem Gerede mitten in der Nacht! Entschuldige bitte! Aber ich wollte einfach meine Freude mit jemandem teilen. Jetzt schlaf gut, morgen erzähle ich dir mehr!" Er drückte dem Opa noch mal fest, aber liebevoll die Hand, tupfte ihm die Schweißperlen, die trotz der Kühle des Zimmers plötzlich entstanden waren, von der Stirn, machte das Licht aus und ging. Er machte sich Vorwürfe, weil er seinen geliebten Großvater spätabends noch belästigt und scheinbar sehr angestrengt hatte. Was er nicht wusste: Das zweite „Nein" des alten Mannes hatte nicht der Frage nach dem Arzt gegolten. Und die plötzlich weit aufgerissenen Augen waren kein Zeichen von Überanstrengung gewesen, sondern von blankem Entsetzen! Der Name *Cordula* war für den Großvater wie ein Stich ins Herz gewesen!

Aber Gerd hatte von alledem keine Ahnung – er konnte nicht wissen, welch schreckliche Bedeutung dieser für ihn so bezaubernde Name für seinen Großvater hatte. Welche unsäglichen Erinnerungen der Name bei ihm weckte, welche tödlichen Schatten der Vergangenheit plötzlich wieder aufgetaucht waren. Das alles konnte Gerd nicht wissen. Er ging zu Bett und dachte an Cordula. Dachte an die gemeinsamen Minuten mit ihr im Bergwirtshaus, an die kurzen Berührungen, die Blicke, die Worte. Glücklich seufzte er vor sich hin. Er dachte aber auch an den Großvater.

Es tat schon sehr, sehr weh, ihn so liegen zu sehen! Ihn, einen Mann, der immer so gesund und vital gewirkt hatte! Man musste ihn jetzt wickeln und füttern wie einen Säugling, und das mit 70 Jahren! Wieso passierte so etwas immer den Anständigen? Großvater war immer fleißig, höflich und bescheiden gewesen, nie hatte er sich etwas zu Schulden kommen lassen! Und wie beliebt er war! *War!* Jetzt ließ sich schon lange keiner seiner ehemals vielen Freunde und Stammtischbrüder mehr sehen. Es war ihnen peinlich, ihn so anschauen zu müssen, so hilflos, für nichts zu gebrauchen, immer von einem unangenehmen Duftgemisch aus Medikamenten, Schweiß und Urin umgeben. „So sind die Menschen", dachte Gerd, „wenn es dir mal richtig schlecht geht, kannst du dich auf keinen verlassen!" Aber er würde immer zu seinem Opa stehen! Der Geruch würde ihm nie etwas ausmachen, niemals! Und die Hoffnung, dass sich sein Zustand irgendwann wieder bessern könnte, würde er auch nie aufgeben! Nie! Was hatte man denn schon alles gehört! Wachkomapatienten, bei denen man schon alle Instrumente abschalten wollte, waren wieder aufgewacht, Tumore waren plötzlich verschwunden, medizinisch nicht erklärbar. Warum also sollte der Großvater sich nicht irgendwann wieder bewegen und mit ihm sprechen können? Ausschließen konnte man es nicht und ausschließen wollte er es nicht! Keiner wusste, warum er so plötzlich in diese Starre gefallen war und vielleicht würde er genau so unerklärbar wieder aus dieser Starre erwachen! Könnte doch sein! Mit diesen optimistischen Überlegungen schlief Gerd langsam ein, doch seine letzten Gedanken gehörten wieder Cordula. Seine Träume sowieso!

Am nächsten Morgen wachte er gutgelaunt auf. Irgendwie war er der Meinung, dass Cordula auch von ihm geträumt hatte heute Nacht. Seine Mutter war überrascht, einen so freundlichen, summenden und pfeifenden Sohn am Frühstückstisch zu sehen. Sie kannte ihn nämlich als klassischen Morgenmuffel, der zu spät aufstand, hastig einen Schokoriegel und einen Kaffee hinunterwürgte, den Sportteil der Zeitung überflog und dann hektisch und schlechtgelaunt in die Bank, wo er arbeitete, entschwand. Doch heute war es anders: Fix und fertig angezogen, mit schon gebundener Krawatte saß er da, bedankte sich bei seiner Mutter für den guten Kaffee, den sie ihm wie jeden Tag gemacht hatte. Mit seinen 24 Jahren wäre er längst in der Lage gewesen, dies selber zu tun. Aber die Mama brauchte jemanden zum Umsorgen und Verhätscheln! Der Papa war nicht mehr und Enkel gab es noch keine und würde es bei realistischer Betrachtungsweise in absehbarer Zeit wohl auch nicht geben. Also war der einzige Sohn das Objekt, bisweilen auch das Opfer ihrer mütterlichen Fürsorge. Und der Opa, ihr Vater. Aber den versorgte sie immer erst, wenn Gerd aus dem Haus war.

„Na, dir geht's ja heute recht gut, wie mir scheint!", lachte die Mutter den Sohn an. „Das kannst du laut sagen!", lachte dieser zurück, „mir geht es heute noch guter als gut!" „Das heißt besser und nicht guter!", verbesserte sie ihn liebevoll. „Weiß ich doch", grinste er, „aber mir geht's sogar noch guter als besser!" „Idiot!", entgegnete sie kopfschüttelnd. „Was freut dich so?" Es machte sie sehr glücklich, ihn so begeistert zu erleben. „Das erzähle ich dir später, jetzt muss ich in die Arbeit. Der Opa weiß es schon, dem hab ich's heute Nacht schon erzählt!" „Dem Opa? Heute Nacht?" „Dem Opa! Heute Nacht!" Sprach's und machte sich auf den Weg in Richtung Haustüre. Dann gab er seiner Mutter noch einen spontanen Kuss auf die Wange. Sie zuckte zurück, denn in dieser Familie war es nicht üblich, dass man sich ohne wichtigen Grund einfach küsste. Das musste schon etwas ganz Besonderes sein, das ihn so freute. Der letzte Kuss, den sie von ihrem Sohn bekommen hatte, lag lange zurück. Gerd streckte der über seine Zärtlichkeiten verwunderten Mutter noch die Zunge heraus und verschwand grinsend.

Was war denn in den gefahren? Die Mutter war verwirrt. Er, der meistens sehr still war und mit seinem Schicksal haderte, weil er mit 24 immer noch keine Freundin hatte, im Gegensatz zu den meisten Jungen in seiner Clique. Sie hatte ihm schon so oft gesagt, er solle doch mal in die Disco gehen oder auf einen Ball oder ein Fest, dort würde er dann schon ein Mädchen kennen lernen. Weil er war ja kein unansehnlicher junger Mann. Nicht nur nach Meinung einer liebevollen Mutter, auch objektiv. Etwas über 1,80 Meter groß, schlank, dunkelbraune Haare – ein hübscher Bursche. Etwas schüchtern zwar gegenüber dem weiblichen Geschlecht, aber das hatte er scheinbar geerbt. Sein Vater und sein Großvater waren auch nicht gerade das, was man einen Weiberhelden nennt. Etwas hölzern halt, aber grundanständig. Aber trotzdem, ein großes Problem wäre es für Gerd bestimmt nicht gewesen, mit seinem Äußeren zumindest Kontakt zu einem weiblichen Wesen zu knüpfen. Aber wo verbrachte er seine Abende? Im Wirtshaus auf dem Kreuzfelsen! „Da lernst du im Leben keine kennen!" Das hatte sie ihm schon oft gesagt, aber was das betraf, war er unbelehrbar, fast schon bockig! Als würde er fest daran glauben, da oben würde ihm eines Tages seine Traumfrau über den Weg laufen. „Wenn ich die Richtige finden soll, dann finde ich sie! Egal, ob in der Disco oder im Bergwirtshaus! Wenn es sein soll, soll es sein! Und wenn nicht, dann nicht!" Das hatte er einmal trotzig zu ihr gesagt. Dass in Gerds Phantasie dieser Moment nun gekommen war, dass wusste sie zu diesem Zeitpunkt noch nicht. Also blieb ihr nichts anderes übrig, als etwas irritiert den Kopf zu schütteln und das Frühstück für ihren Vater vorzubereiten. Wie auch immer, es freute sie, dass ihr Gerd heute so guter Laune war.

Mit den üblichen klein geschnittenen Butterbrotstücken und dem Tee, den sie ihm löffelweise an den Mund führte und dann hineinträufelte, betrat sie Großvaters Zimmer. Die Augen waren offen, er war schon wach. Er war immer schon wach um diese Zeit. Seit seinem Zusammenbruch schien er kaum noch zu schlafen. Sie hatte sich schon oft gefragt, was ihm den lieben langen Tag und die ganze Nacht wohl durch den Kopf ging.

Ach, ihr Vater! Der starke, souveräne Vater, zu dem sie immer bewundernd und voller Tochterliebe aufgeblickt hatte, weil er alles konnte und auf alles eine Antwort wusste! Weil ihn alle mochten und weil man so stolz auf ihn sein konnte! Diesen Vater gab es nicht mehr! Der, der vor ihr lag, war ihr fremd geworden. Sie schämte sich deswegen, aber der tiefe innere Bezug, den Gerd noch zu seinem Opa hatte, war ihr verloren gegangen. Zum eigenen Vater! Sie konnte nicht einmal genau sagen, an was es genau lag und wann genau es passiert war; vermutlich war es eine Art Schutzreaktion ihrer Psyche, damit sie das Elend, das sie täglich sah, täglich sehen musste, besser ertragen konnte.

„Guten Morgen Vater!", begrüßte sie ihn. Schon an dieser Anrede konnte man, konnte auch ihr Vater die Distanz erkennen, die zwischen ihnen entstanden war. Sie hatte ihn immer „Papa" genannt, auch als erwachsene Frau, die schon einen eigenen Sohn hatte. Immer war er der Papa für sie gewesen, bis zu diesem Tag im letzten Herbst, an dem er während eines Waldspaziergangs nahe des Berggasthofes plötzlich zusammengebrochen war. Bis heute konnte der Familie kein Arzt sagen, was der konkrete Grund für den „multiplen Kollaps", wie sie es nannten, war. Der ganze Körper inklusive des Sprachzentrums schien in eine Art Schockstarre verfallen zu sein. Daran hatte sich bis heute nichts geändert.

Mit einem Augenblinzeln erwiderte der Vater ihren Gruß. Aber sie hatte das Gefühl, dass es heute andere Augen waren als sonst – so ungläubig, so verstört, fast ängstlich war sein Blick. Was ging nur in seinem Kopf vor? Sie hätte es gern gewusst, aber außer ja und nein war ihm keine Mitteilung an seine Umwelt möglich. Sie träufelte ihm den ersten Löffel Tee in den stets halbgeöffneten Mund, aber er schluckte nicht wie gewohnt und die Flüssigkeit lief links und rechts seine Mundwinkel hinunter. „Hast du keinen Durst?" fragte sie ihn, während sie ihn mit einem Tuch abtupfte. Mit einem zweimaligen Blinzeln gab er ihr zu verstehen, dass er keinen Tee wollte und auch ihren Versuch, ihm stattdessen ein kleines Stück Brot in den Mund zu schieben, lehnte er mit einem geblinzelten „Nein" ab. „Na gut", meinte sie, „dann vielleicht später! Ist sonst alles in Ordnung?" Seine Augen bejahten, aber wieder fiel ihr diese Unsicherheit oder Ungläubigkeit in seinem Blick auf. Es war, als hätte er etwas gesehen, was er nicht glauben konnte oder glauben wollte. Aber sie konnte sich natürlich auch täuschen. Wenn man sein Leben damit verbringen muss, 24 Stunden am Tag im Bett zu liegen, dann kann es schon vorkommen, dass man mal einen schlechteren und mal einen besseren Eindruck auf seine Mitmenschen macht. Vielleicht war ihm nur nicht gut heute. Was sollte er schon Schockierendes gesehen haben, hier in seiner kleinen Stube?

„Soll ich dir die Windel wechseln?", fragte sie. Diese Frage war für sie die unerträglichste überhaupt. Einen erwachsenen Menschen, der bei klarem Verstand und noch dazu der eigene Vater ist, zu fragen, ob er einen neue Windel braucht, ist sehr belastend – für beide Seiten! Aber auch diese Frage verneinte er. „Na gut, dann lass ich dich in Ruhe und geh das Frühstücksgeschirr abräumen. Ich schau später noch mal vorbei. Bis dann, Vater!" Mit einem schwachen Blinzeln verabschiedete er sich und wieder hatte sie das Gefühl, dass Angst in seinen Augen lag, große Angst.

Und ihr Gefühl war richtig! Sie ahnte nicht, wie richtig!

EIN UNVERGESSLICHER MORGEN

Rolf war früher wach geworden als sonst. Entweder lag es am herrlich sonnigen Morgen nach dem erfrischenden nächtlichen Gewitter oder an der Vorfreude auf ein Wiedersehen mit seiner neuen Angestellten, von der er, wie Gerd auch, geträumt hatte. Wenn er ehrlich war – am sonnigen Morgen lag es eher nicht, *sie* war der Grund. Gutgelaunt vor sich hinsummend stieg er die Treppe hinunter zur Gaststube, um sich Frühstück zu machen. Dort angekommen, hielt er kurz inne. Würde Cordula schon wach sein? Dann könnten sie ja gemeinsam … Er wechselte die Richtung und ging in den Anbau mit den Fremdenzimmern, um sie zu fragen. „Fragen kostet nichts", sagte er zu sich selber, und außerdem: Je früher am Tag er mit ihr Kontakt hatte, umso besser! Und wenn er allein war mit ihr, ohne lästige Gäste, noch besser!

Gerade als er in den Gang, in dem sich die Zimmer befanden, einbiegen wollte, kam Cordula aus der Dusche. Sie war völlig unbekleidet, mit einem Handtuch rubbelte sie im Gehen ihre Haare trocken. Leise vor sich hinsingend verschwand sie in ihrem Zimmer, das sich unmittelbar neben dem Duschraum befand. Rolf hielt die Luft an, er war wie elektrisiert – und gleichzeitig erleichtert: Sie hatte ihn nicht gesehen, Gott sei Dank! Es wäre zu peinlich gewesen, für beide! Er war wie angewurzelt an der Mauerecke stehen geblieben! Da stand er jetzt, unfähig einen klaren Gedanken zu fassen! So etwas war ihm noch nie passiert. Was sollte er jetzt tun? Wie sollte er sich ihr gegenüber verhalten?

Er hatte sie nackt gesehen! Splitterfasernackt! Und sie war schön gewesen wie eine griechische Göttin! Er hatte noch nie eine so bezaubernde, so verzaubernde Frau gesehen, noch nie in seinem Leben! Schon gar nicht nackt! Er war heraufgekommen, um sie zum gemeinsamen Frühstück einzuladen. Und dann bei dieser Gelegenheit mit ihr zu plaudern und einen ersten wirklichen persönlichen Kontakt zu ihr herzustellen. Gestern Abend war es ja nur ein kurzes Antasten gewesen, außerdem war der Störfaktor Gerd dabei. Es hatte zwar gereicht, um Rolf total von ihr zu begeistern, aber trotzdem, mehr als ein paar Sätze hatten sie nicht gewechselt. Und jetzt? Jetzt hatte er sie nackt gesehen! Unglaublich! Wenn er nun gleich an ihre Türe klopfen würde, dann hätte sie ja denken können, er sei vielleicht schon etwas längere Zeit dagestanden und habe sie beobachtet, wie sie aus der Dusche kam. Das stimmte zwar, aber das durfte sie nie erfahren! Wie würde er da dastehen! Er wartete noch einige Zeit, dann entschied er sich, leise wieder nach unten zu gehen. Er konnte ihr im Moment einfach nicht in die Augen sehen. Aber den Anblick, der ihm so unverhofft zuteil geworden war, den würde er im Leben nicht vergessen! Er fühlte sich sehr privilegiert. Unbewusst interpretierte er die Begegnung als Wink des Schicksals dahingehend, dass er die Beziehung zu ihr intensivieren müsse.

In der Küche angekommen, atmete er noch mal erleichtert und tief durch. „Nicht vorzustellen, wenn sie mich gesehen hätte!", dachte er. „Diese Peinlichkeit! Und das am ersten Tag!" Was er nicht wusste: Sie hatte ihn gesehen! Sie hatte ihn nicht angeschaut, aber sie hatte genau gespürt, dass er dort stand und sie beobachtete. Und sie war ungezwungen und aufreizend langsam weitergegangen, so als wähnte sie sich völlig allein und sicher vor fremden Blicken. Sie kam ihr sehr gelegen, diese zufällige und für Rolf so unfassbare Begegnung. Kurz darauf saß er mit einer Tasse Kaffee und einem Käsebrot am Stammtisch. Der Radioapparat lief, er hörte ihn zwar, aber er nahm nicht wahr, was gesendet wurde. Auch was in der Zeitschrift stand, die er durchblätterte, registrierte er nicht. Er war immer noch völlig verwirrt von dem, was einige Minuten vorher passiert war. Bei aller Verwirrung spürte er aber auch ein enormes Glücksgefühl. Was er gerade gesehen hatte, das hatten bestimmt noch nicht viele Männer gesehen! Tief im Unterbewusstsein war er der kranken Meinung, Cordula gehöre jetzt ihm, irgendwie. Er lächelte in sich hinein und schüttelte den Kopf. „Wahnsinn!", sagte er leise vor sich hin, „absoluter Wahnsinn!"

Dumm war nur, dass er dieses unvergessliche Erlebnis niemandem erzählen konnte, ohne Gefahr zu laufen, dass derjenige es Cordula weitererzählt. Man konnte nie wissen! Und dann würde er ja wie ein Spanner dastehen! Nicht auszudenken! Außerdem war das eine Sache zwischen ihm und ihr, die niemanden etwas anging. Nein, es war besser, es für sich zu behalten! Es war sein süßes Geheimnis und das sollte es auch bleiben! Er war so in Gedanken, dass er gar nicht bemerkt hatte, wie Cordula die Gaststube betreten hatte. „Guten Morgen Rolf!", grüßte sie ihn mit einem bezaubernden Lächeln. Sie trug einen grauen Jogginganzug, aber selbst darin sah sie klasse aus. Jede andere hätte er verunstaltet – sie nicht! Im Gegenteil, es kam ihm so vor, als würde das an sich schmucklose Kleidungsstück durch sie förmlich geadelt. „Ah, Cordula! Guten Morgen! Moment, setz dich her, ich hol dir einen Kaffee! Möchtest du auch ein Käsebrot? Oder lieber Wurst? Oder frische Quittenmarmelade?"

Er wirkte dienstbeflissen wie ein Oberkellner. Man hätte denken können, er sei ein Angestellter und sie ein Gast. Er redete schneller als sonst, um dadurch seine innere Anspannung zu kaschieren. Während er sie ansah, spürte er zu seiner Bestürzung, dass er zu allem Überfluss auch noch rot wurde. Das war ihm lange schon nicht mehr passiert. Der Grund des Errötens war ihm natürlich klar. „Nein, danke, ich hol mir schon selbst was! Du brauchst mich doch nicht zu bedienen! Du bist der Chef und ich die Sklavin!", lachte sie. „Weil heute d...dein erster Tag ist", stammelte er verlegen, „als offizielle Begrüßung quasi!" Ihm war die Situation plötzlich unangenehm und er eilte mit gesenktem roten Kopf in die Küche, in der Hoffnung, dass dort die peinliche Röte aus seinem Gesicht weichen würde. Hoffentlich hatte sie es nicht bemerkt!

Sie hatte es natürlich sehr wohl bemerkt und sie kannte auch den Grund, aber sie rief ihm nur lachend nach: „Danke, Chef, für die nette Begrüßung!" Nach einer kurzen Pause hörte er, wie sie sich genussvoll und laut stöhnend räkelte. „Ach, habe ich gut geschlafen! Und du, Rolf?" „Äh ..., ja, ich auch, danke der Nachfrage!", rief er aus der Küche, während er liebevoll ihr Frühstück zubereitete. Zärtlich streichelte er die Tasse, aus der sie bald trinken würde. Von dem, was er geträumt hatte, wollte er ihr lieber nichts sagen – später vielleicht, wenn ihre Beziehung gefestigter war.

Seine Gedanken waren der Realität weit voraus. Er konnte sich kaum konzentrieren, dauernd hatte er das Bild vor sich, wie sie aus der Dusche in ihr Zimmer gegangen war. „Wahnsinn!", sagte er wieder und das verklemmte Erröten wich einem überlegenen, fast diabolischen Grinsen. Was war er nur für ein Glückspilz! Von dem, was ihm passiert war, träumt doch im Geheimen jeder Mann! Und bei ihm war es Realität geworden! Das Grinsen wurde breiter. Dann schüttelte er kurz den Kopf, als wollte er die unsauberen Gedanken hinausschleudern, setzte ein freundliches Gesicht auf und ging in das Gastzimmer. „So, bitte schön die Dame! Guten Appetit!" Mit charmantem Lächeln servierte er ihr gekonnt Kaffee und Brot und setzte sich dann ihr gegenüber. Und schon waren die unsauberen Gedanken wieder da!

Er fühlte sich sehr souverän, sehr beherrschend in diesem Moment. Sie saß vor ihm im Jogginganzug, aber er wusste, wie sie nackt aussah – zum Niederknien schön! Er hatte das Gefühl, als hätte sie ihm unfreiwillig ein Geheimnis verraten, das jetzt nur er kannte! Und das er niemandem verraten würde! Sie hatte ihn längst unrettbar in ihren Bann gezogen und sie wusste das. Er hielt es immer noch für den Beginn eines Abenteuers, besser noch einer langfristigen Beziehung zwischen einem Herrn mittleren Alters und einem jungen Mädchen, so wie man es oft in Romanen liest. Dass es der Beginn einer furchtbaren Tragödie war, ahnte er nicht.

„Das geht ja gut los!", lachte sie, während sie herzhaft vom Käsebrot abbiss, „ein gemeinsames Frühstück mit dem Chef. Das hätte ich mir gestern nicht träumen lassen! Gefällt mir!" „Wenn du willst, können wir jeden Tag so beginnen", bot er ihr erfreut an. „Bei dieser Gelegenheit können wir in Ruhe besprechen, was alles zu erledigen und zu machen ist. Einkaufen, Essen vorbereiten, Kühlschrank mit Getränken auffüllen und so weiter. Aber alles in Ruhe, ganz entspannt! Wir lassen uns nicht stressen hier oben auf dem Berg!" „Ja gern", antwortete sie begeistert, „dann machen wir immer beim Frühstück unseren Tagesplan!" „*Unseren* Tagesplan", hatte sie gesagt! „Unseren Tagesplan!" Süß! Als wären sie ein Paar! Der Gedanke gefiel ihm außerordentlich. „Und ich kann dir auch vorab ein bisschen was über unsere Stammgäste erzählen. Du wirst sie zwar eh kennen lernen, aber es schadet ja nichts, wenn du schon in etwa weißt, mit wem du es zu tun hast. Weil es sind schon ein paar seltsame Vögel dabei! „Ehrlich? Seltsame Vögel?" Sie lächelte ungläubig. „Wie meinst du das?" „Heute Abend treffen sie sich wie jeden Freitag und da wirst du sehen, wie ich das meine", deutete er vielsagend an. „Den Gerd kennst du ja schon." Sie zeigte sich erstaunt. „Der Gerd? Der von gestern Abend?" „Genau der!" „Ja, aber der Gerd, der ist doch kein seltsamer Vogel! Der ist doch ganz nett? Oder nicht?" Sie gab sich unsicher. „Naja, nett ist er schon, der Gerd. Also grundsätzlich ist er nett, aber ….", er sprach plötzlich leiser und fast geheimnisvoll „ aber was Frauen betrifft, da

hat er ein Riesenproblem!" „Ein Riesenproblem? Jetzt hör aber auf! Wieso Problem?" „Ja, er ist wahnsinnig schüchtern! Ehrlich gesagt, fast schon krankhaft schüchtern. Es sei denn, er hat zuviel getrunken. Dann ist er ein ganz anderer Mensch – und nicht immer angenehm! Da musst du als Frau aufpassen, er kann dann sehr zudringlich werden! Da hat er dann seine Hände nicht mehr im Griff!"
„Ach komm, Rolf", wiegelte sie ab, „so schlimm kann es doch nicht sein! Der war doch gestern Abend ganz unterhaltsam und anständig! Und schüchtern war er auch nicht, obwohl er kein bisschen betrunken war! Wir haben uns doch blendend unterhalten, oder nicht?" „Das hat mich allerdings auch gewundert", rätselte Rolf, „das hat mich sehr gewundert! Das war eine absolute Ausnahme gestern, normal ist er so hübschen Frauen gegenüber völlig verklemmt und bringt kaum ein Wort heraus! Seine Freunde vom Stammtisch ziehen ihn oft auf deswegen. Gestern war wirklich eine Ausnahme!"

Es gefiel ihm gar nicht, dass Cordula einen so positiven ersten Eindruck von Gerd bekommen hatte. Er hatte die Absicht, dies zu korrigieren und Gerd in kein allzu gutes Licht zu rücken, weil er sehr wohl bemerkt hatte, dass da eine gewisse Sympathie zwischen den beiden geherrscht hatte. Cordula gehörte ihm, sonst niemandem! Erst recht, nach dem, was heute morgen passiert war! Der Gedanke war zur fixen Idee geworden!

„Naja, wir werden sehen", sagte sie, „und sonst? Wer ist außer Gerd deiner Meinung nach noch ein seltsamer Vogel?" „Ziemlich peinlich ist der Klaus! Er hält sich für den schönsten Mann der Welt! Er sagt immer, von der körperlichen Ästhetik her spielt er in der Champions League! Okay, er sieht echt gut aus – braungebrannt, sportlich, groß, schlank. Aber rein intellektuell spielt er eher in der Kreisklasse. Auf deutsch gesagt, ist er ein Idiot! Er glaubt allerdings, mit seinem Fitnessstudiokörper und seinem Sonnenbankgesicht kann er jede haben. Und was das Schlimme ist, bei einigen hat das schon funktioniert! Er baggert auch jede an, die ihm über den Weg läuft, also nimm dich in Acht! Ich warne dich! Du siehst dermaßen toll aus, da wird er sich bestimmt nicht zurückhalten können! Auch wenn er seine momentane Freundin dabei hat – dem ist das völlig egal. Der wechselt die Freundin öfter als manche Männer die Socken!" Er lachte etwas hölzern. „Na, auf den Typen bin ich ja gespannt", sagte sie spöttisch,

„der wird sich wundern! Solche Pseudocasanovas sind bei mir genau an der richtigen Adresse! Für mich muss ein Mann warmherzig, gebildet und humorvoll sein und nicht sonnengebräunt und muskelbepackt! So ein Schönling kann bei mir nicht punkten, aber schon gar nicht!" Rolf gingen diese Sätze hinunter wie Öl. „Was macht denn dieser Klaus beruflich?", fragte sie. „Er ist Bademeister im Sommer und Skilehrer im Winter." „Logisch", spottete sie, „was auch sonst! Der Klassiker! Da hätte ich gar nicht zu fragen brauchen!"

Rolf freute sich sehr darüber, wie Cordula den Klaus beurteilte. „Und da wäre auch noch der Tommy", erklärte er weiter, „unser wandelndes Lexikon. Wenn du mal irgendwas nicht weißt – immer den Tommy fragen! Tommy weiß alles! Er liest alles, was ihm in die Hände fällt, er sieht sich im Fernsehen jede Dokumentation an, er googelt jeden Begriff im Internet, der Tommy ist schlicht und einfach ein Genie!" „Ja, das ist doch toll! Deswegen ist er doch kein seltsamer Vogel", wunderte sich Cordula. „Nein, der Tommy ist kein seltsamer Vogel, der Tommy ist schon in Ordnung, ein ganz anständiger, angenehmer, gebildeter Bursche. Er studiert Geschichte in München und kommt immer am Wochenende heim. Ich hab ja nicht gesagt, dass nur seltsame Vögel bei mir verkehren, einige sind halt dabei. Aber jetzt höre ich auf, über andere Leute zu reden, lass dich heute Abend überraschen, da wird noch der Toni kommen, der Franz und der Markus. Vielleicht bringt der eine oder andere seine Freundin mit, vielleicht auch nicht, schaun wir mal! Jetzt reden wir lieber mal über dich! Wo kommst du denn eigentlich her?"

Der Themenwechsel traf sie überraschend und war ihr sichtlich unangenehm. „Äh …, ich? Das ist eine lange Geschichte! Willst du das wirklich wissen? Obwohl, als Chef hast du ein Anrecht darauf, zu erfahren, mit wem du es zu tun hast."
„Willst du nicht darüber sprechen? Kein Problem, dann lassen wir das! Ich will nicht neugierig sein! Entschuldige!" „Nein nein, ist doch logisch, dass du Bescheid wissen willst, wen du da gestern eingestellt hast! Ich war bloß noch in Gedanken vertieft wegen deiner Stammgäste. Also eigentlich komme ich aus Österreich. Ganz in der Nähe der deutschen Grenze, in der Nähe von Passau. Meine Mutter stammte aus München, mein Vater war Österreicher. Meine Eltern sind beide schon gestorben …" „Oh, das tut mir aber leid!" „Naja, da kann

man nichts machen – Verkehrsunfall! Ich war damals noch klein und kann mich kaum an sie erinnern. Aufgewachsen bin ich dann bei meiner Oma in München. Die ist vor zwei Jahren auch gestorben, da war ich 22. Naja, Geschwister habe ich keine, Onkel und Tanten auch nicht und deshalb schlage ich mich seitdem alleine durchs Leben! Bis vor Kurzem mit Freund, jetzt ganz alleine!" Sie lächelte etwas hilflos. „Ach Gott, du armes Mädchen!", bedauerte sie Rolf und strich sanft über ihr Haar, das sie heute offen trug. War der süße Pferdeschwanz gestern schon ein optischer Genuss gewesen – mit wallendem braunen Haar sah sie atemberaubend aus! Und die Tatsache, dass sie ganz allein auf der Welt war und er ihren Beschützer spielen durfte, freute ihn ungemein.

Rolf war fast über sich selbst und seine vertraute Geste erschrocken, als er seine Hand auf ihrem Kopf spürte. „Oh, Entschuldigung", sagte er verlegen und zog die Hand schnell wieder zurück. Aber sie machte nicht den Eindruck, als sei es ihr unangenehm gewesen. Im Gegenteil – sie lächelte ihn an und er fühlte sich wunderbar!
Aber ihr Lächeln war ein verlogenes Lächeln, ein sehr verlogenes! „Du alter Bock!", dachte sie, „gibst hier den väterlichen Freund und Tröster und vor einer Viertelstunde hast du dich noch aufgegeilt wie ein pubertierender Teenager, weil du mich nackt gesehen hast! Du bist die selbe Drecksau wie alle anderen! Aber ihr werdet euch noch wundern! Und ihr werdet euch noch wünschen, ihr hättet mich nie getroffen!" Sie hatte ihre Gründe für diese Gedanken, aber Rolf hatte von alledem nicht die leiseste Ahnung. Verliebt grinste er seine Frühstückspartnerin an.

„Also, wie gesagt", riss er sie aus ihrem düsteren Denken, „heute Abend kommt der Stammtisch, so wie jeden Freitag. Das heißt für uns: Genügend Currywürste, genügend Pommes und genügend Weißbier für die Herren und Prosecco für eventuelle Damen muss im Haus sein! Denn die sind alle gute Esser und noch bessere Trinker! Außer Tommy – der fährt zum Schluss immer alle heim! Bloß Gerd nicht, der braucht weder ein Auto noch einen Fahrer, der geht traditionell zu Fuß. Er hat ja nicht weit, und es geht immer bergab, bis er zuhause ist." „Aha! Immer bergab! Und? Haben wir genug im Haus?", fragte sie. „Getränke schon, aber Wurst und Pommes müssten wir noch besorgen. Und Brot! Es sind nur mehr zwei Scheiben Brot in der Küche. Und Kartoffeln auch, denn bei diesem schönen Herbstwetter werden bestimmt tagsüber einige Wanderer heraufkommen. Und bei denen ist Kartoffelsuppe mit Würstchen nach wie vor der Renner! Das war schon vor 50 Jahren so und das hat sich bis heute nicht geändert – Wanderer essen Kartoffelsuppe mit Würstchen!", lachte er. „Genau Rolf, das war schon vor 50 Jahren so!", stimmte sie ihm zu. „Woher willst du denn das wissen, du bist doch viel zu jung!" „Naja", meinte sie geheimnisvoll, „ich weiß vieles, was man mir nicht zutraut!" „Weil du ein gescheites Mädchen bist!", machte er ihr ein holpriges Kompliment. „Eben, weil ich ein gescheites Mädchen bin!" „Sag ich ja!"

„Du Rolf, soll ich in die Stadt hinunterfahren zum Einkaufen? Ich kaufe gern ein, weil ich bin doch ein Mädchen!" Sie lachte. „Das trifft sich gut! Ich kaufe nicht gern ein, weil ich ein Bub bin!", lachte er zurück und fühlte sich wahnsinnig originell und kreativ. „Ich schreibe dir eine Liste zusammen, was wir alles brauchen, dann kannst du dich gleich auf den Weg machen. Vormittags ist hier unter der Woche eh kaum was los, die ersten Wanderer kommen um die Mittagszeit. Nur am Samstag und Sonntag, da geht's bei schönem Wetter schon ab zehn Uhr rund!" „Okay, dann schreib mal auf, damit ich unsere Speisekammer und unseren Kühlschrank wieder ordentlich auffüllen kann!"

Unsere Speisekammer! *Unseren* Kühlschrank! Rolf war begeistert! Es war wie in der Anfangszeit seiner Ehe, als zwischen ihm und seiner Frau noch eine gefühlsmäßige Basis da war, auf der man den Alltag aufbauen und bewältigen konnte. So fühlte er sich jetzt, so jung, so am Anfang von etwas Schönem, etwas Neuem. „Iss in Ruhe fertig", sagte er, „ich kümmere mich um die Einkaufsliste!" Er stand auf und verschwand in die Speisekammer, die gleich neben der Küche lag.

Cordula blieb sitzen und genoss den frischen, duftenden Kaffee. Ihr Blick fiel auf die zahlreichen Bilder an den Wänden. Die allermeisten zeigten das Gasthaus im Winter, traumhaft eingebettet in meterhohen Schnee. Auf manchen Aufnahmen waren Langläufer zu sehen, die gerade in die Loipe, die gleich vor dem Haus begann, einstiegen. Auch Fotos alter Stammtischrunden mit vielen gutgelaunten Gesichtern waren zu sehen. Besonders fiel ihr eines auf, das in Schwarzweiß aufgenommen war. Es hing an der Wand, die ihr gegenüber lag und war nicht nur schwarzweiß, sondern auch schon ziemlich vergilbt. Es wirkte viel älter als alle anderen. Etliche junge Männer waren darauf zu sehen, an deren Kleidung konnte man erkennen, dass das Foto irgendwann Anfang der sechziger Jahre aufgenommen worden war. Alle, die darauf abgebildet waren, machten einen feuchtfröhlichen Eindruck. „Das wird doch wohl nicht …", dachte sie und sie wurde plötzlich bleich im Gesicht. Sie stand auf betrachtete sich die Szenerie auf dem Foto aus der Nähe. Sie begann zu zittern. Sie wusste, wer die Männer auf dem Foto waren. Sie wusste auch, an welchem Tag dieses Foto gemacht worden war und von wem. Wie versteinert starrte sie darauf, besonders auf einen der jungen Burschen, der mit einem breiten, sehr sympathischen Lächeln in die Kamera blickte. Ihre Gedanken waren in diesem Augenblick weit, weit weg. Nicht örtlich, sondern zeitlich. Und sie waren düster, sehr düster!

Sie war dermaßen in das Bild vertieft, dass sie gar nicht registriert hatte, dass der Briefträger die Gaststube betreten hatte. Wie gewohnt war er ohne anzuklopfen hereingestürmt. „Guten Morgen Rol …" Er hielt schlagartig inne. Er hatte Cordula gesehen und war wie angewurzelt stehen geblieben; auch sie war erschrocken, fasste sich aber sehr schnell wieder. „Ist was?", fragte sie ihn, weil er immer noch mit offenem Mund dastand und sie anstarrte. „Haaallo!" Sie lachte angesichts des wie zur Salzsäule erstarrten Postboten. Der hatte damit gerechnet, dass Rolf in der Gaststube war, so wie jeden Vormittag, wenn er ihm die Post brachte. Und jetzt dieses Mädchen!

„Ah … Entschuldigung", stammelte er, „ich bringe nur die Post! Ist denn Rolf nicht da heute?" „Doch doch, er ist schon da! Er prüft nur die Vorräte, weil ich jetzt dann zum Einkaufen fahre!" „Zum Einkaufen? Sie? Also, ich will ja nicht neugierig sein, aber wieso fahren Sie als Gast für Rolf zum Einkaufen? Oder sind Sie verwandt mit ihm? Sind Sie seine Tochter?" „Um Gottes Willen, nein!", lachte sie. „Ich bin seine Angestellte! Ich werde ab sofort bis zum Ende der Wandersaison ein wenig mithelfen; gestern hat mich Rolf eingestellt." „Na das ist ja toll!", freute er sich sichtlich. „Gell", lächelte sie, „mich freut es auch sehr! Es ist schön hier heroben! Und ich kann sagen: Obwohl ich noch sehr jung bin, habe ich es beruflich schon bis ganz nach oben geschafft! Weil wir sind doch hier fast auf dem Gipfel!" Er lachte. „Aber im Winter ist es unten schöner, wenn du keine Winterreifen hast", versuchte er auch, allerdings ziemlich erfolglos, witzig zu sein.

Der Zauber, der von ihr ausging, hatte auch bei ihm seine Wirkung nicht verfehlt. Er war begeistert von ihrer makellosen Schönheit, ihrer freundlichen Unbekümmertheit und ihrer Fähigkeit, jedermann den Eindruck zu vermitteln, als könne sie ihn sehr gut leiden. „Dann werden wir uns ja in nächster Zeit öfter sehen", freute er sich. „Und damit du dann nicht immer ‚Herr Postbote' zu mir sagen musst – ich bin der Max! So nennen sie mich hier alle! Und weißt du, womit? Mit Recht, weil ich heiße so!" Wieder wollte er besonders originell sein. „Und ich bin die Cordula!" Sie drückte ihm die Hand und er lächelte selig. „Weißt du", wollte er sie aufklären, „über 800 Meter Meereshöhe sagt …" „Sagt man grundsätzlich Du! Ich weiß, ich weiß!" „Genau!" „Entschuldige bitte, Max, dass ich nur diesen Jogginganzug anhabe, aber ich bin gerade erst aus der Dusche gekommen und habe jetzt schnell mit meinem Chef gefrühstückt!" „Der sieht doch super aus, der Jogginganzug! Und einen schönen Menschen wie dich kann sowieso nichts entstellen!", meinte er charmant.

Es war ihm peinlich, dass er dabei seinen Blick auf den Ansatz ihrer Brüste gerichtet hatte, den der relativ weit geöffnete Reißverschluss nicht nur erahnen ließ. Sie hatte seinen verstohlenen Blick bemerkt und er hatte bemerkt, dass sie es bemerkt hatte. „Verdammt", dachte er, „das war jetzt blöd!" Bevor er weiter über das Missgeschick seiner in den Ausschnitt gewanderten Augen nachdenken konnte, kam Rolf zurück.

„Ah, der Max! Servus, Herr Postminister!", begrüßte er ihn lachend. „Du weißt ja Bescheid: Liebesbriefe und Tischreservierungen da lassen, Rechnungen wieder mitnehmen!" „Alles klar Rolf, wie immer!" Er gab Rolf einige Briefe, die dieser auf der Theke ablegte. „Magst einen schnellen Cappu?" „Immer wieder gerne", nahm Max das Angebot an. Er setzte sich an den Stammtisch. „Setz dich halt auch kurz her!", versuchte er Cordula in seine Nähe zu locken. „Nein, ein andermal! Du Rolf, ich geh mich dann mal umziehen", sagte sie, „hast du die Einkaufsliste schon fertig?" „Alles ordnungsgemäß notiert, Chefin", meldete der militärisch gehorsam, grinste aber dabei wie ein Lausbub, während er den Cappuccino für den Briefträger herrichtete. „Ach komm, der Chef bist doch du", kokettierte Cordula. „Also dann, ihr beiden – bis gleich!" „Ja servus! Bis morgen … äh …" Max hatte dummerweise ihren Namen vergessen. „Cordula!" „Genau! Bis morgen Cordula! Seltener Name – aber schön! Cordula!" Er wiederholte es andächtig und langsam. „Und nicht nur der Name ist schön!" „Oh, danke für das Kompliment!" Sie ging in ihr Zimmer und beide Männer blickten ihr sehnsüchtig hinterher.

Als sie draußen war, konnte Max seine Begeisterung nicht mehr zurückhalten. „Verdammte Kacke, Rolf! Wo hast du denn diesen Hasen aufgegabelt?" „Die ist mir zugelaufen", antwortete der Wirt wahrheitsgemäß mit stolzem und breitem Grinsen. „Zugelaufen? Wie zugelaufen? Willst du mich verarschen? So was läuft einem doch nicht zu! Mir ist noch nie was zugelaufen! Einmal eine Katze, aber so was noch nie!" „Gestern Abend kurz vor dem Gewitter stand sie auf der Terrasse. Ich bin noch mordsmäßig erschrocken, weil sie so plötzlich aufgetaucht war und weil es schon dunkel war!" „Also, so ein Wahnsinnsweib weckt in mir so manches Gefühl, aber nicht Erschrecken! Du verdammtes Glücksschwein! Ich bin dir echt neidisch!", sagte Max. „Ich freu mich jetzt schon auf die Stielaugen, die meine Stammtischburschen heute Abend machen werden!" Rolf strahlte vor froher Erwartung und innerer Genugtuung über den Fang, den er mit Cordula vermeintlich gemacht hatte.

„Unsereiner läuft sich unten im Tal die Füße wund, damit er mal was aufreißt und du? Dir liefert sie der liebe Gott frei Haus hier auf den Berg herauf! Du verdammter Duselbauer!" Max gab sich betont neidisch, um damit zu überspielen, dass er tatsächlich sehr neidisch auf Rolf war. Er trank seinen Cappuccino aus. „Danke für das Heißgetränk!", sagte er, „aber jetzt muss ich wieder weiter! Die Post trägt sich nicht von alleine aus!" Wie den gängigen Klischees über das schlechte Verhältnis zwischen Hunden und Postboten zum Trotz streichelte er die beiden Irish Setter von Rolf, die freudig an ihm herumschnüffelten. Er war für sie ein vertrauter Bekannter und sie wussten, dass er immer wieder mal ein Leckerli mitbrachte, das er extra vom Metzger für sie besorgte. Heute hatte er leider nichts dabei, was sie mit hängenden Köpfen registrierten. „Das nächste Mal wieder, versprochen", tröstete er sie und es sah fast so aus, als hätten sie ihn verstanden. „Bis morgen, ihr beiden! Servus Rolf!" Er streichelte die Hunde, die ihn schwanzwedelnd bis hinaus zu seinem Auto begleiteten, ihm dann sehnsüchtig nachblickten und dann zurück ins Wirtshaus trotteten.

Solange Cordula nicht anwesend war, gingen sie wie gewohnt ihrer Wege, kaum war sie im Gastzimmer, suchten sie Schutz und verhielten sich seltsam ruhig. Das konnte man auch jetzt wieder beobachten, denn gerade als Max weggefahren war, kam Cordula ins Gastzimmer. Sie hatte die selbe Kleidung an, die sie am Vorabend getragen hatte. Schlagartig war die Fröhlichkeit der Hunde verflogen und sie verschwanden unter einen Tisch. Diesmal war es sogar Rolf aufgefallen und kopfschüttelnd wandte er sich an Cordula: „Schau dir die beiden an! Die haben scheinbar einen Riesenrespekt vor dir! Das bin ich gar nicht gewohnt, dass die vor irgendwem Respekt haben – komisch! Normal haben die nicht mal vor mir Respekt!" „Die kennen mich bloß noch nicht, das wird schon", beruhigte ihn Cordula, „also, ich wäre dann soweit!"

Es ärgerte sie, dass die Hunde offenbar instinktiv spürten, was mit ihr los war, welch negative, morbide Aura sie umgab. „Gut schaust du aus!", schmeichelte Rolf. „Naja! Ich habe leider momentan nur die Sachen, die ich anhabe und meinen alten Jogginganzug, den ich für alle Fälle immer im Rucksack mitschleppe. Aber vom ersten Lohn kaufe ich mir eine zweite Hose und eine schöne Bluse – versprochen! Du sollst doch eine vorzeigbare Bedienung haben!" „Wenn du meinst, aber mir gefällst du auch so", säuselte er, während er plötzlich daran dachte, dass sie ja auch Unterwäsche brauchte und im selben Augenblick über seinen eigenen Gedanken erschrak.

Als hätte sie in seinem Kopf gelesen, fragte sie ihn, ob sie nicht einen kleinen Vorschuss bekommen könne, um zumindest einige Slips kaufen zu können. Er wurde fast rot, weil er sich irgendwie ertappt fühlte. Konnte sie Gedanken lesen? „Äh …, natürlich, kein Problem", druckste er verlegen hervor. „Kauf dir, was du brauchst! Bringst mir einfach die Quittung mit, dann können wir später abrechnen!" „Danke Chef, sehr nett!", sagte sie mit einem zauberhaften Lächeln. „Und jetzt gib mir die Einkaufsliste und den Autoschlüssel, damit ich mittags wieder da bin! „Da ist die Liste und schau her, ich zeig dir gleich, welcher Schlüssel wofür passt!" Er zog einen Schlüsselbund aus der Tasche, an dem sich neben dem Autoschlüssel die Schlüssel für die Haustür, das Gastzimmer, den Anbau und den Briefkasten befanden. „Alles klar, Cordula? Der Einkaufskorb ist im Kofferraum!" „Alles klar, Chef! Dann mach ich mich auf den Weg!" „Zwei Schachteln Zigaretten könntest du mir noch mitbringen!", rief er ihr nach, „ist kaum mehr was da zum Rauchen!"

„Geht klar!"

„Du fragst ja gar nicht, welche Marke", wunderte er sich. „Ich kenne deine Marke, auf der Theke liegt doch die angebrochene Packung!"

„Kluges Mädchen!", lobte er sie und sie verschwand lachend nach draußen. „Genau", sagte sie, „ich bin ein kluges Mädchen!"

Aus der Tatsache, dass sie so aufmerksam ihm gegenüber war, schloss Rolf voller Stolz und Hoffnung, dass sie Interesse an ihm hatte. Nicht nur als Chef, auch als Mann. Ach, was würden für schöne Wochen vor ihm, vor ihnen liegen! Und wer weiß, vielleicht würden aus den Wochen Monate? Jahre …? Er zündete sich eine Zigarette an und träumte vor sich hin.

Sie hatte auch Interesse an ihm! Aber aus ganz anderen Gründen, als er glaubte!

DER STAMMTISCH

Gerd war normalerweise der Erste, der jeden Freitag am Stammtisch saß, heute komischerweise nicht. Draußen dämmerte es schon leicht und er war noch nicht da. Tommy fuhr gerade zum zweiten Mal auf den Parkplatz neben der großen Linde, seine Mitfahrer stiegen aus und er ging mit ihnen in die Gaststube. Toni und Franz hatte er schon vor einer halben Stunde heraufgebracht, ebenso wie Klaus und dessen aktuelle Freundin; jetzt hatte er Markus und dessen Studienkollegin aus München dabei. Sie wollte gerne ein Wochenende in der Natur verbringen und außerdem mussten sie und Markus ein gemeinsames Referat erarbeiten. Sie schlief bei ihm zuhause im Gästezimmer und da er sie schlecht alleine dort sitzen lassen konnte, hatte er sie zum Stammtisch mitgebracht.

Die drei betraten das Gastzimmer. „Habt ihr den Gerd gesehen?", rief der wie immer braungebrannte und makellos gestylte Klaus den Neuankömmlingen entgegen. An ihn geschmiegt saß, wie ein Kätzchen schnurrend, seine Freundin: Platinblond, viel zu aufdringlich geschminkt und ständig dümmlich grinsend. Aber intelligent brauchte sie ja nicht zu sein, nicht bei Klaus! „Zum Reden brauch ich einen Kumpel und keine Frau", pflegte Klaus immer zu sagen, um dann grinsend hinzuzufügen: „Frauen brauch ich für was anderes!" Keiner ging auf seinen primitiven Beitrag ein. „Nö, den Gerd hab ich nicht gesehen", antwortete Tommy, „draußen ist er nicht! Oder?" Er drehte sich um zu Markus, aber auch der schüttelte den Kopf. „Naja, entweder ist er krank oder er kommt noch – ich brauch ihn nicht", meinte Klaus in seinem selbstgefälligen Ton. „Oder Schnucki, was meinst du? Brauchen wir zwei Hübschen den Gerd?" „Nein Schatzi!", hauchte seine Begleiterin mit einer Stimme, die man irgendwo zwischen sexy und doof, eher bei Letzterem einordnen konnte, „den Gerd brauchen wir nicht! Wir haben doch uns!"

Klaus drückte ihr als Belohnung für diese klugen Worte einen Kuss auf die Lippen, nicht ohne vorher seine gepiercte Zunge für alle sichtbar auszufahren. So kannten sie ihn, den selbsternannten Sexgott – unheimlich extrovertiert und ohne jede Zurückhaltung. Sie erwiderte seinen Kuss und belohnte ihn für diese ihrer Meinung nach zärtliche Geste mit einem eindeutigen Griff an den obersten Teil seines linken Oberschenkels. Jedem anderen wäre das peinlich gewesen – Klaus reagierte mit einem begeisterten „ey weiter so Schatz, die Richtung stimmt!" Die anderen wussten nicht so recht, ob sie über diese Geschmacklosigkeit lachen sollten oder nicht.

„Leute, das ist die Claudia! Sie studiert mit mir Geschichte und wohnt über das Wochenende bei uns!", unterbrach Markus das Liebesgeflüster der beiden, was diese aber nicht störte. „Hallo!", grüßte Claudia und setzte sich zusammen mit Markus und Tommy an den Tisch, „also ich bin die Claudia! Schön, euch kennen zu lernen!". „Äh, apropos Claudia: Wie heißt eigentlich du?", fragte Klaus seine Gespielin. „Ja sag mal, weißt du das nicht?", reagierte sie empört, „das weißt du echt nicht? Jennifer heiße ich! Ich glaub, ich spinne!" Sie schüttelte beleidigt den Kopf. „Natürlich weiß ich das", lachte er, „das war doch ein Witz!" „Ich find das aber gar nicht witzig!", schmollte Jennifer, und was sie nicht wusste – es war auch kein Witz! Klaus ging nicht weiter darauf ein, seine Aufmerksamkeit galt nun Claudia, die aus seiner Sicht relativ attraktives Frischfleisch bedeutete. „Ey Markus," plärrte er anerkennend, während er den Arm von seiner Freundin löste, „geile Braut! Und so was reißt man an der Uni in Geschichte auf? Wenn ich das gewusst hätte, hätte ich auch den Quali gemacht und dann studiert! Ich dachte immer, solche Leckerbissen findet man nur bei mir im Freibad! Weißt du Claudia, ich bin Bademeister! Spezialist für Feuchtgebiete aller Art!" Er strahlte sie mit seinen blendend weißen Zähnen an, was seine Freundin mit einem eifersüchtigen und beleidigten Blick registrierte. „Aha! Schön für dich!", meinte Claudia trocken, „aber vielen Dank, kein Bedarf!" „Oh, die Dame ist heute nicht gut drauf! Haben wir wohl unsere Tage!", kommentierte Klaus die für ihn ungewohnte Abfuhr auf den seiner Meinung nach höchst originellen Gag. Alle anderen quittierten seine misslungene Anmache mit Gelächter.

Sie kannten sie ihn ja, ihren Klaus mit seinen doofen Sprüchen. In gewisser Weise war er ein Idiot. Eigentlich nicht nur in gewisser Weise – er war ein Idiot! Aber man konnte sich auf ihn als Kumpel verlassen. Wenn man jemand brauchte auf eine oder mehrere Halbe Bier oder für eine Wanderung – Klaus war immer dafür zu haben und immer abrufbereit! Er hatte immer Lust und immer Durst!

Plötzlich verstummte das Gelächter am Stammtisch. Cordula war hereingekommen. Sie trug einen schwarzen Rock und eine weiße Bluse, die sie sich am Vormittag in der Stadt gekauft hatte. Das Weiß der Bluse ließ ihre dunklen Haare noch besser zur Geltung kommen und der Rock betonte ihre makellose Figur und ihre schlanken, gebräunten Beine. Die anwesenden Männer erstarrten vor Verzückung, die beiden Damen vor neidvoller Bewunderung. Klaus war der erste, der seine Sprache wieder fand. Mit einem fast schon feierlichen und ehrfürchtigen „leck mich am Arsch!" kommentierte er das Erscheinen Cordulas mit den Worten, die für ihn in diesem Augenblick höchste Anerkennung ausdrückten.

Die ersten Getränke hatte Rolf gebracht und Cordula war noch in der Küche beschäftigt gewesen. Jetzt stand sie vor dem Stammtisch, lächelte, und sagte zu Klaus: „Na, das ist ja mal eine nette Begrüßung!" Der wurde, was man bei ihm selten beobachten konnte, sehr verlegen. „Äh …, äh …, sorry, aber ich bin …, du bist …, also so was habe ich jetzt nicht erwartet! Du heilige Scheiße!" „Ja, was hast du denn erwartet?", fragte sie ihn kokett. „Was ich erwartet habe? Den Rolf habe ich erwartet mit seiner wettergegerbten Pickelfresse! Aber nicht eine Märchenprinzessin wie dich – mit Lippen rot wie Blut und Haaren schwarz wie Ebenholz! Mensch Schneewittchen, du siehst ja verboten gut aus!" Er war wieder zur gewohnten Form aufgelaufen.
„Oh danke! Dann sei dir die etwas rustikale Begrüßung verziehen!", lachte Cordula. Franz, Markus, Tommy und Toni starrten sie immer noch wortlos und ungläubig an. Im Hintergrund an der Theke freute sich Rolf über seine gelungene Aktion. Er hatte nämlich Cordula ganz bewusst gebeten, erst in die Gaststube zu kommen, wenn alle Mitglieder des Stammtisches da sind. Er wollte die überraschten Gesichter genießen und genau das tat er jetzt. Grinsend nahm er zur Kenntnis, welche Reaktionen Cordula ausgelöst hatte. Genau so hatte er es sich vorgestellt und gewünscht! Er betrachtete es als seinen persönlichen Erfolg, obwohl sie im Brennpunkt des Geschehens stand und nicht er. Aber sie war ja seine Cordula – dachte er zumindest. „Und? Was darf ich euch bringen?", unterbrach Cordula die Gedanken von Rolf und die der Gäste, indem sie sich an die Neuankömmlinge wandte.

Alle bestellten ihre Getränke und es war sehr amüsant, zu beobachten, wie sehr sich die anwesenden Herren bemühten, angesichts der bildhübschen Bedienung besonders locker und cool zu wirken. „Und eine Runde Obstler zu Ehren der unbekannten Prinzessin!", rief ihr Klaus nach, während sie zu Rolf an die Theke ging. „Sehr wohl, der Herr!", antwortete sie und drehte sich kurz lächelnd zu Klaus um. Auch sie war zufrieden mit ihrem Auftritt und dessen Wirkung. Die verträumten Blicke aller anwesenden Herren und die neidvollen der Damen hatten ihr gut getan.

Während sie mit dem Wirt die bestellten Getränke einschenkte, lebte die Konversation am Stammtisch unter dem Schutz der Radiomusik wieder auf. „Kennt die jemand?", sah Toni fragend in die Runde. Alle zuckten mit den Schultern oder schüttelten den Kopf. „Nie gesehen, leider", sagte Tommy, „Klaus, du als größter Aufreißer zwischen Wolga und Mississippi – kennst du sie auch nicht?" „Nö", meinte dieser, „ehrlich nicht! Die muss bisher im Kloster gewesen sein oder im Ausland. Weil das wäre mir als Gourmet hundert Pro aufgefallen, wenn die mir vor die Flinte gelaufen wäre!" „So wie ich?", meinte seine Begleiterin mit Schmusestimme. „Genau, so wie du!" Er warf ihr einen Kussmund zu. Ein direkter Körperkontakt erschien ihm jetzt, angesichts der Alternative, die sich in der Person Cordulas ergeben hatte, nicht mehr nötig. Man beschloss, Rolf so bald wie möglich einer Befragung in Sachen Cordula zu unterziehen. Im Moment ging es noch nicht, weil er beschäftigt war und außerdem stand das Objekt der Befragung unmittelbar neben ihm. Sie sollte ja nicht dabei sein, wenn man über sie nähere Erkundigungen einholte. Also verlagerten sie das Gespräch vorerst auf das allgemeine Geplauder und auf die kleinen Witzchen, die jeden Freitag Abend an der Tagesordnung waren.

Einer, der sich noch mehr als vorhin Rolf auf den großen Auftritt freute, war Gerd. Er war so spät von zuhause weggegangen, dass er mit absoluter Sicherheit der Letzte sein würde, der am Stammtisch eintraf. Und das aus gutem Grund: Er wollte dieses Eintreffen ausgiebig genießen! Keines der Stammtischmitglieder kannte Cordula, aber er, er kannte sie seit gestern! Und bestimmt hatten sie sie schon gesehen und bestimmt war ihnen allen die Kinnlade heruntergefallen vor Staunen über ihre Schönheit. Und bestimmt dachte keiner im Traum daran, dass er zu Cordula schon ein sehr herzliches Verhältnis hatte. Er konnte es kaum erwarten. Er grinste vor sich hin und lachte still in sich hinein, während er das letzte steile Stück über die schmale Teerstraße hinaufging, die zwischen hohen Fichten und grauen, an manchen Stellen grün bemoosten Felsen zum Wirtshaus führte. Ihnen würde gleich die Kinnlade noch weiter herunterfallen! Er blieb kurz stehen, schloss die Augen und malte sich aus, was gleich geschehen würde, was zumindest seiner Meinung nach geschehen sollte: Er würde die Türe öffnen, hineingehen und nur ganz kurz „hallo" in Richtung Stammtisch rufen. Und dann, dann würde er zu Cordula gehen, würde sie freundschaftlich umarmen und dann sagen: „Servus Cordula! Schön, dich wieder zu sehen! War ein schöner Abend gestern, oder?" So sollte es laufen, genau so! So musste es laufen! „Der Hammer!", dachte er, „der absolute Hammer!" Er freute sich wie ein Kind auf die Weihnachtsbescherung. Es würde der Auftritts seines Lebens werden, seines bisherigen zumindest! Der Auftritt eines Gewinners!

Den Kopf voller schöner Träume, war er am Wirtshaus angekommen. Er ging hinein und fand genau die Szenerie vor, die er vor seinem geistigen Auge gesehen hatte. „Ja, da isser ja, unser Gerd!", rief Klaus ihm entgegen, „wir wollten schon eine Vermisstenanzeige aufgeben! Der kleine Gerhard hat sich im großen dunklen Wald verlaufen und sucht seine Mami!" „Wo warst du denn so lange?", fragte Franz, der bisher wie immer nur als stiller Beobachter dagesessen und sein geliebtes dunkles Bier geschlürft hatte. Gerd fertigte seine Stammtischbrüder mit einem kurzen und bewusst emotionslosen „hallo zusammen, komme gleich" ab und ging dann zielstrebig auf Cordula zu, die mit Rolf an der Theke stand.

„Servus Cordula", versuchte er möglichst vertraut, fast schon zärtlich zu sagen, um seine Freunde noch mehr zu beeindrucken, als sie es in diesem Moment ohnehin schon waren. Er wollte seine Hand zum Gruß ausstrecken, als ihm Cordula zuvorkam: Sie umarmte ihn spontan freundschaftlich und drückte ihn kurz an sich. „Grüß dich Gerd! Schön, dich wiederzusehen! Ich hoffe, dir geht's gut!" Er war völlig baff und zugleich total begeistert. Was war das jetzt gewesen? Sie hatte ihn umarmt – öffentlich, vor dem ganzen Stammtisch! Das war unbeschreiblich, das war viel mehr, als er sich eben draußen noch zusammengeträumt hatte. Und dabei war doch dieser Traum schon so schön gewesen! Cordula löste die sanfte Umarmung und fragte ihn: „Magst auch einen Obstler? Klaus gibt eine Runde aus! Oder soll ich dir lieber einen Cappuccino machen wie gestern Nacht?"

Es wäre ein bemerkenswertes Foto gewesen, das man in diesem Moment vom Stammtisch hätte schießen können – ein Foto unter dem Motto „Wie bitte???" Sämtliche Gespräche waren einem stummen, ungläubigen Staunen gewichen. Claudia, die ja neu in der Runde war, konnte das Staunen der anderen nicht so richtig nachvollziehen, merkte aber instinktiv, dass hier Außergewöhnliches geschah. Und ihr Instinkt täuschte sie nicht! Gerd und Cordula? Er, der verklemmte Bergbewohner, der noch nie etwas Nennenswertes mit einem Mädchen anfangen konnte und durfte, und diese Superfrau? Wie? Was? Haaallo?? Ausgerechnet Gerd? Woher kennen sich die beiden so gut, dass man sich gleich umarmt und drückt? Was war gestern? Warum hat sie ihm einen Cappuccino gemacht? Mitten in der Nacht! Diese und andere Fragen gingen den ahnungslosen Stammtischmitgliedern durch den Kopf. Keiner konnte sich erklären, was dahintersteckte.

Gerd genoss seinen Auftritt ausgiebig. Er bemühte sich, seiner Stimme Vertrautheit, fast schon Intimität zu verleihen, als er zu Cordula sagte: „Obstler? Ja gerne! Wenn ihn der Klaus spendiert, dann noch lieber! Du, und ein dunkles Weißbier wenn du noch hättest für mich! Das wäre lieb!" Es klang so, als hätte ein verliebter junger Ehemann ein zartes Angebot seiner fürsorglichen Gattin angenommen und nicht so, als hätte ein Gast bei einer Bedienung etwas bestellt. „Natürlich Gerd! Setz dich ruhig hin, ich bring es dir gleich!", sagte sie. Auch ihre Stimme klang weich und freundschaftlich. „Alles klar, danke dir, Cordula!"

Er drehte sich um, nicht ohne ihr vorher noch zuzuzwinkern und ging gemessenen Schrittes an den Stammtisch. Es hatte etwas Triumphales, als er sich setzte und in die Runde fragte: „Na Leute? Alles klar?"

Gar nichts war klar! „Du erzählst uns jetzt sofort, woher du diese Wahnsinnssahneschnitte kennst!", forderte ihn Klaus auf, argwöhnisch beäugt von seiner Begleiterin, die ihrer eigenen Meinung nach zweifellos die Schönste im Raum war. Aber mit dieser Meinung stand sie ziemlich allein, ganz allein eigentlich. „Aber sofort erzählst du uns das!", bekräftigte Toni in ungeduldigem Befehlston, „auf geht's!"

Gerd ließ sich nicht lange bitten. Endlich stand er einmal im Mittelpunkt, endlich war es mal nicht er, der neidisch mitanhören musste, was vornehmlich Klaus von seinen amourösen Abenteuern erzählte. Genussvoll berichtete er vom gestrigen Abend – wie Cordula hereingekommen war und wie sie dann den Job als Bedienung angenommen hatte. Natürlich betonte er mehrmals, wie angeregt er sich mit ihr unterhalten hatte und wie gut sie sich verstanden hatten. „Wir haben gleich gemerkt, dass wir auf derselben Wellenlänge liegen!", prahlte er.

Gebannt lauschten alle seinen Worten. Claudia und das blonde Anhängsel von Klaus konnten die Aufregung der Herren gar nicht so richtig verstehen. Sooo schön war diese Cordula nun auch wieder nicht! Aber diese Einschätzung war eher dem Neid geschuldet als der Realität. Denn Cordula war schon so schön, perfekt, fast überirdisch schön, wie ein Engel.
Aber sie war kein Engel – im Gegenteil!

Rolf hatte inzwischen die Schnäpse und die anderen Getränke eingeschenkt und Cordula brachte sie an den großen runden Tisch. Sie stellte sich überraschend geschickt an mit dem vollen Tablett, so als hätte sie das schon oft gemacht. Rolf registrierte es wohlgefällig. Ansonsten war er allerdings im Moment nicht besonders gut gelaunt, im Gegenteil – er war irgendwie irritiert, beinahe erbost. Es war ihm nämlich gar nicht recht, dass Cordula Gerd so liebevoll begrüßt hatte. Was sollte das? Bei ihm wohnte sie, bei ihm arbeitete sie – und nicht bei Gerd! Er war doch ihr Vertrauter, er hatte ihr Kost und Logie gegeben und mit ihm hatte sie doch so gemütlich gefrühstückt! Wieso also dieses Getue mit diesem Lausbuben, und das vor allen Leuten? Besonders aus der Tatsache, dass er sie nackt gesehen hatte, zog er den irrwitzigen Schluss, dass er quasi ein Anrecht auf sie hatte und zwar nur er, er ganz alleine! Er war sehr eifersüchtig in diesem Augenblick, fühlte Hass gegenüber Gerd in sich aufsteigen. Was bildete sich dieser ungehobelte Bergbursche überhaupt ein? Er hörte zwar wegen der Musik, die aus dem Radio hinter der Theke drang, nicht, was genau am Stammtisch gesprochen wurde, aber an der aufmerksamen, faszinierten Mimik der dort Sitzenden, der offenen Augen und Münder und dem begeisterten Gesicht von Gerd konnte er unschwer erraten, um was es ging. Um Sie ging es, da war er sich sicher! Um seine Cordula ging es! Gewiss übertrieb Gerd maßlos und bestimmt zog er sich einen Schuh an, der ihm viel zu groß war. Cordula war doch ein ganz anderes Format als er, sie spielte in einer ganz anderen Liga! Dieser Idiot würde sich doch wohl nicht einbilden, dass er auch nur die geringste Chance bei dieser Klassefrau haben würde. Nicht zu fassen, auf welche Ideen solche verliebten jungen Gockel kommen! Lächerlich, absolut lächerlich! Er schüttelte den Kopf und lachte verächtlich in sich hinein.

Ein Geruch nach Angebranntem riss ihn aus seinen düsteren Gedanken. Die Pommes! Er hastete schnell in die Küche und nahm das Blech mit den sehr knusprigen, fast schon zu knusprigen Kartoffelstreifen aus dem Ofen. Schon einmal in der Küche, bereitete er die Currywürste vor, von denen traditionell jeden Freitag einige bestellt und vertilgt wurden. In der Zwischenzeit hatte Cordula, verfolgt von den begeisterten Blicken der männlichen Gäste, die Getränke serviert. „Und für dich selber hast du keinen Schnaps dabei, Prinzessin?", rief Klaus ihr zu, zeigte dabei sein strahlendes Lächeln und fand sich unwiderstehlich. „Nein, lass mal, ich muss ja noch arbeiten und brauche einen klaren Kopf. Ganz zum Schluss vielleicht – vielen Dank, Klaus!" Er war es zwar nicht gewohnt, dass Frauen irgendetwas, das er anbot, ablehnten, aber er akzeptierte Cordulas Nein. Selbst er, für den Frauen üblicherweise nur Mittel zum Zweck waren, hatte großen Respekt vor ihr, auch wenn seine Antwort nicht sehr respektvoll klang: „Okay, alles klar, dann später! Dann trinken wir halt jetzt speziell auf dein Wohl, Prinzessin! Kameraden und schöne Frauen: Haut weg die Scheiße!" Er hob wie alle anderen – außer Fahrer Tommy – sein Glas und leerte den Obstler in einem Zug. Mit Bier wurde nachgespült, um die Schärfe abzumildern und um, wie Klaus gern sagte, „nicht nur Alkohol, sondern auch Bier zu trinken". „Auf einem Bein steht man schlecht, bring noch eine Runde!", rief plötzlich der sonst so schweigsame Toni, „ich habe im Lotto gewonnen – neun Euro und zwanzig Cent! Und das bei einer Tippgemeinschaft mit vier anderen! Ich brauche nie mehr zu arbeiten!" Alle lachten und gratulierten Toni zum Glück im Spiel.

Cordula sammelte die Schnapsgläser ein und ging mit dem Tablett zurück zur Theke, um sie wieder aufzufüllen. Beim Verlassen des Stammtisches zwinkerte und lächelte sie Gerd kurz freundschaftlich zu. Alle hatten es registriert und Gerd freute sich wie ein Schneekönig. Er grinste triumphierend in die Runde und verspürte ein angenehm warmes, ungewohntes Gefühl in seiner Brust, das Gefühl des Siegers. „Mein lieber Schieber! Alter Schwede! Ich weiß nicht wieso, aber ich glaub, die steht auf dich", rief Klaus. „Oder Tommy? Was meinst du als Frau dazu?" „Idiot!", erwiderte Tommy, der die ausgelassene Stimmung mangels eigenen Alkoholgenusses ohnehin nicht so richtig teilen konnte.

Cordula hatte die Bemerkung von Klaus gehört, er hatte ja laut genug geplärrt. Von der Theke aus rief sie ihm zu: „Also Klaus, ich weiß nicht, was *du* für Gefühle für Gerd hast, ich mag ihn einfach, er ist doch ein ganz netter Kerl! Einen netten Kerl darf man doch mögen, da ist doch nichts dabei!" Alle nickten bestätigend. „Und du kannst mich doch auch gut leiden, oder, Gerd? Oder nicht?" Mit dieser spontanen öffentlichen Sympathiebezeugung hatte Gerd nicht gerechnet, sie haute ihn fast um. Entsprechend unsicher und holprig fiel seine Antwort aus: „Äh …, äh ja, natürlich! Ich kann dich ganz gut leiden!" Er ärgerte sich, weil der Satz bei Weitem nicht so cool wirkte, wie er wirken hätte sollen. Schlimmer noch, er kam sich vor wie ein Idiot.

„Ich kann dich ganz gut leiden", äffte Klaus ihn nach und bediente sich dabei eines sehr tölpelhaften Tons, um das Ganze noch lächerlicher wirken zu lassen. „Ey Gerd! Wie bist denn du drauf?" Er schlug Gerd mit der flachen Hand auf die Stirn, so als wolle er sein Gehirn zum Funktionieren bringen. „Mensch Mann, du musst da ganz anders rangehen! Glaubst du, eine Tussy fährt auf dich ab, wenn du sagst ‚ich kann dich ganz gut leiden'? So was kannst du deiner Tante Erna sagen oder deinem Meerschweinchen, aber doch nicht so einer Klassefrau!!" Er schüttelte mit verdrehten Augen den Kopf und wiederholte sein dümmliches „ich kann dich ganz gut leiden!"

Claudia verteidigte Gerd vehement: „Jetzt lass ihn doch in Ruhe, Klaus! Es gibt doch auch Frauen, die stehen nicht auf solche Typen, die rangehen wie ein Zuchtbulle! Glaubst du, wir mögen es, wenn uns einer schon im zweiten Satz klarmacht, dass er möglichst schnell zwischen unsere Schenkel will? Es gibt noch etwas anderes als Sex!"

Markus zeigte seiner Studienkollegin mit erhobenem rechten Daumen und einem anerkennenden Lächeln, dass er sehr stolz auf sie war. Auch die anderen hielten die Kritik von Klaus in Richtung Gerd nicht für angebracht. Aber der schöne Klaus ließ sich nicht irritieren. „Was anderes als Sex gibt es? Echt? Was denn?", grinste er. „Also was Frauen betrifft, fällt mir im Moment nichts anderes ein! Dir, Schnucki?", fragte er seine Begleiterin, nicht ohne ihr kurz und sehr plump an den Busen zu fassen. Sie freute sich sichtlich, dass sie von ihm beachtet und nach ihrer Meinung gefragt wurde und belohnte seine Großzügigkeit mit der Antwort, die er hören wollte: „Nö, mein Hengst! Mir fällt auch nichts anderes ein! Und mir reicht das!" Sie schmiegte sich an ihn und er umarmte sie gönnerhaft und besitzergreifend. „Ein Traumpaar" dachten alle, nicht ohne Ironie. „Ganz stark, Claudia!", meldete sich plötzlich Tommy zu Wort. „Endlich mal eine Frau, die unserem selbsternannten Casanova mit seinen schwachsinnigen Ansichten Paroli bietet! Wisst ihr was? Das verlangt nach Schnaps! Die nächste Runde geht auf mich!", sagte er zu Cordula, die gerade erst die zweite auf den Tisch stellte. Ungläubig starrten alle Tommy an. Er spendierte eine Runde Schnaps? Das hatte Seltenheitswert! „Ey, ich glaub, mein Schwein pfeift! Ey Claudia, das haben wir dir zu verdanken, dass unser Apfelschorlesauger mal was ausgibt! Merci, dass du mir widersprochen hast! Das ist mir die Sache wert!" Klaus war kindlich begeistert von der Entwicklung der Dinge. „Gern geschehen", lachte Claudia, „und außerdem habe ich Recht! Und Tommy: Danke!" „Genau", pflichtete ihr Cordula bei, „Claudia, du hast vollkommen Recht!"

Sie wandte sich Klaus zu: „Weißt du Klaus, es lässt sich ja nicht leugnen, dass du objektiv gut aussiehst, aber ...!" „Oh danke!", unterbrach er sie. „Und das aus dem Mund einer solchen Göttin! Ich schaue übrigens nicht nur objektiv gut aus, sondern definitiv!" „Okay, aber ansonsten ist mir der Gerd schon lieber", fuhr Cordula fort. „Genau", lachte Klaus, „ist schon klar: Der ist zwar hässlich, aber nett!" „Ey, du bist echt voll der Assi!" meldete sich Franz, „du hast null Gespür für deine Mitmenschen!" „Genau, der Klaus ist voll der Assi!", bestätigte Toni, „und darauf trinken wir!" Er erhob sein Schnapsglas: „Auf Klaus, den schönsten Assi der Welt!" „Cool", freute sich Klaus darüber, dass er schon wieder die Ursache für ein gemeinsames Prosit war und leerte wie die anderen in einem Zug sein Glas. Cordula machte sich auf den Weg, um die nächste Runde zu holen.

Vorher wandte sie sich aber noch an Gerd: „Du Gerd, so habe ich das natürlich nicht gemeint, du bist überhaupt nicht hässlich! Du bist ein hübscher Kerl! Und sooo brutal gutaussehend wie Klaus kann halt nicht jeder sein!" Die Ironie im letzten Satz war unüberhörbar, nur Klaus hatte sie nicht bemerkt, wie sein stolzes Grinsen bewies. Gerd schnurrte wie eine Katze, die gekrault wurde. Tat das gut! Das tat so wahnsinnig gut! Er fühlte sich, als hätte Cordula ihn gestreichelt, ganz zärtlich. Obwohl sie ihn nicht berührt, sondern nur über ihn gesprochen hatte, fühlte er sich gestreichelt. Und genau so gut wie ihre Worte taten auch die neidischen Blicke seiner Freunde. Über keinen hatte sie so etwas Schönes gesagt wie über ihn, über keinen! Er triumphierte innerlich.

Cordula ging wieder vor zur Theke. „Mir reicht es, wenn ich gut aussehe", meinte Klaus, „Hauptsache, ich bin der Schönste unter euch Luschen! Lieb können ruhig andere sein, weil die echt geilen Weiber stehen auf heiße Typen, nicht auf liebe! Oder, mein Hasenschwänzchen?" Herausfordernd sah er seine Begleitung an. „Ey klar!", gab die Gefragte ihrem Klaus Recht. Die Art, wie sie sprach und das Verdrehen ihrer Augen ließen vermuten, dass ihr das Bier und die zwei Schnäpse schon ziemlich zugesetzt hatten. „Aber okay Gerd, was diese Schnitte betrifft, ist deine luschige Taktik richtig! Die Cordula ist scheinbar eine, die es romantisch mag. Erst mal einfach lieb und nett sein und erst später zuschlagen! Koch sie in aller Ruhe weich, du hast ja Zeit! Und dann rauf auf die Mutter!"

Klaus hatte einmal mehr einen seiner berühmten und seiner Meinung nach immer erfolgreichen Partnerschaftstipps an den Mann gebracht. Claudia schüttelte, angewidert über so viel Instinktlosigkeit, den Kopf. „Danke Klaus, vielen herzlichen Dank!", lachte Gerd, „was täte ich nur ohne dich und deine weisen erotischen Ratschläge! Es ist einfach gut, wenigstens einen Profi am Tisch zu haben, der die geheimsten Wünsche der Frauen kennt! Und der so selbstlos ist und sie uns noch verrät!" „Genau! Das siehst du vollkommen richtig!", freute sich Klaus. „Du könntest deine Dankbarkeit dadurch beweisen, dass du die nächste Runde übernimmst!" „Okay, gebongt!", ging Gerd auf den Vorschlag ein. Stolz und Freude darüber, wie sich der Abend hinsichtlich Cordula und seiner Person entwickelte, versetzten ihn in Spendierlaune. Das Objekt seiner Begierde kam gerade mit dem neu gefüllten Tablett an den Tisch. „Ah, Cordula, die nächste Runde ..." Sie unterbrach ihn: „Ich hab es schon mitbekommen – die nächste Runde geht auf dich! Alles klar! Jetzt lasst euch erst mal die schmecken!"

Alle außer Spender Tommy bedienten sich, aber das waren sie gewohnt – Tommy trank nie Alkohol! Das war den anderen auch völlig egal, Hauptsache, er zahlte ihn! „Wir trinken auf den edlen Spender und warten auf den nächsten Sender!", rief der sonst so schweigsame Toni.

Nachdem die Gläser geleert waren, ging Cordula zurück an die Theke, um sie nachzufüllen. Inzwischen war Rolf aus der Küche gekommen. „Hier geht's ja heute rund", meinte er zu Cordula, „ich hab das Geschrei und das Gelächter bis in die Küche gehört!" „Jaja, ich hol jetzt schon die vierte Runde Schnaps! Und beim Bier halten sie sich auch nicht gerade zurück! Aber das ist ja gut für's Geschäft, oder?" „Ja natürlich, sogar sehr gut!" freute sich Rolf und beugte sich dabei zu ihr, um dicht an ihrem Ohr zu sein. Die Radiomusik und der Lärm der Stammtischmitglieder waren so laut, dass sie ihn sonst womöglich nicht verstanden hätte.

Genau in diesem Augenblick hatte Gerd in Richtung Theke geschaut und die beiden bei ihrer Unterhaltung beobachtet. Aus der Entfernung wirkte es sehr vertraut, wie Rolf seine Hand an Cordulas Ohr hielt und dabei mit ihr sprach. Gerd wusste zwar nicht, was Rolf zu ihr sagte, aber ihm passte die Geste als solche nicht. Der alte Bock sollte sie doch in Ruhe lassen! Er sollte im wahrsten Sinne des Wortes die Finger von ihr lassen! Was wollte er denn von ihr? Es war doch offensichtlich, dass Cordulas Sympathien bei ihm lagen und nicht beim Wirt, der sich wohl völlig überschätzte. Das hatte sie ja heute schon mehrmals betont, dass sie Gerd mochte, und das vor Zeugen! Also, was sollte das alberne Getuschel von Rolf? Obwohl, er war ja in der Küche gewesen und hatte die eindeutigen Gefühlsäußerungen von Cordula nicht gehört. Also konnte er nicht wissen, dass sie sich längst für ihn, den jüngeren, entschieden hatte. Und das öffentlich! Dass er nett sei und gut aussehe, hatte sie gesagt. Und gegen die blöde Anmache von Klaus hatte sie ihn verteidigt! Er lächelte.

Trotzdem, es gefiel ihm ganz und gar nicht, dass Rolf und Cordula sich so nahe kamen.

„Rolf, wie weit sind die Currywürste?", rief er nach vorne, um die seiner Ansicht nach viel zu traute Zweisamkeit zu zerstören. „Gerade fertig geworden! Frischer geht's nicht!", rief Rolf zurück, „wer möchte?" Alle meldeten sich lautstark, außer Claudia, die noch etwas zögerte. „Musst du probieren, die Currywürste von Rolf sind eine Schau!", lockte Markus. „Ja dann", meinte Claudia lachend, „dann für mich auch!" „Alles klar, acht mal Currywurst mit Pommes", bestätigte Rolf und verschwand wieder in der Küche, allein, was Gerd zufrieden registrierte. Was er nicht registriert hatte, war, wie weit sich Eifersucht und krankhaftes Besitzdenken schon in seine Gefühlswelt gefressen hatten. Er war längst besessen von Cordula, war sich dessen aber noch nicht bewusst! Die Freundschaft, die seiner Meinung nach zwischen ihm und ihr bestand, war, was ihn betraf, einer krankhaften Fixierung gewichen, und das innerhalb von 24 Stunden! Was Cordulas Gefühle betraf, hatte es nie eine Freundschaft zu Gerd gegeben und es würde auch nie eine geben. Im Gegenteil: Ihr Hass wuchs, je öfter er sie ansah und ansprach und je begieriger seine Blicke wurden. Aber sie konnte das sehr gut verbergen und sie ließ ihn weiter träumen. Sie wusste, wenn er aus diesem Traum aufwachte, würde es ein schreckliches Erwachen sein! Und sie freute sich schon jetzt darauf – es war eine hasserfüllte Vorfreude! ‚Auge um Auge, Zahn um Zahn!', dachte sie.

„Cordula, kommst du bitte mal und hilfst mir mit dem Essen?", rief Rolf aus der Küche. Trotz des Wortes „bitte" konnte man in der Frage einen gewissen Befehlston erahnen. Denn auch Rolf glaubte einen Besitzanspruch gegenüber Cordula zu haben, hatte er sie doch nackt gesehen! Auch seine Gedanken waren nicht mehr rational, was diese Frau betraf. „Gleich Chef", antwortete Cordula, „ich bring bloß noch den flüssigen Nachschub an den Stammtisch!" „Hol sie ruhig zu dir in die Küche, alter Idiot!", dachte Gerd voller Verachtung, während Cordula die vierte Runde Schnaps brachte, „hol sie ruhig zu dir! Gehören tut sie mir! Zu dir geht sie ja nur, weil du ihr Chef bist! Aber zu mir geht sie, weil sie mich mag!" Alkohol und Wahn wurden immer mehr zu einer realitätsverzerrenden und gefährlichen Mischung.

„So, dann hol ich euch mal was für den Magen – für die Leber habt ihr ja schon einiges getan!", lachte Cordula. „Weißt was – lass die Gläser da und bring uns gleich eine volle Flasche Obstler! Die übernehme ich!", gab sich Klaus spendabel. „Dann brauchst du nicht andauernd hin und her zu laufen wegen einem Fingerhut voller Schnaps! Und du hast dann Zeit, dich ein wenig zu uns zu setzen!" „Super Idee, Klaus", freute sich Toni, „dann können wir die hübsche Dame mal näher kennen lernen!"

Die Tatsache, dass Toni während seiner Bemerkung der Schluckauf plagte, war ein Indiz dafür, dass der Alkohol bei ihm schon Wirkung zeigte. Und nicht nur bei ihm! Gerd wusste nicht, ob er sich freuen sollte oder nicht. Einerseits war es schön, wenn Cordula sich zu ihm setzen würde und auf diese Weise ständig in seiner Nähe war, andererseits waren ja auch andere Männer dabei, die bestimmt nur darauf warteten, sie ständig aus der Nähe gierig anglotzen zu können. Und diese Vorstellung gefiel ihm gar nicht. Aber er konnte jetzt sowieso nichts mehr machen, Klaus hatte die Flasche schon bestellt. Er dachte auch nicht mehr weiter darüber nach, denn glasklar konnte er ohnehin nicht mehr denken. Man würde ja sehen, wie der Abend läuft. Und immerhin war sie in seiner Nähe.

Cordula holte den Obstler und verschwand dann in der Küche, um Rolf zu helfen. Kaum stand die Flasche auf dem Tisch, schenkte Klaus jedem sein Glas randvoll, man trank ex und die nächste Runde stand bereit. Die Stimmen wurden lauter, das Durcheinander wurde größer und ein leichtes Lallen und albernes Gelächter war nicht mehr zu überhören. Als Rolf und Cordula mit den Currywürsten aus der Küche kamen, waren alle schon sehr bierselig, nur Tommy hatte dem Alkohol tapfer entsagt. Ihm kamen die glasigen Blicke und die teilweise sinnleeren Gespräche seiner Stammtischkameraden peinlich vor. Nicht genug damit, dass sie sich dermaßen mit Schnaps vollsaugten, jeder trank auch noch reichlich Bier. Aber er kannte diese Situation, es war nicht das erste Mal, dass ein Abend einen derartigen Verlauf nahm. Schnell und gierig war das Essen verspeist, damit man sich wieder der flüssigen Nahrung zuwenden konnte.

Gerd hatte immer wieder missmutig zur Theke geblickt, wo Rolf sich mit Cordula unterhielt. Was hatten die beiden ständig zu bequatschen? Sie wollte sich doch eigentlich zu ihm setzen! „Idiot", lallte er und stierte mit wirrem Blick vor sich hin. „Was? Wieso bin ich ein Idiot?", fragte Klaus überrascht. „Du nicht!" erschrak Gerd über sich selber, da er nicht registriert hatte, dass er seine Gedanken laut ausgesprochen hatte.

Am liebsten wäre er vorgegangen und hätte Cordula zu sich gebeten. Sie könnte sich ja auf seinen Schoß setzen. Der Alkohol ließ seine Gedanken sehr verwegen werden! Er trank sein Bier in einem Zug aus und winkte ihr mit dem leeren Glas zu, um das nächste zu ordern. Auf diese Weise konnte er sie wenigstens kurzzeitig von Rolf loseisen. Sie kam zu ihm und er fragte sie fast vorwurfsvoll: „Was gibt's denn mit Rolf so Interessantes zu besprechen?" „Ach nichts, wir reden nur darüber, was wir morgen Mittag als warmes Essen auf die Speisekarte setzen! Weil es soll ja schön werden und es ist Samstag – da dürften eine Menge Wanderer heraufkommen!" „Ach so!" Gerd war einigermaßen beruhigt. Die Gespräche zwischen Cordula und Rolf waren also rein dienstlicher Natur! War ja eigentlich auch klar, was sollte sie schon als Frau von ihm wollen? Lächerlich, die Vorstellung! In diesem Moment war er nicht nur berauscht vom Alkohol, sondern auch von seinem Selbstbewusstsein und der ebenso wirren wie unwahren Vorstellung, dass sie ihn liebte. Nur ihn!

„Wieso fragst du?" „Äh, was?" Er war erschrocken, mit ihrer Frage hatte sie ihn aus seinen Träumen gerissen. „Wieso du fragst, was ich mit Rolf zu besprechen habe!" „Ach, bloß so!", versuchte er albern lächelnd zu lügen. „Bringst du mir bitte noch ein Bier?" „Natürlich Gerd, gerne! Lass es dir mal so richtig gut gehen heute, du musst ja nicht fahren!" „Eben, ich muss ja nicht fahren!", wiederholte er zufrieden und goss sich erneut einen Schnaps ein. „Auf dein Wohl, Cordula!" Er leerte das Glas mit dem Obstler und blinzelte ihr mit glasigen Augen zu.

Er war der Meinung, die Geste wirke charmant oder gar zärtlich, aber sein leicht dämliches Grinsen offenbarte seinen schon beträchtlichen Alkoholspiegel. „Und wenn du dann mal einen Moment Zeit hast, setzt du dich ein wenig her zu mir!" „Später gerne, aber jetzt bring ich dir zuerst dein Bier und dann muss ich noch in der Küche ein wenig aufräumen!" „Alles roger!" Er lallte bereits erkennbar, war sich dessen aber, wie die meisten Betrunkenen, nicht bewusst. Er kam sich vielmehr sehr souverän vor und hatte das Gefühl, dass alle anderen nach wie vor voller Bewunderung zu ihm aufschauten, weil er so vertraut mit Cordula war.

Aber er täuschte sich, denn die restlichen Stammtischmitglieder waren mit sich und ihrem Rausch viel zu beschäftigt, um das Verhältnis und das Gespräch zwischen ihm und Cordula zu verfolgen, geschweige denn zu analysieren. Anfangs hatte es sie noch sehr interessiert, aber der schnell steigende Alkoholspiegel hatte alles relativiert. Die Flasche Obstler war leer und Rolf stellte eine mit Kräuterlikör auf den Tisch. „Auf Kosten des Hauses!", rief er, „zur Verdauung nach der Currywurst!" Das ließen sich die Gäste nicht zweimal sagen. Schnell war eine Runde eingeschenkt und ausgetrunken. Tommy, immer noch nüchtern, meinte voller Angst vor dem, was da kommen könnte: „Meint ihr nicht, dass es langsam reicht? Soviel Schnaps! Und Bier habt ihr ja auch einiges getrunken! Wehe, mir kotzt einer das Auto voll!" „Ey komm, du Spaßbremse! Trink lieber auch einen mit!" Klaus versuchte, Tommy zu überreden. Der wandte sich aber nur angewidert von dem Glas ab, das Klaus ihm unter die Nase hielt. „Auch recht, dann trink ich ihn selber!", lachte Klaus und kippte den Likör hinunter. Gerd schenkte sich auch ein und prostete ihm zu.

Er fühlte sich in diesem Moment ebenbürtig mit dem Frauenhelden Klaus, denn er hatte ja jetzt Cordula. Die hübscheste Freundin, die jemals einer von diesen Losern gehabt hatte. Was hieß hier gehabt, die jemals einer überhaupt gesehen hatte! Er war dermaßen betrunken, dass er sämtliche Zweifel über Bord geworfen hatte. Die Vorstellung, dass Cordula ihn lieben könnte, war für ihn längst zu einer unumstößlichen Tatsache geworden.

Mit Blick auf die Fotos an der Wand hatte Klaus plötzlich die Idee, die heutige lustige Runde ebenfalls im Bild festzuhalten. „Rolf" lallte er, „mach mal ein Bild von uns! So jung kommen wir nicht mehr zusammen!" Der Wirt hatte ihn nicht gehört, weil er in der Küche herumhantierte. „Dann du, Prinzessin! Da, nimm mein Handy und fotografier uns! So lustig wie die da sind wir schon lange, oder?" Er deutete auf die Stammtischrunde auf dem alten, vergilbten Foto an der Wand. „Schau sie dir an, die Idioten, wie dämlich sie grinsen!" „Von wegen Idioten!", meinte Gerd plötzlich ziemlich aggressiv, „da ist mein Opa dabei! Der ist kein Idiot, du Idiot!" „Okay, dann ist er halt kein Idiot!" Klaus wurde versöhnlicher. „Aber trotzdem, bitte mach ein Bild von uns, Prinzesschen, bittebitte!" Er streckte Cordula sein Handy entgegen. Deren Lächeln war plötzlich aus ihrem Gesicht verschwunden. Bleich und todernst stand sie neben dem Tisch und starrte auf das Bild an der Wand. Sie wirkte so, als sei sie zwar körperlich noch da, aber gedanklich ganz woanders. „Was ist denn, Cordula?" Gerd wirkte besorgt, auch alle anderen wussten nicht, warum sie aus heiterem Himmel so apathisch geworden war. Als sie nicht reagierte, sprach sie Gerd deutlich lauter an. „Cordula! Hallo!"

Sie erschrak. Sie erschrak über die Lautstärke, mit der ihr Name gerufen worden war und sie erschrak über sich selber, weil sie sich so hatte gehen lassen. Das hätte ihr nicht passieren dürfen, das war eine Schwäche, und eine Schwäche konnte sie sich bei dem, was sie plante, nicht leisten! Sie wandte ihren Blick von dem Bild, das sie so aus der Fassung gebracht hatte, ab, und ging zu Gerd. Sie legte ihre Hand auf seine Schulter und ermunterte ihn: „Jetzt trink einen kräftigen Schluck, mein Lieber! Und entschuldige, ich hab nur kurz etwas durchgeatmet! Ist doch ziemlich anstrengend, gleich am ersten Tag!" „Mein Lieber", hatte sie gesagt! Und dass er einen kräftigen Schluck trinken solle. Das ließ er sich nicht zweimal sagen. Hemmungslos griff er sich die Flasche mit dem Kräuterschnaps und bediente sich – ein Glas brauchte er jetzt nicht mehr. Dann reichte er die Flasche weiter und einer nach dem anderen tat es ihm gleich.

„Du Klaus", sagte Cordula, „sei mir bitte nicht böse, aber ich würde vorschlagen, das Foto machen wir ein anderes Mal! Heute schauen wir alle zusammen schon ziemlich ramponiert aus! Oder, was meint ihr?" Die anderen, insbesondere die zwei Damen, stimmten ihr zu und Klaus äußerte bierselig sein Einverständnis mit der Verschiebung des Fototermins. Man würde ja noch öfter zusammenkommen.

Bald war das Thema vergessen und alle sprachen wieder ausgiebig den Getränken zu. Dass der Grund dafür, dass Cordula sich weigerte, das Foto zu machen, ein ganz anderer war als der Zustand der Gäste, das konnte zu diesem Zeitpunkt niemand ahnen. Gerd saß mit glasigen Augen da und stierte vor sich hin. Seine alkoholgetränkten Gedanken kreisten ausschließlich um Cordula. Ihn überkam die fixe Idee, er müsse ihr auf der Stelle über seine Gefühle volle Klarheit verschaffen. Er wollte alle Zweifel ausräumen. Dass sie ihn sehr gerne mochte, das hatte sie ihm ja schon gesagt und auch gezeigt, das spürte er einfach – er spürte es nicht nur, er wusste es!

Aber er hatte ihr noch keine konkrete Liebeserklärung gemacht und das wollte er nun, ermutigt und enthemmt durch den Alkohol, nachholen. Das musste sein! Jede Minute, die verging, ohne dass sie ein Liebespaar waren, war eine verlorene Minute! Er wollte nicht mehr ohne sie sein! Sie waren für einander bestimmt, da war er sich nach dem tiefen Schluck, den er vom Kräuterschnaps genommen hatte, sicher. Aber er sah sie nicht, wo war sie? Ach ja, sie hatte ja gesagt, dass sie in der Küche aufräumen wollte! Er stand auf und ging in Richtung Küche. Auf dem Weg dorthin merkte er, dass sein Gleichgewichtssinn ziemlich gestört war. Egal, es musste sein, er musste zu Cordula! Er musste ernsthaft mit ihr reden, über sie beide und über ihre gemeinsame Zukunft! Er durfte keine Zeit mehr verlieren, er hatte schon viel zu viel verloren, bis er diese Traumfrau getroffen hatte! Jetzt oder nie! Doch auch in der Küche war sie nicht, lediglich Rolf füllte die Geschirrspülmaschine mit den verschmierten Tellern, auf denen sie ihre Currywürste vertilgt hatten. „Tschuldigung Rolf", lallte Gerd und musste sich schon am Türrahmen abstützen, um nicht zu stolpern, „die Cordula ist nicht hier?" „Nein, die ist gerade rausgegangen – wahrscheinlich nur kurz auf die Toilette, die kommt bestimmt gleich wieder! Wieso fragst du? Möchtest du wohl noch ein Bier?" „Äh ..., ja, genau, ein Bier bitte noch!" Den wahren Grund, warum er auf der Suche nach ihr war, verschwieg er wohlweislich. „Ich bring's dir gleich", meinte Rolf, „ich räum nur fertig ein und schalt die Spülmaschine an!" „Alles klar Chef", lallte Gerd mit dämlichem Grinsen und verließ die Küche.

Ihm war in den letzten Sekunden immer schwindliger geworden. Deshalb ging er nicht zurück an den Stammtisch, sondern über den Gang hinaus auf die Terrasse, um frische Luft zu schnappen. Und gerade diese frische Luft war es, die ihm arg zusetzte. Im Freien merkte er erst, wie betrunken und benommen er war. Er hatte große Mühe, das Gleichgewicht zu halten und wäre beinahe über einen der Stühle, die draußen standen, gefallen. Er blieb stehen, stützte sich mit der rechten Hand an der Hauswand ab und atmete tief durch. Einige Sekunden verharrte er in dieser Position.

Plötzlich tippte ihm jemand sanft von hinten auf die Schulter und er hörte aus der Dunkelheit eine sehr angenehme und ihm sehr bekannte Stimme: „Na, mein Schatz! Wohl zu schnell und zuviel getrunken?" Wie? Was? Das war doch sie, das war doch ihre Stimme! Er drehte sich um und stand wankend vor Cordula. Im schwachen Licht, das aus der Gaststube herausschimmerte, hatten ihre Gesichtszüge etwas sehr Schönes und Weiches, aber irgendwie auch etwas Gespenstisches an sich. Einen Moment lang starrte er sie nur an, schloss die Augen, um sie dann wieder zu öffnen, um zu prüfen, ob sie auch tatsächlich da war. Sie war da! Sie war auch nach dreimaligem Schließen und Öffnen der Augen noch da! Es war kein Traum und es war keine Erscheinung, die der Schnaps ihm vorgaukelte – sie stand vor ihm! Wahnsinn! Und was hatte sie gerade gesagt? „Mein Schatz" hatte sie gesagt! Schon klar, er war sehr betrunken, aber so sehr konnte er sich nicht verhört haben, sie hatte eindeutig „mein Schatz" gesagt! Wahnsinn!

Seine Freude war grenzenlos, sein Mut wurde es auch. „Cordula", lallte er und bemühte sich, allerdings eher vergeblich, einen verführerischen Augenaufschlag hinzubekommen, „Cordula, ich glaube, ich bin ziemlich besoffen …" „Das glaube ich fast auch!", unterbrach sie ihn lachend. Er lachte zurück, allerdings nicht charmant, wie sie zuvor, sondern sehr dümmlich grinsend. „Scheißegal", lallte er weiter, „to-tal-scheiß-e-gal! Ich muss dir etwas sagen, ich muss dir unbedingt etwas sagen! Weil das ist total wichtig! Für mich, für dich und überhaupt! Für die Zukunft, für alles! Für die Menschheit!" „Für die Menschheit? Was denn?", fragte sie kokett und lächelnd.

Er musste sich schon sehr konzentrieren, um seine überbordenden Gefühle in angemessene Worte zu kleiden und einige Sekunden lang schwieg er, um sich auf den Wortlaut seiner Liebeserklärung zu konzentrieren. Sie wartete geduldig und sah ihm dabei auffordernd in die Augen. „Nein, das mit der Menschheit war nur ein Witz. Aber im Ernst jetzt, es ist folgendermaßen", begann er, „es ist so: Ich habe noch bei keiner Frau, bei keiner, bei überhaupt keiner, bei keiner habe ich mir bisher gedacht, dass es keine bessere und keine schönere gibt! Bei keiner, ich schwör!", wiederholte er laut, um seine Aussage zu untermauern. „Aber bei dir habe ich mir das sofort gedacht, sofort! Ich bin hunderttausendprozentig sicher, dass du das Beste bist, was es gibt! Das Beste für mich und überhaupt! Du bist der totale Wahnsinn! Für mich gibt es nur mehr zwei Möglichkeiten – A oder B! Erstens oder Zweitens, hopp oder topp! „A oder B?" fragte sie. „Genau! A oder B! A ist entweder du, B ist oder keine! So sieht's aus! Tut mir leid, aber ich kann nicht anders! Für mich gibt's nichts Besseres als dich! Das habe ich gleich gewusst, als ich dich gesehen habe! Ich weiß, ich bin betrunken, entschuldige bitte, aber trotzdem: Wie siehst du die Sache? A oder B?" Er hatte sich während seines Gefühlsausbruchs mehrmals bei ihr abstützen müssen, um das Gleichgewicht nicht zu verlieren, außerdem wurde sein lallendes Liebesgeständnis von Schluckauf unterbrochen, was keine richtige Romantik aufkommen ließ.

Sie zögerte ein wenig und lächelte ihn nur an, er versuchte, allerdings erneut vergeblich, verführerisch zurückzulächeln. Dann zog sie ihn plötzlich an sich, küsste ihn auf den Mund und sagte: „Ach Gerd, du bist süß! Du bist so süß!" Er spürte trotz seines Zustandes sehr intensiv ihre warmen, weichen Lippen auf den seinen und wurde fast ohnmächtig angesichts der Unglaublichkeit und Größe des Augenblicks. Sie drückte ihn noch fester an sich. Er genoss es und er spürte plötzlich, dass er sehr erregt war. Und es war ihm, als wäre er wieder nüchtern, innerhalb weniger Sekunden. Auch ihr war die Reaktion seines Körpers nicht verborgen geblieben und sie sagte: „Mensch Gerd! Sooo gut gefalle ich dir?" „Entschuldige", stammelte er, „das ist mir jetzt peinlich!" „Braucht es dir nicht zu sein! Komm mal mit!" „Was?" „Komm einfach mit! Vertrau mir!", sagte sie und nahm ihn an der Hand.

Er wehrte sich nicht und sie gingen den schmalen Weg neben dem Gasthaus entlang, hinein in den Wald. Trotz der pechschwarzen Dunkelheit bewegte sich Cordula mit ungewöhnlicher, beinahe traumwandlerischer Sicherheit, so als wäre sie die Strecke schon öfters nachts gegangen. Gerd stolperte, von ihr geführt, hinterher. Nach ungefähr hundert Metern blieb sie neben einem kleinen Felsen stehen, drückte ihn wieder an sich und küsste ihn. Er war sehr verwirrt, sehr glücklich, sehr erregt, er konnte seine Gefühle im Moment überhaupt nicht ordnen. „Du Cordula …", wollte er ein Gespräch beginnen. „Pssst", sagte sie, „pssst! Sag jetzt bitte nichts!" Dabei legte sie ihren rechten Zeigefinger auf seine Lippen. Dann legte sie sich auf den noch warmen, mit einer dicken Laubschicht bedeckten Waldboden und zog Gerd dabei zu sich hinunter. Sie öffnete wortlos seinen Gürtel, seine Hose, er wusste nicht, wie ihm geschah, ließ es ohne Gegenwehr geschehen. In ihm drehte sich alles. Das konnte doch nicht wahr sein, was gerade geschah! Aber es war wahr! Er konnte in der Schwärze des nächtlichen Waldes überhaupt nichts erkennen.

Er spürte nur ihre warmen, weichen Schenkel und er spürte die Erregung, mit der sie ihren Körper dem seinen entgegenstreckte. Ihr Atem wurde schneller und lauter und sie liebten sich leidenschaftlich, ohne ein Wort zu sagen. Gerd spürte in diesem Augenblick seinen eigenen Körper überhaupt nicht, er spürte sich selber überhaupt nicht.

Er nahm nur sie wahr. Er konzentrierte sich nur auf sie, ihre Bewegungen, ihren Atem, ihren angenehmen Geruch und ihr leises Stöhnen. Trotz seiner Berauschung und trotz der Tatsache, dass es für ihn das erste Mal war, fühlte er ihre Lust. Und es war ein unbeschreibliches Gefühl. Er saugte alles, was er an ihr wahrnahm, förmlich in sich auf. Cordulas Bewegungen wurden immer zuckender, ihr Atem immer schneller, um dann in einem leisen Wimmern und einem letzten Aufbäumen ihres Körpers zu enden.

Er war zu keinem Höhepunkt gekommen, aber das war für ihn belanglos. Entscheidend war, dass Cordula es genossen hatte und dass sie befriedigt war. Und dass sie es war, da war er sich sicher, trotz seiner fehlenden Erfahrung. Das hatte er gespürt. Er hatte vor lauter Glück Tränen in den Augen, die sie zwar nicht sah, aber fühlte. Sie lagen nebeneinander im Laub und schwiegen. „Ach Gerd!", unterbrach sie die Stille und nahm seine rechte Hand. „Mein lieber Gerd! Das war sehr schön!"

„Und jetzt?", hörte er sich sagen. Er wusste nicht, wie er mit dieser Situation, die nun entstanden war, umgehen sollte. Jetzt war das passiert, was er sich in seinem Innersten am allermeisten gewünscht hatte und nun wusste er nicht, wie und was. Man rechnet aber auch nicht damit, dass sich die geheimsten Wünsche, dass sich Träume erfüllen, zumindest nicht so schnell. Er konnte in seinem Zustand ohnehin keinen klaren Gedanken fassen. Es war alles so bizarr, so unwirklich. War das eben jetzt wirklich geschehen? So etwas passiert doch normalerweise nicht! Im Film vielleicht, aber im echten Leben kam doch so was nicht vor!

Hätte er bloß verdammt noch mal nicht soviel getrunken! Hatte er noch vor wenigen Minuten geglaubt, schlagartig wieder nüchtern zu sein, fühlte er sich nun wieder sehr benommen. Er war kaum in der Lage, sich vernünftig zu artikulieren. „Jetzt? Jetzt gehst du nach Hause und träumst von mir! Wir sehen uns ja wieder!", unterbrach sie sein Grübeln. „Aber ich kann doch jetzt nicht …" „Doch, kannst du! Komm mit!" Sie führte ihn an der Hand zurück auf die Terrasse, trotz der bewölkten Dunkelheit wieder mit einer Sicherheit, als herrsche hellstes Tageslicht. Auf der Terrasse küsste sie ihn wieder. „So, nun geh, mein Schatz! Bis bald! Ich muss rein, sonst wird Rolf misstrauisch!" „Aber ich muss doch noch zahlen!" Etwas Dümmeres hätte er in diesem Moment kaum sagen können. „Das kannst du morgen auch!", lachte sie leise. „Bitte geh jetzt! Nach dem, was gerade passiert ist, kann ich jetzt nicht mit dir hineingehen und so tun, als sei nichts gewesen! Geh bitte, ich werde sagen, dir ist schlecht geworden und du bist nach Hause gegangen!" „Ehrlich? Soll ich gehen?" „Bitte Gerd!" „Okay, wenn du das sagst!"

Er strich ihr noch ziemlich unbeholfen mit der Hand über das dunkle Haar und das Gesicht und verschwand dann mit unsicherem Gang in der Dunkelheit. Er drehte sich nach einigen Metern noch mal nach ihr um, doch es war einfach zu dunkel, er konnte sie nicht mehr erkennen.

Sie wischte die Blätter ab, die an ihrem Rock hängen geblieben waren, ab und ging zurück ins Gasthaus, wo die Stimmung dank einer weiteren Flasche Schnaps schon sehr ausgeufert war. Im allgemeinen Gebrüll und wegen der Lautstärke des Radios hatte keiner registriert, dass Gerd und Cordula einige Minuten gar nicht hier gewesen waren. Außer Rolf! Er hatte es sehr wohl registriert und es hatte ihm gar nicht gefallen. Gerade wollte er nach draußen gehen, um nachzusehen, da war sie hereingekommen. Er wollte sie aber jetzt nicht darauf ansprechen. Das musste geklärt werden, wenn sie unter sich waren. Die Eifersucht nagte an ihm und in ihm. Dann beruhigte er sich selber: Nun war sie ja wieder da! Vielleicht hatten sie auch nur eine Zigarette geraucht draußen. Das würde er noch besprechen mit ihr!

Gerd hatte unterdessen viel positivere Gedanken. Selig wankte er die schmale Teerstraße heim. Jetzt, da er alleine war, merkte er noch deutlicher, wie betrunken er war. Alles drehte sich um ihn, er fiel sogar einmal hin auf den weichen Waldboden neben der Straße. Wenn er den Kopf hob und in den inzwischen klaren Nachthimmel blickte, hatte er den Eindruck, die Sterne tanzten über ihm und es wurde ihm noch schwindliger. Schnell blickte er wieder zu Boden. Aber sein Schwindel und seine Übelkeit waren ihm egal. Denn was heute passiert war, war das Beste, was ihm je passiert war, es war eigentlich gar nicht zu begreifen. Überhaupt nicht! In seinem Kopf kreisten Gedanken, Träume, Erinnerungen, Wünsche und Pläne, aber sehr diffus und unstrukturiert. Er konnte sich auf nichts Konkretes konzentrieren, aber eines glaubte er zu wissen: Sein Leben hatte vor wenigen Minuten erst so richtig begonnen. Dass es sein Tod war, der vor wenigen Minuten begonnen hatte, wusste er nicht – konnte er nicht wissen!

Und Cordula? Cordula war sehr zufrieden. Der erste Teil ihres grausamen Racheplans war gelungen und der zweite würde bald beginnen, sehr bald! Morgen schon!

DER TAG DANACH

Mit schwerem Kopf wurde Gerd wach. Er lag quer auf seinem Bett, noch vollständig bekleidet. Nur die Schuhe hatte er ausgezogen und chaotisch im Zimmer verteilt: Einer lag auf dem Fensterbrett, der andere unter dem Schreibtisch. Er versuchte, einen halbwegs klaren und brauchbaren Gedanken zu fassen, aber es war sehr schwierig mit diesem pochenden Kopfschmerz. Was war das gestern für ein Abend gewesen! An Details konnte er sich im Moment nicht erinnern, aber dass es ein sehr feuchtfröhlicher Abend gewesen war, das spürte er noch jetzt sehr intensiv und sehr schmerzlich! Soviel war am Stammtisch selten, wenn überhaupt jemals, getrunken worden!

Er öffnete abwechselnd die Augen auf und kniff sie wieder zu, dadurch wurden die Kopfschmerzen erträglicher; zumindest hatte er das Gefühl, dass dem so war. Er sah auf die Uhr über seiner Zimmertür: Halb zwölf! Fast Mittag! „Um Himmels Willen!", dachte er, „aufstehen! Ich komme viel zu spät in die Arbeit!" Er fuhr wie von der Tarantel gestochen hoch, um dann kurz innezuhalten und wie ein nasser Sack wieder zurückzuplumpsen. Heute war ja Samstag und er hatte frei! Das war ihm trotz seines erbärmlichen Zustandes noch rechtzeitig eingefallen. Er versuchte, sich an gestern zu erinnern. Trotz der wirren und noch sehr alkoholschwangeren Gedanken hatte er schon beim Wachwerden das Gefühl gehabt, dass irgendetwas ganz Besonderes geschehen war. Etwas sehr angenehmes, sehr schönes, sensationelles, das ihm trotz seines gewaltigen Schädelbrummens noch nachträglich einen wohligen Schauer versetzt hatte.
Er rekapitulierte: Was war passiert? Eine Runde Schnaps nach der anderen war geflossen, nachdem Klaus mit diesem Unsinn angefangen hatte. Er konnte sich auch noch erinnern, dass alle gestaunt hatten, weil er und Cordula sich gekannt hatten. Still und genießerisch grinste er vor sich hin. Irgendwann war ihm sehr komisch geworden und er war hinausgegangen, um frische Luft zu schnappen. Genau, so war es gewesen! Und was war dann draußen? Draußen war Cordula!

Schlagartig riss er seine Augen auf und versuchte, sich zu konzentrieren: Sie hatte ihn geküsst! Oder nicht? Doch, natürlich hatte sie ihn geküsst, sie hatten sich sogar leidenschaftlich geküsst, daran konnte er sich ganz sicher erinnern. Oder doch nicht? So besoffen konnte er doch nicht gewesen sein, um sich so etwas einzubilden! Oder doch? Verdammter Schnaps! Warum hatte er nur dermaßen viel getrunken! Er wusste auch nicht mehr, wann und wie er nach Hause gekommen war. Aber der Kuss hatte stattgefunden, mit Sicherheit! Er spürte jetzt noch ihre warmen weichen Lippen auf den seinen. Er formte mit nun wieder geschlossenen Augen seine Lippen zu einem Kussmund, als wolle er den Augenblick nochmals zurückholen. Für einen Moment hatte er sogar seine Kopfschmerzen vergessen.

Er richtete sich auf und sah sich im Zimmer um – in der träumerischen Hoffnung, dass er sie vielleicht mit nach Hause genommen hatte und dass sie jetzt da war, hier bei ihm. „Cordula?", fragte er vorsichtig in die Stille hinein. Sie war nicht da und er musste über sich selber lachen, weil er einen so irrwitzigen Gedanken gehabt und sogar ausgesprochen hatte. Andererseits – rein theoretisch hätte sie hier sein können! Wie es nach dem Kuss weitergegangen war, wusste er beim besten Willen nicht mehr – in den hintersten Winkeln seiner Erinnerung war zwar etwas schemenhaft vorhanden, sehr diffus und sehr weit weg. Aber nein, das konnte nicht sein! Das musste er im Rausch geträumt haben! Das konnte schlichtweg nicht sein! Aber er war, trotz der Kopfschmerzen, zufrieden mit sich und der Welt: Es war eigentlich nicht zu fassen – er und diese Traumfrau! Geküsst! Wahnsinn! Oder doch mehr als das? „Nein", sagte er laut vor sich hin, „das habe ich geträumt, das kann ja nicht sein!"
Er war nun einigermaßen wach. Jetzt erst mal duschen, um wieder frisch zu werden und vielleicht sogar das Schädelbrummen loszukriegen! Dann eine Kleinigkeit essen, um den Magen halbwegs ins Lot zu bringen. Zumindest versuchen, etwas zu essen! Und dann, dann auf jeden Fall zu Opa gehen und ihm berichten. Er wollte ihn, sein Vorbild und seinen besten Freund, auf jeden Fall teilhaben lassen an seinem Glück, seinem vermeintlichen Glück.

Er zog sich aus und war gerade auf dem Weg ins Bad, als sein Handy läutete. Er hörte es zwar, aber er sah es nicht. Auf dem Schreibtisch, wie üblich, lag es nicht. Er blieb stehen, horchte konzentriert: Der Klingelton kam aus seinem Bett. Er hob das Kopfkissen und die Decke hoch – nichts. Auch unter dem Bett – kein Handy. Schließlich fand er es in der Nachttischschublade. Da hatte er es noch nie hineingelegt, er musste letzte Nacht wirklich sehr betrunken gewesen sein! Er sah auf dem Display die Nummer des Berggasthofes. Rolf? Was wollte der jetzt um diese Zeit? Der hatte ihn doch noch nie daheim angerufen. Er setzte sich auf das Bett und meldete sich mit angegriffener Stimme: „Servus Rolf! Was gibt's?" Nicht Rolf war am Telefon, es war Cordula, die er am anderen Ende hörte! „Hallo, mein Schatz, wie geht's dir?"

Wie hatte sie ihn begrüßt? Was hatte sie gesagt? Gut, dass er schon saß, denn sonst wäre er jetzt hundertprozentig umgefallen! Schatz? Wieso sagte sie Schatz? War gestern außer dem Kuss doch noch mehr passiert? Oder war etwas Wesentliches oder Entscheidendes gesprochen wurden? Er versuchte, sich zu konzentrieren und zu erinnern. Er schloss die Augen, um weniger abgelenkt zu sein, aber nichts von dem Erlebten konnte er abrufen. Verdammt noch mal, hätte er nur nicht soviel gesoffen! Etwas klügeres als „danke gut, und dir?" fiel ihm im Moment als Antwort auf ihre Frage nach seinem Befinden nicht ein. Er ärgerte sich im selben Augenblick, als er es ausgesprochen hatte. Er hätte auch „Schatz" oder etwas ähnlich Zärtliches sagen sollen! Oder doch nicht? Vielleicht war das „Schatz" von ihr eher lustig gemeint gewesen, freundschaftlich? Er hatte keine Ahnung.

„Mir? Mir geht's gut", lachte sie, ich hab ja nicht soviel getrunken wie ihr! Du warst ja ganz schön blau gestern!" „Ehrlich?" „Ehrlich! Nicht nur du, ihr alle! Der ganze Stammtisch! Und die arme Claudia musste auch mitmachen! Der ist heute bestimmt den ganzen Tag übel!" „Claudia? Welche Claudia? Kenn ich nicht!" „Na Claudia! Die der Markus aus München mitgebracht hat!" „Markus? München?" Er dachte kurz nach. „Ach ja, Claudia! Natürlich! Die Studienkollegin vom Markus! Hat die auch soviel getrunken?" „Nicht soviel wie ihr Jungs, aber es hat gereicht!" „Mir ist heute gar nicht gut! Der Kopf!" „Das glaube ich dir gerne", lachte sie wieder, „aber lieb warst du! Richtig süß!" „Ehrlich?" „Ganz süß!"

Er hoffte, jetzt mehr darüber zu erfahren, was zwischen ihm und ihr passiert war. „Wie meinst du das jetzt mit dem ‚ganz süß'? „Ja weißt du das nicht mehr? Du hast mir doch einen dicken Kuss gegeben auf der Terrasse! Ganz spontan! Also wenn du das nicht mehr weißt, dann bin ich aber schon etwas enttäuscht!" „Natürlich weiß ich das noch, wie könnte ich das vergessen!" bestätigte er eifrig und hocherfreut – und lügend! Er hatte nämlich keine konkrete Erinnerung mehr. Aber nun stand es für ihn endgültig fest: Es war kein Traum gewesen, er hatte sie wirklich geküsst! Die Kopfschmerzen waren wie weggeblasen!

„Und dann hast du mir so liebe Komplimente gemacht!" „Ja genau!" Jetzt erinnerte er sich plötzlich wieder, zumindest an die Komplimente. In seinem Hochgefühl hatte er sie mit Schmeicheleien überschüttet. Hatte ihr gestanden, wie begeistert er vom ersten Augenblick an von ihr war. Hatte sie gefragt, ob sie sich vorstellen könne, er und sie … Wahnsinn – das hatte er wirklich gefragt! Er wunderte sich, dass er das alles plötzlich glasklar vor sich sah, an jedes Wort konnte er sich erinnern – komisch. Jetzt auf einmal! Aber dann? Was war dann passiert? Er sah diffuse Bilder vor sich, wie durch einen dichten Nebel. Er sah sich mit ihr auf dem Waldboden liegen, er roch förmlich den typischen Duft des welken Laubes. Er sah, wie sie sich liebten, wie sie immer schwerer atmete und dann seinen Namen schrie. Die Bilder erregten ihn sehr. Aber war das echt passiert? Das konnte doch nicht in echt passiert sein! Das konnte doch nur ein Traum gewesen sein! Da hatte ihm bestimmt die Wirkung des Alkohols einen üblen Streich gespielt, bestimmt! Aber warum hatte sie ihn dann mit „Schatz" begrüßt? Nur wegen dem Kuss und den Komplimenten? „Gerd? Bist du noch da?", unterbrach sie seine Gedanken und seinen verzweifelten Versuch, sich zurückzuerinnern.

„Äh …, jaja, ich bin nur etwas unkonzentriert. Der Restalkohol!" Er versuchte zu lachen, es klang aber sehr hilflos und verlegen. „Und wie bin ich heimgekommen?" „Zu Fuß natürlich! Du hast gesagt, den Weg würdest du mit verbundenen Augen finden, so oft bist du die Strecke schon gegangen!" „Aha! Zu Fuß! Logisch eigentlich, ich geh ja immer zu Fuß heim! Besoffen oder nicht, immer zu Fuß!" „Genau!" Sie lachte. „Besoffen oder nicht! Gestern eher besoffen!" Wieder dachte er nach. Er war dann also heimgegangen! Kuss, Komplimente, und dann heimgegangen. Die heiße Liebesnacht auf dem Waldboden, die so unklar vor seinem geistigen Auge herumschwirrte, war doch nur ein Traum gewesen. Weil wenn das Realität gewesen wäre, dann hätte es Cordula bestimmt irgendwie erwähnt, so etwas übergeht man doch nicht einfach, als wäre nichts gewesen! Aber der Kuss hatte stattgefunden! Und das war tausendmal mehr, als er noch vor zwei Tagen zu hoffen gewagt hätte! Ein Kuss von dieser Frau, unvorstellbar! Zwar wünschenswert, aber eigentlich unvorstellbar!

„Kommst du heute Abend vorbei?", fragte sie. „Soll ich?" Er wurde, beflügelt durch die lieben Worte Cordulas und die dadurch seiner Meinung nach äußerst positive Entwicklung der Dinge, deutlich kecker. „Das musst du selber wissen! Ich würde mich jedenfalls freuen!", lockte sie ihn auf eine Art und Weise, die ihn verrückt machte. Und sie wollte ihn verrückt machen – nicht im besten, sondern im übelsten Sinne des Wortes! Und darum hatte sie ihn auch im Unklaren über den Sex der vergangenen Nacht im Wald gelassen. Er sollte ruhig weiter darüber nachgrübeln, das würde seinen Wahn und seine Lust nur noch steigern!

„Ja dann, dann komme ich natürlich!", gab sich Gerd, strotzend vor Selbstbewusstsein, fast gönnerhaft, „aber heute bitte ohne Schnaps!" Sie lachte. „Alles klar, verstehe ich, dann heute mit Cappuccino! Also dann, bis später, ich muss arbeiten. Ciao, Schatz!" Er war selig! Ciao Schatz – und sie freut sich, wenn er kommt! So eine Klassefrau bittet ihn, zu ihr zu kommen! Er schüttelte ungläubig den Kopf und grinste dabei vor sich hin. War er wirklich schon wach? Oder träumte er noch? Die Tatsache, dass er ziemlich fror, weil er nackt auf seinem Bett saß, beruhigte ihn: Er musste wach sein, im Traum fror man nicht so spürbar!

Er ging ins Bad und duschte. Während das warme Wasser auf ihn niederprasselte, summte er leise vor sich hin. Er schwelgte in Erinnerung an die gestrige Nacht, soweit er sie noch abrufen konnte und war voller Erwartung auf den heutigen Abend. Er fand, er war auf einem guten Weg, sogar auf einem sehr guten Weg. Hatte er bisher mehr oder weniger in den Tag hinein gelebt, ohne konkrete Pläne, so kam es ihm so vor, als würde sich das nun ändern. Mit Cordula konnte er sich eine Zukunft vorstellen, eine gemeinsame, eine schöne, eine wunderschöne! Dass er auf dem Weg geradewegs in eine Katastrophe war, konnte er nicht ahnen! Dass seine Zukunft viel kürzer war, als er dachte, auch nicht. Und dass *sie* seine Zukunft verkürzen würde, auch nicht! Nachdem er sich frisch gemacht und wieder angezogen hatte, verspürte er immer noch keinen Hunger. „Dann schau ich mal zum Opa rein", dachte er laut und ging geradewegs in die Stube des Großvaters.

„Hallo Opa! Gute Nachrichten!", begrüßte er den alten Mann, den er so verehrte, und der wie immer mit geöffneten Augen auf seinem Bett lag. „Stell dir vor: Mit der neuen Bedienung vom Berggasthof – weißt schon, die wahnsinnig hübsche, von der ich dir gestern schon erzählt habe – mit der habe ich mich angefreundet! Was heißt angefreundet: Wir haben eigentlich schon ein kleines Verhältnis! Also noch nicht richtig, aber gestern haben wir uns geküsst! Verrückt, was?" Die Augen des Großvaters flackerten, ihn bewegte etwas, ihn bewegte etwas sogar sehr, ihn ließ etwas beinahe verzweifeln! Gerd war der Meinung, der Opa freue sich mit ihm über sein Liebesglück. Über seine so unverhofft aufgetauchte Traumfrau.

Aber es war keine Freude, was die Augen flackern ließ! Es war das nackte Entsetzen! Umso mehr, als Gerd selig lächelnd „ach ja, die Cordula, meine liebe Cordula" vor sich hinhauchte und seine Augen schwärmerisch strahlten. Fast flehend sah der Großvater ihn an, so als hätte er eine riesengroße Bitte. „Was ist denn, Opa?", fragte Gerd, „möchtest du etwas? Hast du Hunger? Durst?" Beides verneinte der alte Mann durch zweimaliges Zwinkern der Augen. Sein Blick richtete sich starr auf das Bild, das an der Wand neben seinem Bett hing. Es war ein Bild der Jungfrau Maria. Ein fast kitschiges Bild: Maria trug eine Krone, wie eine Prinzessin oder eine Königin, und war eingerahmt von kleinen, pausbackigen Engeln. „Das Bild?", fragte Gerd. „Wieso das Bild? Was willst du mit dem Bild?" Durch Augenzwinkern formulierte der Großvater ein Ja. Gerd war kurz ratlos. „Wieso ja? Ich versteh nicht ganz – du willst ein Bild?" Erneut wurde die Frage mit einem heftigen Zwinkern bejaht. Gerd schlug sich mit der flachen Hand gegen die Stirn. „Ach so! Natürlich! Ein Bild!" Schlagartig war ihm bewusst geworden, was gemeint war. Ein Bild! Ein Bild von Cordula! Er hatte dem Opa doch schon beim letzten Gespräch versprochen, ihm ein Bild von ihr mitzubringen! „Du möchtest ein Bild von Cordula sehen! Alles klar! Du, tut mir leid, ich hab noch keins, ich hab's ehrlich gesagt vergessen, mit dem Handy eines zu machen. Aber heute Abend treff' ich sie ja wieder, dann fotografier' ich sie. Und morgen zeige ich dir das Foto – versprochen!"

Der Großvater wirkte sehr unruhig, nach wie vor. Die Ankündigung des Bildes hatte ihn in keiner Weise beruhigt, ganz im Gegenteil! „Freust dich schon auf das Foto von dem schönen Mädel, gell? Jaja, du bist und bleibst ein alter Schwerenöter", lachte Gerd und interpretierte die Nervosität des Großvaters völlig falsch. „Nur Geduld, bald siehst du sie!" Es war nicht die Vorfreude auf ein schönes Mädchen, die den alten kranken Mann nervös machte. Es war die Angst, auf dem Foto etwas zu sehen, was eigentlich unmöglich war. Ein Gesicht zu sehen, das es schon lange nicht mehr geben dürfte, einen Menschen zu sehen, mit dem sein Enkel niemals zusammentreffen konnte. Sein Gerd und dieses Mädchen – die beiden gehörten in völlig verschiedene Zeiten. Und doch ahnte er es nicht nur, er wusste es fast schon jetzt, dass er das, was er befürchtete, sehen würde. Er hatte es vor wenigen Wochen im Wald auch gesehen und war so erschrocken, dass sein Körper seitdem völlig erstarrt war.

Gerds Mutter kam herein. Sie hatte das Mittagessen für den Opa dabei. „Ach, hier bist du", sprach sie Gerd an, „bist du auch schon wach heute?" Die Frage war eindeutig ironisch gemeint. „Es war ja sehr spät gestern", fuhr sie fort, halb vorwurfsvoll, halb amüsiert, „oder besser gesagt heute! Um halb vier habe ich dich kommen hören, und zwar nicht gerade leise! War etwas sehr feucht, der Stammtisch, oder?" „Was? So spät?", wunderte sich Gerd, um dann schuldbewusst hinzuzufügen: „Jaja, einige Runden Schnaps sind schon geflossen! Und Bier auch nicht wenig! Mir ist jetzt noch ziemlich flau im Kopf." „Jetzt iss, damit dir wenigstens im Magen nicht flau ist! Das Essen steht auf dem Ofen! Und ich versorge einstweilen dich", wandte sie sich dem Großvater zu. „Also Opa, bis bald!", verabschiedete sich Gerd. „Und morgen bring ich dir ein Bild – versprochen!" „Bild? Welches Bild?" Die Mutter war ahnungslos und neugierig. „Erzähl ich dir später! Du wirst dich wundern! Jetzt versuch ich mal, was zu essen! Ob es gelingt, wird sich herausstellen!", lachte er und verschwand in die Küche. Dort angekommen, genügte allerdings schon der Anblick des Schweinebratens, um jegliches Hungergefühl, das ohnehin nur in kleinen Ansätzen vorhanden gewesen war, in ihm abzutöten.

Er beschloss, eine oder zwei Stunden im Wald spazieren zu gehen, um seinen Kopf durchzulüften und mit frischem Sauerstoff zu versorgen. Das war jetzt mehr wert als jede Nahrungsaufnahme. Die Luft war fast sommerlich mild und trotzdem angenehm herbstlich klar, als Gerd den mit Gras bewachsenen Feldweg hinter seinem Elternhaus entlang ging. Der Weg mündete in eine Fichtenschonung und endete dort, immer schmaler werdend, wie ein Fluss, der in der Wüste versickert. Aber Gerd war auf einen Weg nicht angewiesen, er kannte hier jeden Baum, jeden Felsen, jeden Strauch. Schon als Kind war er stundenlang im Wald herumgestreunt – anfangs an der Hand und unter dem Schutz des geliebten Großvaters – später alleine. Für ihn hatte das dunkle Grün und die Stille nichts Unheimliches oder gar Bedrohliches, sondern etwas Vertrautes – er fühlte sich geborgen im Wald. Bedrohlich war für ihn eher die Enge und Hektik einer Großstadt, aber niemals die Stille, die er hier heroben so liebte. Oder das Rauschen der riesigen Buchen und Fichten, wenn der sanfte Wind aus Osten oder der aggressivere Wetterwind aus Westen über die Gipfel wehte.

Ach, es war schön hier, so schön! Und heute ganz besonders schön! Selbst die Ameisen, die vor ihm auf dem Waldboden noch hastig Baumaterial schleppten, um ihren riesigen Haufen winterfest zu machen, kamen ihm vor wie gute Freunde. Gut gelaunt setzte er sich auf einen Baumstumpf, zündete sich eine Zigarette an und hing seinen Gedanken nach. Er hatte im Moment eigentlich nur einen Gedanken – den an Cordula und was er vor wenigen Stunden mit ihr erlebt hatte. Er versuchte trotz des Katers, der ihn immer noch marterte, seine Konzentration auf die gestrige Nacht zu fokussieren, aber es gelang ihm nicht: Er konnte beim besten Willen nicht definitiv unterscheiden, was Tatsache, was Traum und was einfach nur alkoholschwangeres Hirngespinst, promillegesteuertes Wunschdenken war. Einerseits ärgerte er sich, weil er soviel getrunken hatte und weil ihm jetzt die konkrete Erinnerung an das Geschehene fehlte, andererseits war er dankbar über die enthemmende Wirkung des Alkohols, denn sonst wäre es vermutlich zu keinerlei Zärtlichkeiten gekommen, auch zu keinem Kuss.

„Ach, was soll's", dachte er laut, „ist doch egal! Oder?" Er richtete die Frage an die vor seinen Füßen krabbelnden großen schwarzen Waldameisen: „Ist doch total egal, oder? Wie seht ihr das? Euch geht das sowieso völlig am Arsch vorbei, euch interessiert nur euer Ameisenhaufen!" Dann lachte er, teils über die Tatsache, dass er mit Insekten ein Gespräch führte, teils aus Freude über die Zeit, die vor ihm, vor ihnen lag. Cordula würde ja noch wochenlang da sein und da würde es noch genügend Gelegenheiten geben, das Ganze zu intensivieren und zu vertiefen, unabhängig davon, wie intensiv es nun gestern Abend auch gewesen war.

Er beobachtete einen Schwarm Wildgänse, die hoch über den Baumwipfeln nach Süden zogen. Sie ahnten trotz der noch wärmenden Herbstsonne scheinbar schon den nahenden und unvermeidlichen Winter. Und wieder dachte er an Cordula: Sie war ja irgendwie auch ein Zugvogel – getrennt vom Freund, jetzt hier heroben in einer für sie fremden Umgebung zum Jobben, unter fremden Menschen ... Fast tat sie ihm leid. Aber er würde alles dafür tun, dass sie hier sesshaft werden würde, dass sie sich wohl fühlen würde, dass es ihr gut ging. Sie, die der Herrgott rein zufällig hier in seine unmittelbare Nähe geschickt hatte, sollte für immer hier bleiben! Das war in diesem Augenblick sein größter Wunsch. Sie sollte mit ihm die Schönheit des Wald genießen, lange Wanderungen machen, mit ihm lachen, mit ihm feiern, einfach mit ihm leben! Genau, das alles sollte sie! Er warf die Zigarette in eine kleine Pfütze, wo sie zischend verglimmte, stand auf und atmete tief durch; er streckte sich genüsslich beim herrlichen Anblick des bunten Herbstwaldes. Sehr bunt war er und sehr schön, weil zwischen den hohen Fichten auch einige Birken, Buchen und Ahornbäume standen, die mit ihrem Gelb, Braun und Rot für faszinierende Farbeindrücke sorgten. Was war er nur für ein Glückspilz!

Dass Cordulas Auftauchen alles andere als zufällig war, ahnte er nicht. Dass es kaum der Herrgott war, der sie geschickt hatte, auch nicht! Und dass sie schon viel, viel länger da war, dem Bergwirtshaus schon viel länger ganz nahe war als er, seine Stammtischkameraden und Rolf glaubten, das ahnte niemand von ihnen. Ein Zugvogel war sie, in gewissem Sinne; ein Zugvogel nicht zwischen Europa und Afrika, nicht zwischen Nord und Süd. Nein, sie war ein ganz besonderer Zugvogel: Einer zwischen zwei Welten. Aber das wusste nur sie – fast nur sie. Nur einer wusste es auch, doch der, der lag stocksteif mit offenen, angsterfüllten Augen im Bett und konnte es nicht sagen ...

Wie von einem unsichtbaren Magneten angezogen, führte ihn sein Spaziergang in Richtung Berggasthof. Als er ihn fast erreicht hatte und durch die Bäume schon die murmelnden Stimmen der Wanderer auf der sonnigen Terrasse hörte, hielt er kurz inne. Dann ging er nicht auf direktem Wege zum Gasthaus, sondern einige Meter hinter dem Gebäude durch den Wald zu jener Stelle, von der er in der Nacht geträumt hatte. Oder doch nicht geträumt? Ach was, es war sicher ein Traum gewesen! Cordula hätte doch am Telefon zumindest ein Wort gesagt. Sie könnte doch nicht so tun, als sei überhaupt nichts gewesen! Er wollte jetzt endgültig abschließen mit diesem Gedanken. Sein Blick fiel auf einen größeren Laubhaufen, den offensichtlich der Wind neben einem Felsen zusammengeweht hatte. Hier könnte es gewesen sein: Das Laub, die Entfernung zur Terrasse, beides würde stimmen, soweit er sich erinnern konnte! Aber nein, jetzt hatte er schon wieder diese fixe Idee, dass die Liebesnacht bis zur letzten Konsequenz stattgefunden hatte! Er ärgerte sich.

„Schluss jetzt, Idiot!", sagte er zu sich selber. Jetzt erst mal eine Tasse Kaffee, um wieder einen klaren Kopf zu bekommen! Er kickte mit dem rechten Fuß in den Laubhaufen, dass die braunen, roten und gelben Blätter auseinander stoben und wollte gerade die kurze Strecke zum Berggasthof gehen, als er bemerkte, dass an seinem Schuh etwas hängen geblieben war. Er nahm es in die Hand und betrachtete es. Es war ein Kettchen, ein Halskettchen. Vermutlich hatte es einmal silbern geglänzt, aber man sah ihm an, dass es schon sehr lange im Wald gelegen hatte. Stumpf und schmucklos lag es in seiner rechten Hand. Am Kettchen hing als Anhänger ein Buchstabe, ein C. Ein C? Cordula! Hatte sie es in der Liebesnacht in Ekstase verloren? Hatte er es im Liebestaumel abgerissen und es war hier liegen geblieben? Wieder keimte die Hoffnung kurz auf, dass die Beziehung zu Cordula schon viel intensiver war, als er dachte, als alle dachten. Aber nein, das war unmöglich! Das Kettchen war uralt, das konnte ihr nicht gehören! Wahrscheinlich reiner Zufall, vielleicht hatte es irgendwann ein Wanderer verloren, der Christian hieß oder Christoph – oder eine Wanderin mit Namen Christine oder Corinna. Er schüttelte ungläubig den Kopf und lachte leise über sich selber. So ein Unsinn! Er hatte sich tatsächlich schon wieder diesen schönen Traum zur Realität zurechtphantasiert! Er steckte das Kettchen ein und ging den kurzen Weg wieder heraus aus dem Wald hinunter zum Gasthaus.

Als er um die Ecke bog, sah er Cordula, die gerade ein Tablett mit Getränken aus der Gaststube trug und an einem der Terrassentische, die mit Wanderern und Spaziergängern gut gefüllt waren, servierte. Sie hatte ihn auch gleich gesehen und winkte ihm freundlich zu. Sein

Herz hüpfte! Was war sie nur für ein Sonnenschein! Fast schämte er sich, weil er noch eben so schmutzige Gedanken gehabt hatte. Er dachte an nächtlichen Sex im Laubhaufen und sie, sie war so ungezwungen freundlich zu ihm! Das mit dem Sex hatte noch Zeit, wichtig war doch jetzt nur, dass sie sich mochten! Er versuchte, ebenfalls ein freundliches Lächeln aufzusetzen und winkte fröhlich zurück. Wenige Sekunden später war er bei ihr. „Servus Cordula!", begrüßte er sie, als er die zwei Holzstufen zur Terrasse hochstieg. „Grüß dich, Gerd!", lachte sie ihn an, „bist schon wieder fit?" „Naja, einigermaßen", antwortete er, „bringst mir bitte einen Kaffee? Mit Milch und Zucker?" „Kein Bier heute? Keinen Schnaps?" Sie lachte etwas spöttisch. „Gott bewahre! Alles, bloß das nicht! Mir reicht's noch von gestern!" „Das glaube ich dir gerne! Bleibst du hier draußen oder kommst du rein in die Gaststube?" „Ist jemand drinnen, den ich kenne?" „Nur der Rolf!" „Ach, ich bleibe lieber hier auf der Terrasse! Das muss man ausnutzen, wenn im Herbst die Sonne noch so schön warm scheint, oder?" „Genau! Setz dich, ich bring dir gleich den Kaffee!"

Sie ging hinein und er nahm am einzigen freien Tisch Platz. Mit Rolf wollte er jetzt nicht reden. Er konnte sich nämlich noch genau daran erinnern, wie vertraut sich Rolf gestern mit Cordula unterhalten hatte, wie er sich ihr förmlich aufgedrängt hatte. Zu dieser Zeit war er noch nicht betrunken gewesen und hatte die Annäherungsversuche des Wirtes mitbekommen. Rolf, der alte Idiot! Nein, er hatte keinerlei Bedürfnis, jetzt mit dem ein Gespräch zu führen. Vielleicht sogar auch noch ein Gespräch, bei dem Rolf mit seinem guten Verhältnis zu Cordula prahlte. Das hätte ihm noch gefehlt! Vielleicht würde sie nachher kurz Zeit haben und sich einen Moment zu ihm setzen, diese Vorstellung erschien ihm wesentlich angenehmer.

Er beobachtete die Gäste auf der Terrasse: Ältere Paare waren dabei, junge sportliche Einzelwanderer, ein Ehepaar mit drei Kindern. Alle genossen sie das herrliche Wetter und die Brotzeit oder das Getränk nach den mehr oder weniger großen Strapazen der Wanderung. Am liebsten wäre er jetzt aufgestanden und hätte laut verkündet: „Nur damit ihr alle es wisst – die bildhübsche Bedienung gehört zu mir!" Er fühlte sich gut, er fühlte sich sehr gut in diesem Augenblick! Als hätte sie seine Gedanken gelesen, kam Cordula heraus, stellte ihm seinen Kaffee hin und fragte: „Im Moment sind alle versorgt, kann ich mich kurz hersetzen zu dir?" „Natürlich! Gerne!" Er war überglücklich, bemühte sich aber, seine Begeisterung nicht allzu sehr zu zeigen. Er wollte einigermaßen cool wirken und nicht wie ein verliebter Teenager. „Magst eine Zigarette?" Er hielt ihr die Schachtel entgegen. „Nein, vielen Dank! Im Moment nicht! Wenn plötzlich ein Gast irgendwas will, sieht es nicht gut aus, wenn ich eine Zigarette im Mund habe!" „Ist auch gesünder! Hast du was dagegen, wenn ich …?" „Überhaupt nicht! Rauch ruhig!" Er zündete sich eine an und sog genüsslich den blauen Dunst ein. Die Tatsache, dass sie ihm deutlich besser schmeckte als die vor einiger Zeit im Wald, zeigte ihm, dass der Kater von gestern am Abklingen war.

Apropos gestern: Es ließ ihm einfach keine Ruhe, er musste noch mal nachfragen! Einmal noch, dann nie mehr! „Du, Cordula", begann er unsicher, „falls ich gestern etwas zu zudringlich geworden bin, entschuldige bitte! Der Schnaps, du weißt!" „Wie zudringlich? Du warst doch nicht zudringlich! Du warst sehr charmant! Dafür brauchst du dich doch nicht zu entschuldigen!" „Ich meine bloß. Weil weißt du, wenn ich ehrlich bin, ich kann mich gar nicht mehr genau erinnern, was war." „Weißt du nicht mehr, dass wir hier auf der Terrasse gestanden haben und du mir so nette Sachen gesagt hast?" „Äh …, doch. Doch, das weiß ich schon noch! Und dass wir uns geküsst haben! Oder? Haben wir doch?" „Ja, haben wir! Wieso auch nicht? Wir haben doch schon am Telefon darüber gesprochen! Du warst wirklich dermaßen liebenswert, da konnte ich nicht anders, da musste ich dich einfach küssen! Ist doch nicht schlimm, oder? Oder ist das schlimm?" „Überhaupt nicht!"
Er starrte verlegen auf seine Kaffeetasse. „Echt? Charmant war ich? Und liebenswert?" „Und wie! Voll der Charmeur!" „Hör bloß auf, sonst werd' ich gleich rot! Und dann? Was war dann?"

Er beobachtete genau, wie sie auf diese Frage reagieren würde. Sie reagierte souverän, gelassen und unaufgeregt – und sie log! „Dann? Dann musste ich wieder hinein, weil deine Stammtischbrüder nach Getränkenachschub gebrüllt haben! Weißt du nicht mehr?" „Nein, null! Und ich? Bin ich mit dir hineingegangen?" „Nein, du wolltest doch nach Hause! Du hast gesagt, wenn du jetzt noch mehr trinken würdest, dann könntest du für nichts mehr garantieren. Und dass dir schwindlig ist! Und übel! Das habe ich dir doch auch schon am Telefon gesagt!"

Die perfekte Lügnerin.

„Ach so! Ja genau, schwindlig! Und übel! Peinlich, was?" Er senkte verschämt seinen Blick. Er tat so, als könne er sich wieder daran erinnern, aber er konnte es nicht. Verlegen und sehr verliebt sah er sie an. „Ich bin gegangen und hab dich allein gelassen mit den ganzen Besoffenen! Das war nicht schön von mir, gell?" „Naja, so schlimm war's nicht! Die waren schon in Ordnung! Und der Rolf hat mir ja geholfen, wenn der Klaus zu zudringlich wurde. Der hat seine Freundin komplett vergessen und wollte immer mit mir anbandeln!"

„Diese blöde Sau!", entfuhr es Gerd. Sofort verspürte er Hass gegenüber Klaus. „Naja, er hat ja nicht wirklich was gemacht, nur dumm dahergeredet, kennst ihn ja!" „Der soll dich in Ruhe lassen, der Idiot!" Mit großer innerer Befriedigung registrierte Cordula, wie sehr sich Gerd echauffierte. Sie beruhigte ihn: „Und auf den Rolf kann ich mich verlassen, das ist ein Chef, der kümmert sich schon um seine Angestellten! Der hat den Klaus zur rechten Zeit zurückgepfiffen."
Sie lachte – und sie hatte schon wieder gelogen. Alles, was sie Klaus angedichtet hatte, war nicht geschehen. Sie hatte es frei erfunden, um Gerd eifersüchtig zu machen und zu verwirren. Dessen Eifersucht hatte sich nun auf Rolf verlagert, weil sie positiv über diesen gesprochen hatte.

Rolf! Immer dieser blöde Rolf! Der sollte sie endlich in Ruhe lassen! Sie registrierte seine plötzlich finstere, bedrohliche Miene mit großer Genugtuung. Genau das war ihre Absicht gewesen, als sie Rolf erwähnt hatte, genau das! Als sie sah, dass sie erreicht hatte, was sie wollte, wurde ihr Ton wieder sehr freundlich: „Zu dir habe ich noch gesagt, du sollst was Schönes träumen und dann bin ich zurück in die Gaststube gegangen! So war das gestern!"
„So war das gestern!", wiederholte er leise und starrte irritiert auf seine Kaffeetasse. „Genau, so war das gestern", bestätigte Cordula, „und schön war's! Also für mich war's sehr schön! Ich hoffe, für dich auch!"
„Äh ..., ja, natürlich! Für mich auch!" Er sah sie an und versuchte ein Lächeln, obwohl er sehr verwirrt war, weil er sich dermaßen schlecht an die letzte Nacht erinnern konnte.
„Fräulein! Zahlen bitte!" Der Ruf eines Gastes unterbrach ihre Unterhaltung. „Sofort" rief Cordula freundlich und stand auf. „Du Gerd, entschuldige, aber ich muss wieder! Man sieht sich!" „Alles klar! Ich

geh dann eh gleich, ich trink nur noch den Kaffee aus. Moment, das Geld gebe ich dir gleich!" Er drückte ihr drei Euro in die Hand, als Stammgast kannte er die Preise im Berggasthof längst auswendig. „Stimmt so!", lachte er. Sie bedankte sich, ebenfalls lachend, und ging an den Tisch, von dem aus man sie gerufen hatte.

Während er seinen Kaffee schlürfte, machte Gerd sich seine Gedanken. Eigentlich hatte er erwartet, dass sie ihn gefragt hätte, wann er wiederkommt, ob er am Abend vorbeischauen würde. Das konnte er doch erwarten, wenn sie sich gestern schon geküsst hatten und wenn er ihr, was für ihn außer jedem Zweifel stand, so sympathisch war. Und wieder schlich sich Rolf in sein Denken – Rolf war ein Problem, nicht ein Problem, er war *das* Problem! Cordula redete einfach zu positiv über ihn. Er war ihr Chef und sonst gar nichts! Das sah nicht nur er so, das sollten gefälligst auch Cordula und vor allem Rolf so sehen! Die Eifersucht hatte sich wie ein Blutegel an ihm festgesaugt. Warum hatte sich Cordula von ihm verabschiedet, ohne über ihr nächstes Zusammentreffen zu sprechen? War ihre Zuneigung zu ihm gesunken, weil sie heute schon den ganzen Tag dem Gesäusel von Rolf ausgeliefert war? Er beruhigte sich damit, dass sie im Bedienungsstress gewesen war und deshalb vergessen hatte, ihrer beider Wiedersehen abzuklären. Er trank den letzten Schluck Kaffee aus und ging. Freundschaftlich winkte er Cordula, die immer noch mit Abkassieren beschäftigt war, zu. Offenbar nahm sie aber sein Gehen und Winken nicht wahr, weil sie nicht darauf reagierte. „Na gut", beruhigte er sich erneut selbst, „wir sehen uns ja wieder!", und verschwand im Wald. Eigentlich hatte er ihr ja das Kettchen zeigen wollen, das er im Laubhaufen hinter dem Gasthaus gefunden hatte – er hatte es aber vor lauter Begeisterung über ihre Anwesenheit vergessen. Er würde es am Abend nachholen. Voller Vorfreude auf ein baldiges Wiedersehen schlenderte er den Waldweg entlang.

Cordula hatte seinen Abschiedsgruß sehr wohl registriert, aber ganz bewusst nicht erwidert. Es war Bestandteil ihres teuflischen Plans, dass sich Gerd seiner Sache nicht zu sicher sein sollte – noch nicht! Sie wollte sein Verlangen, seine Sehnsucht, seine Gier, seine Erregung systematisch steigern. Dazu gehörte auch das Verschweigen des nächtlichen Liebesspiels im Wald. Wenn er nicht genau wusste, was geschehen war, wenn er grübelte, ahnte, hoffte und bangte, das würde seinen Wahn, sie zu besitzen, nur noch steigern. Und er sollte ins Unermessliche steigen, bis zum totalen Wahnsinn! Es war ein sehr perfider Plan, den sie für Gerd geschmiedet hatte, nicht nur für Gerd! Und es würde noch einiges geschehen, bis es soweit kommen würde, wie es ihrer Meinung nach kommen musste und kommen würde. Und dann würde das passieren, wonach sie sich schon lange gesehnt hatte, sehr, sehr lange!

Gerd ahnte von alledem nichts. Er war nach wie vor in seinem geliebten Wald unterwegs und freute sich seines momentan so glücklichen Lebens. Und auf eine seiner Meinung nach rosige Zukunft, mit Cordula natürlich! Der absolute Höhepunkt der Lust war zwar doch ein Traum gewesen, aber was nicht war, konnte ja noch werden! Er würde jetzt noch eine Weile im Wald herumstreunen, wie er das schon als kleiner Junge getan hatte, dann nach Hause gehen und eine Kleinigkeit essen. Dann würde er noch ein Nickerchen machen, um seine Batterien wieder aufzuladen. Und danach ins Bergwirtshaus zum Dämmerschoppen und zu seiner geliebten Cordula! Fröhlich kickte er einen Stein vom Weg in den Wald. Und er traf damit einen dicken Baumstamm, genau in der Mitte, der Aufprall war durch ein dumpfes „Tock" hörbar. Er freute sich wie ein kleiner Bub über den unerwarteten Volltreffer, er freute sich über das herrliche Wetter, er freute sich über die fleißigen Ameisen, die erneut seinen Weg kreuzten, er freute sich über Cordula. Er freute sich über alles, weil in seinen Augen alles so perfekt war.

Ach, das Leben war schön!

EIN VERLIEBTER WIRT

Das Mittagsgeschäft war vorbei. Die Wanderer hatten sich je nach Konstitution auf den Heimweg gemacht oder ihre Tour fortgesetzt. Der nächste Schwung an Gästen würde erwartungsgemäß so gegen halb drei Uhr zum Kaffee ins Bergwirtshaus kommen. Cordula hatte die Tische auf der Terrasse abgeräumt und war nun dabei, die Geschirrspülmaschine drinnen in der Küche zu füllen. Rolf beschäftigte sich unterdessen mit den fettverschmierten Herdplatten. Eigentlich beschäftigte er sich kaum damit, er stand nur am Ofen und wischte ohne sichtbares Ergebnis an den Platten herum. Sein Hauptaugenmerk hatte er auf ganz etwas anderes gerichtet: Er beobachtete aus den Augenwinkeln seine Bedienung, wie sie sich in ihrem schwarzen Rock bückte, um die Teller und Gläser einzusortieren. Ihre schlanken Beine, ihre Oberschenkel, die auf Grund der Hocke, in der sie sich befand, bis weit nach oben zu sehen waren, ihre Hüften, ihren ganzen Körper musterte er. Sie wirkte auf ihn jetzt noch erotischer, erregender, als sie es nackt getan hatte. Was für eine Frau! Was für eine Wahnsinnsfrau! Er freute sich unbändig, in ihrer Nähe zu sein, der Einzige in ihrer Nähe zu sein, allein mit ihr zu sein! Irgendwie, so empfand er es, hatte die Situation etwas von einer harmonischen Beziehung: Mann und Frau gemeinsam bei der Arbeit in der Küche, ohne viele Worte, aber mit einem spürbaren stillen Verständnis füreinander. Dieser genauso romantische wie unzutreffende Gedanke spukte in seinem Kopf herum. Dass er im Moment die Rolle des Voyeurs und sie die Rolle des Objektes seiner wachsenden Begierde innehatte, war ihm nicht bewusst, zumindest sah er es nicht so.

Cordula war dies sehr wohl bewusst, als sie aufreizend langsam das Geschirr in die Spülmaschine einsortierte. Sie hatte ihn längst verzaubert, wie sie auch Gerd längst verzaubert hatte. Und wie schon in jenem Augenblick, als sie nackt vom Duschen zurück in ihr Zimmer gegangen war, spürte sie auch jetzt ganz genau, dass Rolf sie voller Gier anstarrte. Sie gab sich ahnungslos und widmete sich weiter ihrer Arbeit.

Rolf überlegte unterdessen, wie er ein Gespräch mit ihr beginnen könnte. Er wollte nichts Banales sagen, nichts Gewöhnliches wie die

Bauernlümmel gestern Abend am Stammtisch. Nein, er wollte eine niveauvolle Konversation mit ihr führen. Sie sollte schon merken, dass er ein weitgereister Mann mit Bildung und Lebenserfahrung war, der ihr mehr bieten konnte als diese Dorfbuben, finanziell und intellektuell. Besonders mehr als Gerd, der sich einbildete, bei ihr landen zu können. Ausgerechnet er, der bisher ohne Alkohol nicht einmal in der Lage war, mit einem weiblichen Wesen ein unverkrampftes Gespräch zu führen! Dieser Mensch wollte diese Traumfrau für sich gewinnen – lächerlich! Rolf grinste bei dieser Vorstellung in sich hinein und schüttelte den Kopf, so als wolle er sich selbst bestätigen, wie abwegig, wie abstrus Gerds Hoffnungen waren.

„Und, Cordula? Hast du schon etwas von der Ruhe, die du dir hier heroben erhofft hast, gespürt? Ich meine jetzt nicht die akustische Ruhe, die man in Dezibel messen kann, die wird vom Gerede der Wanderer und dem Geschrei der Stammtischler gestört. Ich meine die innere Ruhe, das Zur-Ruhe-Kommen, die Erholung für die geschundene Psyche!" Er freute sich über diesen Satz, der ihm nach eigener Auffassung sehr gut gelungen war.

Sie erhob sich aus der Hocke und schaltete die Geschirrspülmaschine ein. Dann drehte sie sich um und sah ihn an, sah ihn an mit einem Blick, als wäre sie ihm sehr dankbar für diese Frage. „Ich weiß was du meinst, Rolf", antwortete sie, „ich weiß ganz genau, was du meinst! Und ob du es glaubst oder nicht: Ich spüre diese Ruhe, diese innere Ruhe schon, seit ich hier angekommen bin. Da heroben kann man einfach abschalten von der Hektik des Alltags, von der Kompliziertheit und Verrücktheit und Verlogenheit der Beziehungen. Besonders was die Verlogenheit betrifft, habe ich eine sehr bittere Erfahrung hinter mir, das darfst du mir glauben. Ich habe das Gefühl, hier im Bergwirtshaus sind die Menschen irgendwie besser, moralischer. Nicht nur du oder Gerd oder die anderen vom Stammtisch, alle die hier her kommen, die ganzen Wanderer und Gäste. Hier sind die Gefühle echter, ehrlicher als unten. Weißt, was ich meine?" „Ich denke schon", sagte Rolf, „ich denke schon! Das war auch mein Beweggrund, warum ich das Wirtshaus hier gepachtet habe. Ich hab auch meine schlechten Erfahrungen gemacht da unten!" „Echt? Welche denn?" „Das ist eine lange Geschichte, die muss ich dir mal in Ruhe bei einem Glas Wein erzählen!" „Okay", meinte sie und sah ihm neugierig in die Augen, „gerne!" Er lobte weiter den guten Geist, der hier auf dem Berg herrschte: „Wenn hier einer zu dir sagt, dass er dich mag oder nicht mag, dann meint er das auch so. Die ganzen Schnösel mit ihren verlogenen Komplimenten und ihrem aufgesetzten Charme, die kommen nicht hier herauf! Aber ich kenne sie, diese Typen, ich kenne sie zur Genüge! Ich habe jahrelang in der Großstadt gelebt und gearbeitet. Ich habe die Schnauze voll von dem ganzen Pack, das darfst du mir glauben!" „Ich auch Rolf, ich auch! Und darum weiß ich es wirklich zu schätzen, wenn zum Beispiel einer wie der Gerd zu mir sagt, dass er mich mag. Weil ich glaube, der Gerd ist ein grundehrlicher Mensch. Der mag mich, weil ich ich bin. Verstehst du? Nicht weil ich jetzt vielleicht eine ganz gute Figur habe, sondern weil er die Art mag, wie ich mit Leuten rede, wie ich gehe, lache und so. Und weil ich die Natur mag, so wie er auch! Das hat er mir gestern selbst gesagt!"

Das war exakt die Reaktion, die Rolf auf seine Äußerung hin weder erwartet, geschweige denn erhofft hatte! Schon wieder dieser blöde Gerd! Was sie nur an ihm fand! Immer wieder brachte sie das Gespräch auf diesen Idioten! Er war verärgert, hatte sich aber gut unter Kontrolle. „Ach ja, der Gerd", heuchelte er in einem bewusst kumpelhaften Ton, „der Gerd ist schon in Ordnung! Aber ich bezweifle, dass er seine Gefühle richtig einschätzen kann. Weil er hat ja, was Frauen betrifft, herzlich wenig Erfahrung, eigentlich überhaupt keine. Und wenn ihm dann auf einmal so eine Traumfrau wie du gegenüber steht, da kann es schon sein, dass die Hormone bei so einem jungen Hüpfer komplett verrückt spielen! Versteh mich nicht falsch, ich will Gerds Gefühle nicht herunterspielen oder ihn schlecht machen, ich meine nur!" Er war ein guter Lügner, aber sie wusste genau, was in ihm vorging. „Das kann schon sein", erwiderte sie, „und vielen Dank für's Kompliment in Sachen Traumfrau! Aber Gefühle und Hormone hin oder her – ich glaube trotzdem, dass der Gerd ein grundehrlicher und grundanständiger Kerl ist!" Sie sprach sehr zielgerichtet und berechnend so positiv über Gerd. Sie wollte, dass der Argwohn und die Eifersucht von Rolf weiter wuchsen.

Und wie sie wuchsen! Rolf fühlte Hass in sich aufsteigen. Hass gegen einen Menschen, den er schon lange kannte und schätzte, der sein Stammgast war, der ihm nie etwas zuleide getan hatte und der immer geholfen hatte, wenn Not am Mann war. Sei es beim Holzhacken für den Winter, sei es beim Herrichten der Gaststube für eine abendliche Feier oder sei es als Aushilfskellner, wenn er einmal nicht ganz fit war oder unten in der Stadt einen Termin hatte. Rolf fühlte Hass gegen einen Menschen, mit dem er viele intensive, lustige und freundschaftliche Gespräche über Gott und die Welt geführt hatte. Nie hatte es das kleinste Problem zwischen ihnen gegeben, immer war es entspannt und locker zwischen ihnen zugegangen. Und nun war da Hass.

Cordula hatte es geschafft, das unsichtbare Band der Männerfreundschaft zwischen Gerd und Rolf zu zerstören. Ohne großen Aufwand, nur durch ihr Erscheinen und ihre Anwesenheit. Sie lächelte, süß wie immer, obwohl ihre Freude eine sehr finstere Freude war, eine teuflische und zerstörerische Freude, eine tödliche Freude. Es war ihr klar, dass sie Rolf bei Laune halten musste, und dass sie das Lob und die positiven Äußerungen, was Gerd betraf, nicht übertreiben durfte. „Naja, ist ja auch egal", sagte sie deshalb aus kalter Berechnung, „nett ist er schon, der Gerd. Aber das war's dann auch schon. Ich habe es dir ja schon gesagt, dass so blutjunge Burschen nichts für mich sind. Mehr als Freundschaft könnte ich gegenüber Gerd nie empfingen, da ist er mir einfach zu unreif! Ein guter Kumpel, das ist er bestimmt! Abgesehen davon: Was feste Bindungen betrifft, habe ich momentan sowieso die Nase voll! Und wenn, dann würde ich mich nur auf einen Mann einlassen, der sich die Hörner abgestoßen hat, der zu mir hält und bei mir bleibt, und auf den ich mich verlassen kann!"

Rolfs Augen leuchteten. Er war von einem Augenblick auf den anderen wieder selig! Er hatte das Gefühl, als hätte er soeben nicht einen Menschen sprechen, sondern einen Engel singen hören. Wenn das nicht eine eindeutige Sympathieerklärung, oder gar schon eine zarte Liebeserklärung von ihr an ihn gewesen war, was dann? Er konnte also absolut beruhigt sein – Gerd war keine Gefahr für seine Beziehung zu Cordula. Der sollte seine spätpubertären Spinnereien ruhig weiterspinnen, sollte ruhig weiterschwärmen und um sie herumhüpfen wie ein junger Hund, werden würde daraus sowieso nichts! Das war jetzt sonnenklar! Die noch vor wenigen Sekunden in ihm nagende Eifersucht war einem stillen Triumph gewichen, einer heimlichen Schadenfreude. Dieser Idiot! Vergeudete seine Zeit und seine Jugend mit Träumen, die unerfüllbar waren! „Von mir aus", dachte sich Rolf,

„soll er doch! Bringen wird es ihm gar nichts!" „Weißt was", wandte er sich an Cordula, „bevor jetzt dann die Leute zum Kaffeetrinken kommen, genießen wir zwei ganz alleine eine schöne Tasse Espresso! Hast du Lust?" „Wenn Sie das sagen, Herr Chef, dann kann ich wohl schlecht widersprechen", lachte sie, „setzen wir uns ins Gastzimmer oder gehen wir raus auf die Terrasse?" „Ach, bleiben wir im Gastzimmer! Draußen gehen bei dem schönen Wetter immer irgendwelche Leute vorbei, da ist man tagsüber nie ungestört! Und ich habe jetzt ehrlich gesagt keine Lust, zwanzigmal ‚Grüß Gott' zu sagen!"

„Oh!", tat sie überrascht und geschmeichelt zugleich, „möchtest du etwa ungestört mit mir sein?" Er überlegte nur ganz kurz, dann kleidete er das, was er eigentlich ernst meinte, in eine seiner Ansicht nach humorvolle Bemerkung: „Natürlich möchte ich ungestört mit dir sein, sonst kann ich dir ja keine Liebeserklärung machen!" Er versuchte, ein möglichst lausbübisches Lächeln aufzusetzen, als er das sagte. Es gelang ihm auch halbwegs, doch Cordula wusste, dass er ihr bereits verfallen war. Sie spielte das Spiel mit: „Na, dann bleiben wir im Gastzimmer und du erklärst mir in aller Ruhe deine Liebe!" Sie lächelte und nahm ganz ungezwungen und fast geschwisterlich seine Hand. Wie Hänsel und Gretel führten sie sich gegenseitig in die Gaststube und wieder war Rolf selig. Er fühlte sich aber nicht wie Hänsel, eher wie Romeo. „Ach, wenn sie wüsste, dass ich das alles ernst gemeint habe mit der Liebe!", dachte er sehnsüchtig, „wenn sie es nur wüsste!" Er hatte keine Ahnung, dass sie es sehr wohl wusste!

„Setz dich her, Cordula, ich mach den Espresso", forderte er sie liebevoll auf, am Tisch neben der Theke Platz zu nehmen. Sie tat es, protestierte aber lächelnd: „Eigentlich bist du der Chef und ich die Angestellte! Du müsstest dich setzen und ich den Espresso für dich machen und nicht du für mich!" Gleichzeitig nahm sie aber mit Genugtuung zur Kenntnis, wie sehr er sich um ihre Gunst bemühte.

„Jetzt lass mal", sagte er, „ich möchte nicht in erster Linie ein Chef-Angestellten-Verhältnis zu dir haben, sondern ein freundschaftliches! Meinst du, wir kriegen das hin?" Das Verhältnis, von dem er träumte, war weit mehr als ein freundschaftliches. „An mir soll's nicht liegen", antwortete sie, während er an der Kaffeemaschine stand, „ich glaub schon, dass wir zwei in etwa auf einer Wellenlänge liegen. Wir lieben die Natur, wir lieben es, Gäste zu bedienen …" „Und wir haben beide eine gescheiterte Beziehung hinter uns", ergänzte er, während er sich mit zwei Tassen Espresso zu ihr an den Tisch setzte. „Was ist denn bei dir schiefgelaufen?" Sie hielt kurz erschrocken inne. „Oh, entschuldige, es geht mich ja eigentlich nichts an! Ich wollte nicht aufdringlich oder neugierig sein!" „Nein nein, kein Problem! Im Gegenteil, es tut mir gut, mit jemandem, der Verständnis hat, darüber zu sprechen! Mit den Jungs vom Stammtisch kann man ja über solche Dinge nicht reden, die sind da viel zu kindisch. Und mit den wildfremden Wanderern sowieso nicht! Die interessiert es nicht und die geht es auch nichts an!" Und dann erzählte er ihr ausführlich von seiner Ehe, von seiner Frau, die nicht das geringste Verständnis für seine Liebe zur Natur und zu den Bergen hatte, die sich viel lieber in Boutiquen, bei Frisören und in Schönheitssalons aufhielt als im Wald. Die sich nie fragte, wo das Geld herkam, sondern nur, wie sie es am schnellsten unter die Leute bringen könnte.

„Man kann solche krassen Gegensätze herunterspielen, verdrängen, verschweigen, verleugnen, aber irgendwann geht es einfach nicht mehr! Und dieser Zeitpunkt war halt bei uns vor zwei Jahren erreicht!" „Also sie hat dich nicht betrogen oder so?" „Nein, das glaube ich nicht! Obwohl es mir, ehrlich gesagt, egal wäre. Was das betrifft, will ich ihr keinen Vorwurf machen, ist mir echt schnuppe! Aber wir waren einfach zu verschieden, wir hatten völlig unterschiedliche Lebensplanungen! Wenn du Feuer und Wasser zwangsweise zusammensperrst, dann ist das für keinen von beiden gut! Entweder das Wasser verdunstet oder das Feuer erlischt, einer bleibt auf jeden Fall auf der Strecke", gab er sich fast schon philosophisch. „Da hast du wohl Recht", bestätigte sie und nippte vom Kaffee, „ein sehr schönes Bild das mit Wasser und Feuer. So gesehen ist das Sprichwort, dass sich Gegensätze anziehen, eigentlich nicht sehr wahr, oder?" „Nicht sehr wahr? Ein ausgemachter Blödsinn ist das!", meinte er fast ärgerlich. „Aber so blöde Sprüche gibt es ja viele! ‚Jung gefreit hat nie gereut' – was soll das zum Beispiel? Jung gefreit hat nie gereut" – er wiederholte es spöttisch. „Was soll daran gut sein, wenn man sich schon mit zwanzig an irgendeinen Partner kettet?"

Er lachte zynisch. „Aber wenn es die große Liebe ist?", fragte sie, halb unschuldig und halb provozierend. Er lachte noch zynischer. „Die große Liebe! Mit zwanzig Jahren die große Liebe! Mit zwanzig weiß kein Mensch, ob er seiner großen Liebe gegenüber steht! Die allermeisten stehen ihr nie gegenüber! Mal ganz ehrlich: Hast du geglaubt, dein Freund wäre die große Liebe?" Sie überlegte kurz. „Ja, eigentlich schon", antwortete sie und wirkte dabei fast ein wenig beschämt. „Siehst du! Und dann entpuppt sich die große Liebe als unzuverlässiges Arschloch! Entschuldige den Ausdruck!"

„Aber er stimmt!"

Sie lachte gequält. „Und jetzt stell dir vor, ihr hättet geheiratet, bloß wegen des blöden Sprichworts, dass jung gefreit nie gereut hat! Und dann die Trennung! Anwälte, Kosten, Streit ums Geld, Unterhalt und und und! Da ist es doch viel besser, man ist nicht verheiratet, trennt sich und geht seiner Wege, wenn das Ganze keinen Sinn mehr hat! Ich weiß, wovon ich spreche, ich bin ein gebranntes Kind! Ich habe Lehrgeld bezahlt, viel Lehrgeld!" Er nahm einen Schluck Espresso und sah ihr in die Augen. „Stimmt's oder habe ich Recht?" „Natürlich hast du Recht! Aber wann weiß man dann, ob man seiner großen Liebe gegenübersteht?" fragte sie zurück. „Mit 30? Mit 40? Mit 80? Sag's mir!" Mit einer Mischung aus mädchenhafter Naivität und gespielter weiblicher Hilflosigkeit, die bei Männern so enorm gut ankommt, sah sie ihn an.

Er überlegte, er wollte jetzt auf keinen Fall eine dumme Antwort geben. In dieser Situation wollte er nichts sagen, was ihrer beider Verhältnis schaden hätte können. „Eine bestimmte Zahl kann man wohl nicht hernehmen. Ich würde sagen, man braucht einfach eine gewisse Lebenserfahrung, man braucht genügend Erfolge, Misserfolge, Siege, Niederlagen, verstehst du? Manche haben das mit 30 schon hinter sich, andere mit 50 noch nicht! Verstehst du, was ich meine?" „Ich denke schon." Lachend fügte sie an: „Und wie ist es bei dir? Hast du genügend Siege und Niederlagen hinter dir, um zu wissen, dass die große Liebe vor dir steht?" „Ich? Ich merke das sofort!" Er lachte und rang sich dann zu einer Bemerkung durch, die nichts anderes als eine Liebeserklärung an sie war: „Wenn meine große Liebe vor mir steht, dann weiß ich das!" Und nach einer kurzen Pause sah er ihr in die Augen und sagte: „Und wenn sie neben mir sitzt, dann weiß ich es auch!"

„Also Rolf!" Sie gab sich empört, wirkte dabei aber sehr geschmeichelt. „Du willst doch damit nicht sagen, dass ich deine große Liebe bin! Mensch Rolf! Jetzt hör aber auf!" Sie gab ihm einen freund-schaftlichen Klaps auf die Schulter – für sie eine kleine Geste, für ihn wie der Kuss eines Engels! „Und wenn es so wäre", wurde er, bestärkt durch ihre zumindest nicht abweisende Reaktion, mutiger, „wäre es schlimm?" „Schlimm? Was heißt schlimm, schlimm wäre es nicht! Oder ist es schlimm, wenn man von irgendwem die große Liebe ist? Eigentlich ist das doch etwas Schönes, oder? Die große Liebe zu sein!" Sie blickte süß wie ein verliebter Teenager. „Aber nach der kurzen Zeit, die wir uns kennen, kann man das sowieso noch nicht beur-teilen, oder? Auch wenn man über eine so große Lebenserfahrung verfügt wie du!"

Sie sagte das sehr ironisch, fast ein wenig spöttisch, war sich dabei aber durchaus bewusst, wie ernst es Rolf war. Doch zuviel Hoffnung wollte sie ihm nicht machen, zumindest jetzt noch nicht. Hoffnung ja, aber auch die Angst, dass es mit ihnen beiden nichts werden könn-te – beides sollte er in sich spüren. Sie wollte es beobachten und ge-nießen, wie seine Gier nach ihr wuchs! Rolf wusste nicht so recht, wie er reagieren sollte. Ihre Antwort war für ihn weder Fisch noch Fleisch. Sollte er nachlegen? Sollte er ihr sagen, dass es ihm sehr ernst war mit der großen Liebe? Nein – seine Erfahrung mit Frauen warnte ihn, jetzt mit der Tür ins Haus zu fallen. Es würde noch Gelegenheit genug geben, ihr näher zu kommen. Und wieder dachte er an jenen Moment, in dem er sie nackt gesehen hatte – sie waren sich schon sehr viel näher gekommen, als sie überhaupt ahnte!

Er blieb bei seiner unverbindlichen, leicht ironischen Freundlichkeit: „Ein Wunder wäre es nicht, wenn sich einer in dich verlieben wür-de – du bist ein unheimlich hübsches und freundliches Mädchen! Ein richtiger Sonnenschein!" Er lächelte sie an. „Jetzt werd' ich aber gleich rot! Wechseln wir lieber das Thema! Glaubst du, dass heute viele Gäste zum Kaffee kommen?" „Naja, es ist Samstag, das Wetter ist traumhaft, die Bedienung ist attraktiv, da werden schon einige kommen", konnte er sich ein weiteres Kompli-ment nicht verkneifen. „Jetzt hör aber auf! Die Gäste kommen doch nicht wegen mir!" Wieder stupste sie ihn liebevoll an. Er wünschte sich, dieser Moment der Zweisamkeit und der Vertrautheit zwischen ihnen sollte nie enden! Er hatte sie ganz für sich allein in diesem Au-genblick! Keine schmachtenden Blicke männlicher Wanderer, keine anzüglichen Bemerkungen des Stammtischcasanovas Klaus und kein notgeiles Getue und Geschwärme von Gerd – nur er und sie! Ach, wenn es nur so bleiben könnte! Er seufzte innerlich, sah ihr tief in die Augen und lächelte sie an.

„Wieso aufhören? Es stimmt doch, dass ich eine sehr attraktive Bedienung habe! Und was stimmt, das darf man sagen! Das soll man sogar sagen, die Wahrheit muss raus!" Er lachte. „Ja okay, wenn du meinst. Es ist ja lieb von dir, danke für's Kompliment! Aber jetzt kümmern wir uns wieder um unser Geschäft und raspeln nicht die ganze Zeit Süßholz! Auf geht's, Chef!" Ein drittes Mal berührte sie seine Schulter. „*Unser* Geschäft", hatte sie gesagt, „*unser* Geschäft!" Aus seiner Sicht verdichteten sich die Anzeichen, dass sie zumindest mit dem Gedanken spielte, bei ihm zu bleiben! Er war rundum zufrieden und glücklich und freute sich auf das, was noch kommen würde, was sich noch entwickeln würde zwischen ihr und ihm. „Na gut", sagte er trotzig. Es hörte sich so an, als wäre er ein kleiner Bub und hätte von seiner Mutter einen lästigen Auftrag erhalten. „Dann kümmern wir uns halt um unser Geschäft!" Bei den Worten „unser Geschäft" lächelte er selig, sie registrierte es sehr wohl, hatte sie es doch ganz bewusst so gesagt.

„Hallo? Ist jemand da? Hallo?" Unsanft wurden sie aus ihrem Flirt gerissen. Ein weiblicher Gast verlangte mit schriller Stimme von draußen auf der Terrasse, bedient zu werden. „Siehst du", sagte Cordula vorwurfsvoll, „es geht schon los! Wir haben uns total verplaudert! Ich geh raus zu der Dame!" Sie ordnete kurz mit der Hand ihre Frisur und ging nach draußen. Sehnsüchtig sah Rolf ihr nach und seufzend stand er auf, um in der Küche den Kuchen herzurichten für die Kaffeetrinker, die jetzt langsam, aber sicher eintrudeln würden. „Irgendwie sieht sie in ihrem schwarzen Rock mit den makellosen Beinen verführerischer aus als nackt", dachte er und schüttelte genau so ungläubig wie zufrieden den Kopf.

SKEPSIS EINER MUTTER

„Wo warst du denn so lange?" Die Stimme seiner Mutter klang vorwurfsvoll und besorgt, als Gerd nach seinem Ausflug durch den Wald zum Berggasthof zu Hause ankam. Für sie war er trotz seiner 24 Jahre immer noch der kleine Bub, der sich im Wald verlaufen könnte. Unter normalen Umständen hätte er jetzt eine patzige Bemerkung gemacht, weil sie sich ständig so gluckenhaft um ihn sorgte. Aber heute war er wegen Cordula sehr gut gelaunt und blieb freundlich. „Ich bin bloß spazieren gegangen", sagte er, „das hat gut getan nach dem gestrigen Abend!" „Das glaub ich dir", gab sich die Mutter beruhigt und versöhnlicher, „das glaub ich dir gerne! Und? Geht's besser jetzt?" Sie strich ihm gütig über das Haar, eine Geste, die er gar nicht mochte. Aber selbst das konnte ihn heute nicht nerven. „Jaja, viel besser! Ich hab im Bergwirtshaus einen Kaffee getrunken, der hat mir gut getan und die Lebensgeister wieder geweckt! Und jetzt habe ich Hunger! Ist noch was da vom Mittagessen?" „Ja freilich! Setz dich, ich wärm dir den Schweinebraten in der Mikrowelle auf!" Sie freute sich wie jede Mutter darüber, den Sohn verwöhnen zu dürfen. „Und dann erzählst du mir, was es mit dem Bild auf sich hat", bat sie ihn, während sie das Essen in den Herd schob.
„Bild? Welches Bild?"

Sie setzte sich zu ihm an den kleinen Tisch. „Na, das Bild, über das du am Mittag mit Opa gesprochen hast! Du hast doch gesagt, dass du ihm ein Bild mitbringst. Und zu mir hast du gesagt, das erklärst du mir später. Dann bist du verschwunden." „Ach so, das Bild!" Er erinnerte sich, dass er dem Opa ein Handyfoto von Cordula zeigen wollte und begann, voller Begeisterung zu erzählen. „Mama, es ist ein Wahnsinn! Ich habe ein Mädchen kennen gelernt – der totale Hammer! Superhübsch, total nett, ein absoluter Traum! Ich glaube, das ist die Frau für's Leben! Die wird dir auch gefallen, hundert Pro!"

Die Mutter war überrascht über soviel Begeisterung ihres Sohnes. So kannte sie ihn gar nicht. Er war eigentlich der stille, der schüchterne Typ, der selten aus sich herausging. Gefühle zu zeigen war nicht gerade seine Stärke. Umso mehr freute sie sich für ihn und über seine Euphorie. Es ist zwar für eine Mutter immer schwierig, wenn erstmals eine andere Frau in das Leben ihres einzigen Sohnes tritt, aber weil sie ihn liebte, gönnte sie ihm sein Glück. „Wo kommt sie denn her? Stammt sie hier aus der Gegend? Wie lange kennt ihr euch denn schon?"

Ungeduldig wartete sie auf seine Antwort. Aber so einfach war es für Gerd nicht, auf ihre Fragen konkret einzugehen. Über solch banale Dinge hatte er mit Cordula bisher kaum gesprochen. Er kannte nur die wenigen Anhaltspunkte, die sie ihm und Rolf mitgeteilt hatte, als sie vorgestern im Berggasthof aufgetaucht war. Diese gab er an seine Mutter weiter, was deren Freude über die Eroberung ihres Sohnes deutlich dämpfte. Und als er berichtete, dass er Cordula erst vor zwei Tagen zum ersten Mal gesehen hatte, wich ihre freudige Anteilnahme einer fühlbaren Skepsis. „Ach so, zwei Tage kennst du sie erst! Also Gerd, sei mir nicht böse, aber nach zwei Tagen kannst du doch überhaupt noch nicht beurteilen, ob aus dieser Sache etwas wird! Vor allem, wenn du praktisch überhaupt nichts von ihr weißt! Du kennst ihre Familie nicht, ihren Freundeskreis, ihre Hobbys, nichts! Du weißt ja im Prinzip überhaupt nicht, wer diese Frau ist!" Die ursprüngliche mütterliche Wärme in ihrer Stimme war einem verständnislosen, vorwurfsvollen, ablehnenden Ton gewichen.
Gerd reagierte aggressiv auf diese seiner Meinung nach völlig unbegründeten und unsinnigen Bedenken: „Also Mama, was soll denn das? Anstatt dass du dich freust, weil ich mit einem tollen Mädchen befreundet bin, versuchst du, sie mir madig zu machen! Sei doch froh, dass ich endlich jemanden habe, mit dem ich mich gut verstehe! Und dass es diesmal nicht meine Stammtischkumpel sind, sondern eine Frau! Du sagst doch selbst immer, ich soll mich nicht dauernd mit diesen Freibiergesichtern umgeben und lieber mal mit einem Mädchen was unternehmen! Das hast du doch schon so oft gesagt!" Er klang sehr verärgert, fast beleidigt.

Das Klingeln der Mikrowelle unterbrach ihre Unterhaltung. Nachdem sie das Essen aus dem Ofen geholt und vor Gerd hingestellt hatte, antwortete sie auf seine Vorwürfe. „Ich will dir doch nichts madig machen, ich freue mich ja für dich. Aber ich verstehe nicht, dass du schon jetzt von einer gemeinsamen Zukunft redest, nach so kurzer Zeit! Lernt euch doch erst mal kennen! Unternimm was mit ihr, geh mit ihr ins Kino, zum Wandern, führ sie zum Essen aus oder was weiß ich! Ihr habt euch jetzt an zwei Abenden gesehen und an einem davon warst du betrunken! Gerd!" Sie strich ihm zärtlich über die Haare. Dieses mütterliche, leicht vorwurfsvolle Aussprechen seines Namens in Verbindung mit dem Berühren seiner Haare nervte ihn schon immer ungemein, jetzt in diesem Augenblick ganz besonders.

„Mama, jetzt mal ganz im Ernst: Das ist mir schon klar, dass ich Cordula noch nicht lange kenne und dass ich ihre persönlichen Lebensdaten noch nicht erforscht habe. Aber ich weiß, dass ich sie unheimlich gern mag und dass ich mich super mit ihr verstehe. Und wenn man sich mit jemandem unterhält, dann weiß man doch, ob die Chemie stimmt, ob man auf einer Wellenlänge liegt. Da brauche ich doch nicht erst zehnmal ins Kino zu laufen oder fünfzig Kilometer gemeinsam zu wandern, um das festzustellen! Mensch Mama!" Er redete sich immer mehr in Rage, die Besessenheit von Cordula war offensichtlich für die Mutter. „Diese Frau ist das Beste, was mir je passiert ist! Aus und Basta! Ob dir das passt oder nicht!" Die Mutter bekam fast Angst angesichts des aggressiven Tones und der wirren Augen ihres Sohnes. „Gerd! Sag mal, spinnst du? Wieso schreist du mich so an? Ich habe doch nichts gegen dieses Mädchen – ich kenne sie ja gar nicht!" Er erschrak und besann sich: „Entschuldigung Mama, tut mir leid, aber ich mag sie wirklich sehr! Du ahnst nicht, wie sehr!"

Die Mutter wurde, obwohl sie sich nach wie vor sorgte, wieder versöhnlicher: „Na, dann bring sie halt mal mit, damit ich sie auch kennen lerne! Wenn sie im Bergwirtshaus wohnt und arbeitet, dann ist der Weg zu uns ja sowieso nicht weit. Bring sie mit, ich mach uns einen schönen Kaffee und wir drei können uns gemütlich unterhalten! Oder, was meinst du?" Gerd schob sich geistesabwesend ein Stück vom Schweinebraten in den Mund und überlegte kurz. An das hatte er noch gar nicht gedacht, sie zu sich einzuladen. Aber er wusste auch, warum: Es war irgendwie zu banal, das zu tun. Die Beziehung zwischen ihm und Cordula war etwas ganz Besonderes, fernab von den üblichen, gewöhnlichen, langweiligen, nervtötenden Mann-Frau-Kisten, da war er sich sicher! Bei ihnen beiden sollte es nicht nach dem Schema ablaufen, nach dem es in „normalen" Beziehungen abläuft – sich kennen lernen, sich den Eltern und Freunden vorstellen, ins Kino oder zum Essen gehen. Das war etwas für die graue, spießige und muffige Masse, aber nicht für Cordula und ihn! Zumindest sah er das so.

Wie es konkret bei ihnen ablaufen sollte, das wusste er in diesem Moment auch nicht, aber dass es ganz besonders ablaufen sollte und würde, da war er sich sicher. Ganz anders als bei anderen würde es laufen, ganz anders! Und damit sollte er auch Recht behalten! Dass aber das Besondere an ihrer Beziehung für ihn – und nicht nur für ihn – in einer persönlichen Katastrophe enden würde, das lag in diesem Moment außerhalb seiner Vorstellung. Aber es sollte so kommen und es sollte nicht mehr lange dauern!

„Also? Bringst du sie mal mit?" Die Frage der Mutter unterbrach seine hochtrabenden Gedanken über eine rosarote Zukunft mit Cordula. „Äh …, jaja, ich … ich bring sie bestimmt mal mit! Mal sehen! Wenn es zeitlich passt."

Er war genervt. Dieses hausbackene, biedere, spießige Gehabe seiner Mutter! Kaffeetrinken und sich bei einem sinnlosen Plausch kennen lernen! Womöglich noch mit selbstgebackenem Kuchen! Ihm wurde fast übel bei dieser Vorstellung! Er und Cordula und dann so was Gewöhnliches, so was Muffiges! „Jetzt ess' ich erst mal fertig, dann mach ich mich frisch und dann geh ich ins Bergwirtshaus!", versuchte er, die Unterhaltung abzuwürgen. „Reden wir ein anderes Mal weiter!" „Wieso denn? Wenn du sie dann eh triffst, dann kannst du sie ja gleich einladen!" „Mal sehen", meinte er, immer noch genervt, und widmete sich demonstrativ seinem Essen. „Jaja, ich geh ja schon!" Die Mutter wirkte gekränkt wegen des unüberhörbar ablehnenden Tonfalls von Gerd.

Sie stand auf und verließ die Küche. Sie ging mit einem unguten Gefühl, einem sehr unguten, ängstlichen Gefühl. Es gefiel ihr gar nicht, dass ihr Sohn dermaßen aggressiv auf eine ganz normale Bitte von ihr reagiert hatte. So war er sonst nicht. Was hatte die Bekanntschaft zu dieser Frau innerhalb so kurzer Zeit in ihm dermaßen negativ verändert? Welchen fatalen Einfluss übte diese Cordula auf ihn aus? Wer war sie, wo kam sie her, was wollte sie hier? Womit hatte sie erreicht, dass er ihr nach zwei Tagen des Kennens schon beinahe hörig war? Als Mutter spürte sie, dass dies der Fall war. In ihm ging etwas vor, was gar nicht gut für ihn war, da war sie sicher. Sie war sehr bedrückt, als sie sich im Wohnzimmer auf die Couch setzte und zur Ablenkung den Fernseher anmachte. Gerd hatte unterdessen ganz andere Gedanken. Endlich hatte die Mutter ihn in Ruhe gelassen! Er freute sich auf den Abend, auf das Wiedersehen mit Cordula.

Heute würde er nüchtern bleiben und versuchen, die Beziehung zu ihr zu intensivieren. Das, was er geträumt hatte, musste irgendwann Wirklichkeit werden! Und es würde irgendwann Wirklichkeit werden, davon war er überzeugt! Wie sie sich bisher ihm gegenüber benommen hatte, was sie bisher zu ihm gesagt hatte, die Berührungen, die Blicke – das alles konnte ja nur bedeuten, dass sie auch an eine gemeinsame Zukunft dachte!

Er würde versuchen, ihre traute Zweisamkeit auch anderen gegenüber zu demonstrieren, es sollten alle sehen, dass sie zwei sich einig waren. Besonders Rolf sollte es sehen! Genau, besonders der! Er lächelte still vor sich hin, während er seinen Teller leerte. In zwei Stunden würde er wieder ganz nah bei ihr sein! Er fühlte sich pudelwohl angesichts dieser Aussichten. Und nebenan saß seine Mutter und fühlte sich hundeelend. Sie hatte große Angst um den Sohn. Sie spürte, dass er auf einem sehr schlechten Weg war, auf einem Weg in die Nähe des Abgrundes. Sie konnte sich konkret nicht vorstellen, warum, doch sie wusste, dass es so war. Offenbar spüren Mütter so etwas.
Und sie konnte nichts dagegen machen.

DER GEIST DER VERGANGENHEIT

Der Großvater lag in seinem Bett – wie immer und ohne Alternative. Doch etwas war anders: Seinen üblichen Nachmittagsschlaf hatte er heute nicht gefunden. Zu viele und zu wirre Gedanken jagten ihm durch den Kopf, Angst hatte sich in seinem Hirn und in seinem Herzen breit gemacht, beklemmende, bittere Angst.

Das, was Gerd, sein Enkel, sein ganzer Stolz und seine Hoffnung für die Zukunft, ihm erzählt hatte, war so unglaublich, so unwirklich, so unmöglich! Genau so wie das, was er vor wenigen Wochen im Wald gesehen hatte und was ihn so geschockt hatte, wie nichts anderes in seinem Leben. So geschockt, dass er seitdem unfähig war, sich zu bewegen und sich sprachlich mitzuteilen. Sein Körper hatte auf das, was die Augen gesehen und was der Geist nicht begreifen konnte, mit plötzlicher und totaler Starre reagiert. Er kam sich seitdem vor wie in einem riesigen Schraubstock, festgezurrt und dazu verurteilt, alles zu sehen und zu hören und selber nichts tun und nichts sagen zu können. Und das, was er über fünfzig Jahre lang verdrängt und in wenigen glücklichen Momenten fast schon vergessen hatte, war mit einem Mal wieder so präsent, als wäre es gestern geschehen. Sie waren wieder da, die schrecklichen Bilder von damals, die Bilder eines furchtbaren Verbrechens. Bilder eines Verbrechens, das er begangen hatte! Und sie raubten ihm beinahe den Verstand. Jetzt, da langsam die Abenddämmerung hereinbrach, war er trotz allem von der Müdigkeit übermannt worden. Aber es war kein Schlaf, nur ein Dösen, was ihn für einen kurzen Moment aus der grausamen Realität wegtauchen ließ. Für einen kurzen Moment nur!

„Wach auf, verdammte Drecksau!"
Er war sofort hellwach. Die Stimme, diese Stimme! Er hatte sie nie vergessen und er würde sie nie vergessen, solange er lebte. Aber es konnte doch nicht sein, es konnte unmöglich sein! Er hatte diese Stimme seit damals nicht mehr gehört und sie konnte auch jetzt nicht real sein! Er konnte sie einfach nicht gehört haben, nach so langer Zeit! Das musste ein Traum sein, ein Albtraum!
Es war kein Traum! Er öffnete seine Augen, erst vorsichtig mit einem Blinzeln, dann ganz: Sie war es! Es war ihm, als stoße ihm jemand

ein glühendes Messer in die Brust. Cordula stand direkt vor ihm, vor seinem Bett! Aber diese Schönheit, diese Freundlichkeit, dieses zauberhafte Lächeln und diese auf alle wirkende Anziehungskraft war in diesem Moment aus ihrem Gesicht gewichen. Bleich, weißbläulich war ihre Haut und fast fratzenhaft waren ihre Züge. Das Dämmerlicht verstärkte diesen unangenehmen, unwirklichen, Angst einflößenden Eindruck noch. Hilflos, mit blankem Entsetzen in den Augen, sah er sie an.

„Schön, dich hier in deiner Scheiße liegen zu sehen!" Sie grinste hasserfüllt. „Wie ist es, jeden Tag von der eigenen Tochter gewickelt zu werden wie ein vollgeschissenes Baby? Nicht schön? Oh, du Armer! Faulst still und leise vor dich hin! Ob du es glaubst oder nicht – ich kann es dir nachfühlen! Ich faule nämlich schon seit fünfzig Jahren vor mich hin! Und du weißt ganz genau, wo und warum!" Er starrte sie an, seine Augen waren weit aufgerissen. Ungläubigkeit, grenzenloses Entsetzen und nackte Angst sprach aus ihnen. „Oh, was hast du denn für große Augen?" Ihre Frage klang in keinster Weise märchenhaft. „Weißt du noch, wann du das letzte Mal so große und weit aufgerissene Augen gesehen hast? Weißt du es noch, du Dreckschwein, du verdammtes? Natürlich weißt du es noch! Es waren meine Augen! Es waren meine überraschten, entsetzten, ungläubigen Augen! Ich konnte es nicht glauben, was du mir antust! Das Letzte, was ich in meinem Leben gesehen habe, war deine geile, schwitzende Drecksvisage!" Blanker, grenzenloser, tödlicher Hass sprach aus ihr.

Selbst wenn er in der Lage gewesen wäre, sich mitzuteilen, er hätte in diesem Moment nicht gewusst, was er sagen hätte sollen. Zu surreal war das, was gerade geschah, was er hörte und was er sah. Ein Mensch, der seit über fünfzig Jahren tot war, tot sein musste, stand vor ihm und redete mit ihm! Er sah sich im Zimmer um, um sich zu vergewissern, dass er nicht träumte: Die Uhr tickte hörbar, durch das Fenster schienen schwach die letzten Strahlen der untergehenden Herbstsonne, das Geräusch eines vorbeifahrenden Traktors, die Tablettenschachteln auf dem Nachttisch, das Bild an der Wand, die Lampe über seinem Bett – es war alles da und es war alles wie immer. Er träumte also nicht! Nur eines war nicht wie immer: Vor ihm stand Cordula! Cordula, die er vor langer, vor sehr langer Zeit so geliebt, so vergöttert hatte und der er so etwas Furchtbares angetan hatte! Und sie sah jetzt aus wie damals, keinen Tag älter! Sie trug sogar das selbe Kleid wie damals, dieses weiße, weite Kleid, wie es seinerzeit so modern gewesen war und so sexy mit den weißen Pumps.

Plötzlich waren die Bilder wieder vor ihm, die Bilder eines Abends, der alles veränderte. Ihm war, als würde alles noch mal geschehen, just in diesem Moment! Es hatte so schön, so harmonisch angefangen: Sie saßen im Bergwirtshaus, seine Freunde und er, so wie jeden Freitag. Sie waren jung, voller Saft und Kraft und ohne jegliche Erfahrung mit Mädchen. Die waren noch etwas ganz Besonderes für sie – unbekannt, reizvoll, begehrenswert, unerreichbar. Es war eine Zeit, als noch nicht an jedem Kioskschaufenster blanke Busen blitzten und als das Fernsehen noch nicht alle Spiel- und Abarten der Sexualität jeden Abend in jedes Wohnzimmer strahlte. Fernsehen gab es ohnehin nur vereinzelt in der Großstadt, hier auf dem Land und vor allem hier heroben im Berggasthof kannte man es nur vom Hörensagen. Wenn man bewegte Bilder und schöne Frauen sehen wollte, dann musste man ins Kino gehen und sich einen Film mit Romy Schneider oder Grace Kelly ansehen.

Da saßen sie nun an jenem Freitagabend, der sein Leben verändern sollte. Er, seine fünf Freunde und Georg, der damalige Wirt, der Großvater von Rolf. Und wie immer tranken sie Bier, viel Bier. Keiner hatte ein Auto seinerzeit, schon gar nicht in diesem Alter. Alle waren sie mit ihren Mopeds hier, er wie immer zu Fuß. Er wohnte ja nicht weit entfernt vom Wirtshaus. Es war schon dunkel und es herrschte eine alkoholschwangere Stimmung im verräucherten Gastzimmer. Man erzählte sich derbe Witze und man redete über die jungen Mädchen im Dorf statt mit ihnen. Man erörterte, welcher Bursche bei welchem Mädchen wohl Chancen haben könnte. Wenn sie unter sich waren, dann waren sie das starke Geschlecht, dann waren sie echte Männer, die sich von den „Weibern" niemals etwas sagen lassen würden, niemals! Dann teilten sie die „Weiber" untereinander auf und handelten aus, wer welche bekommen sollte. Wenn sie einem Mädchen direkt gegenüberstanden, dann fiel ihnen allerdings selten etwas Sinnvolles ein. Aber an das dachten sie jetzt nicht, jetzt waren sie unter sich, schwer angeheitert und sich einig im Bewusstsein ihrer Stärke und männlichen Anziehungskraft.

Und dann kam sie herein. Ohne Vorwarnung, ohne Klopfen, einfach so. Auf einmal stand sie in der Stube, lächelte etwas verlegen und sagte: „Grüß Gott miteinander!" Und sie war schön! Gott, war sie schön! Sie war ein so schönes Mädchen, wie es noch keiner von ihnen gesehen hatte! So fein, so edel, so elegant, so gepflegt – nicht so bieder und hausbacken wie die Mädchen, die sie kannten und vermutlich irgendwann heiraten würden! Mit offenen Mündern hatten sie sie angestarrt, wortlos und in stiller Ehrfurcht. „Ich bin die Cordula", sagte sie, „ich glaube, ich habe mich verlaufen! Kann man hier übernachten?"

Dem Großvater war, als sei er jetzt in diesem Moment wieder der junge Bursche am Stammtisch, er fühlte es geradezu. Selbst in seinen steifen Gliedmaßen schien plötzlich wieder Leben zu sein. Er war fünfzig Jahre zurückgewandert, er war im Bergwirtshaus und er war ein kraftstrotzender Mann von 22 Jahren. Die damaligen Worte Cordulas klangen ganz deutlich in seinen Ohren, er hörte sie ganz genau, er spürte sogar die wohlige Wärme des Holzofens, der damals noch in der Gaststube gestanden hatte. Und er roch dieses intensive Duftgemisch aus Bier, Zigaretten und Sauerkraut. Das Sauerkraut, das in einem großen Topf in der Küche oft stundenlang vor sich hingeköchelt hatte, bis wieder jemand eine Portion davon zu seinen Weißwürsten oder zum Schweinebraten bestellt hatte. Auch die Gesichter der alten Freunde sah er vor sich, so real wie lange nicht, mit roten Backen vom Bier und von der angenehmen Hitze des Ofens – und mit ihren ungläubigen, bewundernden und lüsternen Blicken auf Cordula. Er hörte Georg, den Wirt, wie er Cordula anbot, sich doch erst einmal zu setzen. Und er fühlte es förmlich, wie sie sich ausgerechnet neben ihn setzte, nachdem sie ihn angelächelt und gefragt hatte, ob der Platz noch frei wäre. Er fühlte es auch, wie sein Herz im Leib gepocht hatte und wie es förmlich gehüpft war vor Freude und Stolz, weil dieses bildhübsche Mädchen sich neben ihn gesetzt hatte und nicht neben einen anderen. Alle waren sie neidisch auf ihn gewesen, alle! Auch Georg, der Wirt. Es war ein so herrliches Gefühl gewesen, wie ein junger Gott war er sich vorgekommen! Er war wer in diesem Augenblick!

Der alte Mann erinnerte sich, wie der Abend weitergegangen war. Er erinnerte sich, dass man viel getrunken hatte, dass er immer verliebter und mutiger geworden war. Er erinnerte sich, wie er seinen Arm um Cordulas Schulter gelegt hatte und wie er sie irgendwann gefragt hatte, ob sie mit ihm hinausgehen wolle, um frische Luft zu schnappen. Das hätte er nüchtern nie getan, nie! Aber jetzt, mit dem Mut des Alkohols, jetzt hatte er sich getraut. Ins Ohr hatte er es ihr geflüstert, damit die anderen es nicht mitbekamen.

Sie hatte abgelehnt. Sie hatte gesagt, hier in der Gaststube sei es doch viel gemütlicher und wärmer als draußen in der kühlen Herbstnacht. „Später vielleicht", hatte sie ihm ins Ohr geflüstert und ihm dadurch große Hoffnung auf den weiteren Verlauf des Abends gemacht. Und dass er ein ganz schön frecher Kerl sei, hatte sie zu ihm gesagt und er war darüber sehr stolz gewesen. Ihre Worte klangen in seinen Ohren, als hätte sie sie just in diesem Moment und nicht vor fünfzig Jahren ausgesprochen. Und so nett war sie zu ihm gewesen, so zutraulich, so offen, so ..., so unbeschreiblich lieb. Er hatte das Gefühl gehabt, dass sie ihn wirklich mochte, dass er mehr von ihr erwarten konnte, als das Privileg, neben ihr zu sitzen. Er hatte sich gedacht, dass sie vielleicht im Moment etwas zurückhaltend war, weil seine ganzen Freunde noch am Stammtisch saßen. Er wollte warten, bis alle gegangen waren und bis er mit ihr allein sein würde.

Angetrieben durch den Alkohol, der an diesem Abend reichlich floss, wuchs sein Mut von Minute zu Minute. Seine Gier und seine Erregung auch. Aber er beherrschte sich. Noch beherrschte er sich. Er wollte nicht, dass seine Freunde Zeugen eventueller Zärtlichkeiten würden. Das schickte sich zur damaligen Zeit nicht; man zeigte nicht öffentlich, dass man ein Mädchen gern hatte. Man zeigte es nicht, dass man irgendwen gern hatte, das galt als sehr unmännlich! Und außerdem wollte er sie nicht kompromittieren vor all den Gästen. Nach und nach waren die Freunde in die Nacht verschwunden mit ihren Mopeds und irgendwann war er mit Cordula allein am Tisch. Georg, der Wirt, war in der Küche beim Aufräumen und Spülen – eine günstige Gelegenheit, sich näher zu kommen! Und die man nutzen musste! Er hatte Cordula gesagt, er müsse ihr draußen etwas Schönes zeigen, etwas ganz Schönes, ein Naturwunder. Sie hatten im Laufe des Abends nämlich festgestellt, dass sie beide große Naturliebhaber waren.

Und sie waren hinausgegangen, auf die Terrasse, dann den kleinen Weg entlang, vorbei am Nebengebäude, das damals ganz neu erbaut war, vorbei am Forellenweiher und einige Meter hinein in den Wald. Und dort hatte sie ihn kokett gefragt, was er ihr denn nun Schönes zeigen wolle. Und er war überzeugt gewesen, dass sie die gleichen Gefühle hatte wie er und dass sie die gleiche Erregung spürte wie er. Er musste die Initiative ergreifen, so wollten es die Frauen doch, das hatten ihm doch erwachsene und gestandene Männer oft erzählt. Und wieder kam es ihm vor, als passiere das alles jetzt in diesem Moment. Er roch den Duft des Laubes, des Mooses und den betörenden Duft ihrer Haare, die so nahe bei ihm waren und sich sanft im Nachtwind bewegten. Neben einem Felsen war er mit ihr gestanden, in der Dunkelheit des Waldes. Nur schemenhaft konnte man im fahlen Licht des Dreiviertelmondes die Umrisse der Bäume erkennen.

Und dann liefen die Sekunden wieder vor seinen Augen ab, die sein Leben verändert und das von Cordula beendet hatten. „Und? Zeigst du mir jetzt was Schönes?" Ganz unschuldig hatte sie ihn gefragt, gespielt unschuldig, wie er es empfand. „Das weißt du doch ganz genau!", hatte er gesagt. Dann hatte er sie, noch sanft, auf einen Laubhaufen gedrückt und begonnen, sie zu küssen. Ihre zunächst noch leichte Gegenwehr betrachtete er als vordergründiges Gehabe. Er und seine Freunde waren sich am Stammtisch schon oft einig darüber gewesen, dass „die Weiber" im Endeffekt auch nur das eine wollen. Anstandshalber müssten sie sich halt anfangs ein wenig zieren, da war er überzeugt. Als sie auf dem Laubhaufen lag, hatte er mit seiner rechten Hand ihr Kleid hochgeschoben und versucht, die Hand zwischen ihre Oberschenkel zu bekommen. „Spinnst du?", hatte sie plötzlich geschrien, „hast du nicht mehr alle Tassen im Schank? Lass mich in Ruhe, aber sofort!" Ganz hysterisch war sie auf einmal gewesen – und böse. „Nimm bloß deine Pfoten von mir, du ungehobelter Bauernfünfer!"

Jedes Wort wusste er noch, das sie ihm ins Gesicht geschleudert hatte, jedes abfällige, ablehnende, gehässige Wort! Jedes Wort, das ihn in seiner Männerehre zutiefst verletzt hatte. „Tu doch nicht so! Du willst doch auch! Alle Weiber wollen!", hatte er gekeucht und versucht, ihr den Schlüpfer herunterzuziehen. Plötzlich hatte sie ganz laut und schrill „Hilfe" geschrien. „Hilfe, Polizei!" und „Ich zeig dich an, du Drecksau!", hatte sie geschrien, in einer Lautstärke, dass einem Angst werden konnte. „Die sperren dich ein, verlass dich drauf, du

Schwein!" Er war vollkommen verstört gewesen von ihrer heftigen Gegenwehr und von dem Geschrei. Er hatte sie noch angefleht, doch endlich ruhig zu sein. Aber sie hatte weiter geschrien, ihn beleidigt, ihn bedroht, ihn sogar angespuckt! Und er hatte weiter an ihrer Kleidung gezerrt. Er hatte nicht im Traum daran gedacht, jetzt innezuhalten. Zu groß war seine Gier, seine Erregung und seine Enthemmtheit. Und auf einmal hatte er diesen Stein in der Hand gehabt, diesen verdammten Stein – und sie hatte weiter geschrien. Und dann hatte er den Stein hochgehoben – und sie hatte weiter geschrien, und er hatte gesagt, sie solle doch bitte still sein, angefleht hatte er sie – und sie hatte weiter geschrien.

Und plötzlich war sie still gewesen. Nur ein Röcheln hatte man noch gehört, ganz kurz ein Röcheln, dann gar nichts mehr. Und der Stein war neben ihr im Laub gelegen und aus ihrem Mund, aus ihrer Nase und ihren Ohren war Blut gesickert. Nicht gelaufen oder gespritzt, nur gesickert. Es war wie ein Albtraum gewesen, so unwirklich, von einem auf den anderen Augenblick so still – und so dunkel. Noch eben war er so glücklich gewesen, mit ihr allein zu sein, jetzt wäre er viel lieber im Kreise seiner Freunde gewesen, ohne Cordula je getroffen zu haben. Er wusste nicht, wie lange er noch auf ihr gelegen, gekniet hatte. Sekunden? Eine Minute? Länger? Er wusste es nicht.

Und dann, irgendwann, hatte er den Wirt rufen hören. „Martin! Cordula! Seid ihr hier heraußen? Hallo! Martin! Cordula!" Und es war ihm so vorgekommen, als wäre hier bei der toten Cordula eine dunkle, unwirkliche, verwunschene Märchenwelt und als würde vorne bei Georg die echte, die beleuchtete, die normale Welt auf ihn warten. Die Welt, in der das alles gar nicht passiert war. Er hoffte, er müsste nur die wenigen Meter hinaus gehen aus dem Wald, den Weg zurück zum Wirtshaus, sich in die Gaststube setzen und alles würde so sein wie vorher, als sie noch in geselliger Runde beisammen gesessen waren. Genau! So würde es sein und nicht anders!

Dass knappe fünfzig Meter vom Gasthaus entfernt eine Leiche lag, dass Georg nach Cordula fragen würde, dass die Leiche auch morgen noch da liegen würde, das kam ihm nicht in den Sinn, das verdrängte er. Der Alkohol und die Dunkelheit halfen bei der Verdrängung. Er stand auf, Georg hatte das Rascheln des Laubes gehört. „Martin?" fragte er in die Dunkelheit. Er antwortete nicht, sondern ging wortlos nach vorne, wo Georg auf der Terrasse wartete. „Wo ist denn Cordula?" Georgs Frage hatte eindeutig etwas Anklagendes. So als würde er ahnen, dass etwas passiert war, etwas Schlimmes. Martins tranceähnlicher Zustand wich einer enormen Nervosität. Von einer Sekunde auf die andere wurde ihm bewusst, in welcher Lage er war. Ihm wurde bewusst, dass er sein künftiges Leben im Gefängnis verbringen würde, dass er ein Ausgestoßener und ein Geächteter sein würde im ganzen Umkreis. Dass man noch nach Generationen seiner Familie vorhalten würde, dass einer ihrer Vorfahren ein Mörder war.

Das alles ging ihm in diesem Moment durch den Kopf. Trotz des reichlichen Alkoholkonsums sah er die zwangsläufigen Folgen seines Handelns klar vor sich. Ihn schauderte. Er hatte jemanden getötet! Er hatte vor wenigen Minuten eine junge Frau getötet! Eine Frau, die er nicht kannte, die niemand kannte, die er vorher noch nie gesehen hatte. Hier heroben nicht und unten in der Stadt auch nicht! Er dachte kurz nach und reagierte dann sehr überlegt und sehr abgebrüht. „Es ist etwas Schreckliches passiert", sagte er mit zitternder Stimme und wie auf Knopfdruck liefen ihm Tränen über die Wangen. „Was? Wieso? Was ist denn passiert?" Georg war erschrocken, Martins Worte verhießen nichts Gutes! Und er wusste, dass es nur um Cordula gehen konnte. „Wo ist sie denn?", fragte er nochmals nach. „Komm mit!", forderte ihn Martin schluchzend und mit betroffener Miene auf, „komm mit! Es ist furchtbar!" Er schüttelte verzweifelt den Kopf.

Ängstlich und mit einer diffusen, schlimmen Vorahnung folgte Georg ihm in die Dunkelheit. Sie gingen zu der Stelle, an der Cordula lag. Insgeheim hatte sich Martin gewünscht, dass die Leiche wie durch ein Wunder verschwunden war oder dass er plötzlich in seinem Bett aufwachen würde und alles nur ein Albtraum gewesen war. Es war keiner gewesen: Als sie an der Mulde ankamen, lag Cordulas lebloser Körper immer noch auf dem Laubhaufen, an dem sich kurz zuvor das Furchtbare ereignet hatte. Ihre aufgerissenen Augen waren im fahlen Mondlicht erkennbar. Georg stockte der Atem. Mit ungläubigem Entsetzen sah er abwechselnd auf die tote Cordula und zu Martin. Erst nach einigen Sekunden fand er Worte: „Martin", schrie er ihn an, „ist die tot?"

Martin schluchzte und nickte. „Bist du verrückt? Bist du vollkommen durchgedreht? Was hast du mit ihr gemacht?" Georgs Schreien wurde lauter und hysterischer. Martins weinerliches Gehabe schlug um in empörte Aggressivität: „Was mit ihr gemacht? Ich habe gar nichts mit ihr gemacht! Du willst doch nicht behaupten, dass ich mit der Sache etwas zu tun habe?" „Aber sie ist doch tot!" Georg deutete schreiend auf die Leiche. „Du hast sie getötet! Wer denn sonst? Außer dir war doch keiner da! Du bist doch mit ihr nach draußen verschwunden! Glaubst du, ich habe das von der Küche aus nicht gesehen, wie ihr rausgegangen seid? Hältst du mich für blind oder für blöd?" „Natürlich bin ich mit ihr rausgegangen, das bestreite ich ja nicht!"

Martin klang plötzlich sehr besonnen und aufgeräumt, von der jammervollen Panik war nichts mehr zu spüren. „Du wirst ja auch bemerkt haben, dass wir uns den ganzen Abend gut unterhalten haben und dass wir uns näher gekommen sind!" „Was? Näher gekommen? Wo seid ihr euch denn näher gekommen? Neben dir gesessen ist sie halt, das war alles! Näher gekommen, ha!" Georg lachte sarkastisch. „Du einer solchen Frau näher gekommen! Erzähl mir doch keinen Blödsinn! So einer Frau gehst du doch am Arsch vorbei!" „Das ist kein Blödsinn!", wehrte sich Martin vehement. „Sie hat mir erzählt, dass sie aus München kommt und dass sie sich von ihrem Freund getrennt hat und dass sie hier bei uns in einer völlig unbekannten Umgebung auf neue Gedanken kommen möchte! Genau das hat sie mir erzählt, ob du es glaubst oder nicht!" „Na und? Das ist doch nicht näher gekommen! Das ist doch ein ganz normales Gespräch! Näher gekommen – dass ich nicht lache! Du spinnst doch komplett!" Georg schüttelte ungläubig und zynisch den Kopf. Martin blieb bei seiner Argumentation, die er sich zurechtgelegt hatte: „Das war ja nur der Anfang! Später hat sie dann gesagt, dass sie mich sehr sympathisch findet und dass sie mit mir hinausgehen möchte, damit wir allein sind und ungestört!" Wieder schüttelte Georg den Kopf. „Komm, hör doch auf! Hinausgehen, allein sein, diese Superfrau, mit dir! Ausgerechnet mit dir! Nie und nimmer! Erzähl mir doch keine solche Scheiße!" „Aber genau so war's!" Martin blieb hartnäckig bei seiner Version. „Und selbst wenn: Warum ist sie dann jetzt tot? Vom Hinausgehen und Alleinsein stirbt man nicht!"

Er richtete seinen Blick wieder auf die Leiche, bückte sich etwas zu ihr hinunter. „Die blutet ja! Wieso blutet sie? Die blutet, hier, am Kopf!"

Georgs Stimme wurde wieder hysterisch. „Da, überall Blut! Bei der Nase, bei den Ohren, am Mund – überall Blut! Bist du verrückt? Was hast du mit diesem Mädchen gemacht, du verdammtes Schwein?" „Wenn du nicht so herumschreien würdest, könnte ich es dir erklären!" Georg versuchte, sich einigermaßen zu beruhigen. „Na gut, dann erklär mal! Da bin ich gespannt, wie du das erklären willst!" „Also, es war so: Als du in der Küche warst und die ganzen anderen Idioten schon weg waren, hat sie mir zugeblinzelt und mich an der Hand genommen. Wir sind aufgestanden, raus aus dem Wirtshaus und hierher gegangen. Sie hat gelacht und war richtig albern." Georg schüttelte ungläubig und verzweifelt den Kopf. „Martin, das stimmt doch nicht! Hör doch auf mit diesem Schmarr'n!"

„Soll ich erzählen, wie es war, oder nicht?" „In Gottes Namen, dann erzähl weiter! Aber so war es doch nicht! Das glaubt dir doch kein Mensch!" Georg war deprimiert darüber, dass er sich etwas anhören musste, was seiner Meinung sowieso nicht stimmte. „Dann hat sie meine Hand losgelassen und sich versteckt. Ich habe sie in der Dunkelheit nicht mehr gesehen und mir gedacht, sie wird halt hinter irgend einem Baum stehen und irgendwann hervorspringen und versuchen, mich zu erschrecken. Ich habe nach ihr gerufen, aber sie hat sich nicht gerührt." „Und wo war sie dann?" Georgs Frage klang eher zynisch als neugierig. „Plötzlich hat sie von da oben runtergerufen: „Hallo, hier bin ich! Fang mich doch! Total aufgekratzt war sie, wie ein Kind!"

Er zeigte auf den Felsen, vor dem sie standen und an dessen Fuß die Leiche im Laub lag. „Da oben stand sie! Ich habe nur ganz schemenhaft ihre Umrisse gesehen. Und ich hab sofort gerufen: ‚Mensch Cordula, pass auf! Das feuchte Moos! Das ist glatt wie Eis!' Aber sie hat bloß gelacht. Wie gesagt, ich hab sie kaum gesehen, ich habe nur ihr Lachen gehört. ‚Komm doch rauf und hol mich, du Feigling!', hat sie noch gerufen. „Da rauf soll die gestiegen sein? Da rauf? In der Dunkelheit, im Wald, wo sie sich nicht auskennt? Du spinnst wohl! Kein Mensch, der halbwegs bei Verstand ist, steigt mitten in der Nacht da hinauf! Die müsste ja lebensmüde sein!" Georg glaubte Martin kein Wort. „Wenn ich es dir sage! Die war dermaßen aufgekratzt! Ich hatte eine Himmelangst um sie! Angefleht hab ich sie, sie soll doch den Blödsinn sein lassen und vorsichtig wieder herunterkommen. Aber sie hat bloß gelacht, immer bloß gelacht!"

Mit gespielter Verzweiflung über das angeblich Geschehene schüttelte er den Kopf. „Immer bloß gelacht hat sie", wiederholte er und schluchzte. „Ja, und dann?" Georg fragte, obwohl er genau wusste, dass er angelogen wurde. „Auf einmal hörte ich einen kurzen Schrei und dann einen dumpfen Schlag neben mir, dann nichts mehr. Sie ist scheinbar ausgerutscht und heruntergefallen. Ich bin sofort zu ihr hin, ich stand ja nur ein paar Meter daneben. Ich hab sie noch gefragt, ob sie sich weh getan hat. Aber sie hat nichts gesagt, nichts. Sie hat nicht gejammert, nicht geseufzt, sie war ganz still. Und dann habe ich mich über sie gebeugt und ihre weit aufgerissenen Augen gesehen. Und da habe ich gewusst: Sie ist tot!" Er schluchzte und schüttelte den Kopf. „Sie war tot! Verstehst du? Tot! Was glaubst du, wie ich mich gefühlt habe!" Georg hatte ihm mit einer Mischung aus Betroffenheit und Argwohn zugehört.

„Da runtergefallen und tot? Das gibt's doch gar nicht! Der Felsen ist maximal fünf oder sechs Meter hoch! Und hier unten fällt man doch in weiches Laub, da stirbt man doch nicht! Da bricht man sich den Arm oder den Fuß, wenn man Pech hat, aber man stirbt nicht! Mensch Martin, erzähl mir doch nicht so eine Scheiße! Das stimmt doch hinten und vorne nicht! Was war wirklich los? Sag mir endlich, was wirklich los war!" Georgs Ton wurde bedrohlicher, er klang nun fast wie ein Polizeibeamter, der einen Angeklagten verhörte. „Was soll die Frage? Ich hab dir doch gerade erzählt, was los war! Glaubst du mir nicht oder was? Natürlich ist man nicht tot, wenn man aus fünf Metern ins weiche Laub fällt! Aber wenn man mit dem Kopf auf einen Granitstein fällt?" Er hob den Gesteinsbrocken, mit dem er Cordula getötet hatte, auf und hielt ihn Georg unter die Nase. „Wenn man aus fünf Metern mit dem Kopf hier drauf fällt, dann kann man tot sein!" Georg betrachtete und befühlte den Stein. Seine Hand zuckte zurück, als er das Blut, das an ihm haftete, spürte. Auch wenn Martins Erklärungsversuche nicht völlig unlogisch waren: Georg glaubte ihm kein Wort! Er beugte sich hinunter und betrachtete die vor ihm liegende Leiche. Was er sah, bestätigte sein Misstrauen und überzeugte ihn, dass er Recht hatte und dass Martins Erklärungsversuche von hinten bis vorne gelogen waren: Cordulas helles Kleid war hochgeschoben bis weit über die Knie und ihr heruntergezogener Slip spannte sich schräg über die Oberschenkel.

„Und was soll das?", fragte er zornig, „was soll das, Martin? Was hast du mit dem Mädchen gemacht, du Schwein?" Martin reagierte eiskalt und wohlüberlegt. „Was weiß ich! Wahrscheinlich ist sie beim Herunterfallen an irgendwelchen Ästen hängen geblieben und die haben das Kleid hochgezogen." Georg schrie ihn an: „Ach, hör doch auf! Hör endlich auf mit dieser Lügerei! Du wolltest sie haben! Du wolltest sie haben, aber sie dich nicht! Du hast sie doch drinnen in der Gaststube die ganze Zeit schon so lüstern angegafft! Glaubst du, ich habe keine Augen im Kopf? Verkauf mich doch nicht für blöd! Und näher gekommen seid ihr euch überhaupt nicht! Drinnen nicht und hier draußen erst recht nicht! Das hast du dir in deinem kranken Hirn vielleicht gewünscht!" „Spinnst du jetzt komplett oder was?" Martin reagierte beleidigt. „Ich und lüstern? Du hast sie ja nicht mehr alle!"

Er schüttelte mit gespielter Empörung den Kopf. „Was kann ich dafür, wenn die so rumspinnt und unbedingt mit mir rausrennen will!" „Ich geh jetzt vor ins Wirtshaus und ruf die Polizei an!", sagte Georg mit entschlossener Stimme. „Die Polizei? Wieso die Polizei? Jetzt warte doch mal!" Martin klang, als hätte es einen Bagatellunfall gegeben und als könnte man den Schaden freundschaftlich regeln. „Wieso die Polizei?" Georg wiederholte Martins Frage mit zynischem Unterton. „Ich glaube, du hast völlig den Verstand verloren! Martin, hier ist vor ein paar Minuten ein Mensch gestorben und die Leiche liegt hier, fünfzig Meter neben meinem Wirtshaus! Ein schönes Mädchen, das eben noch lebenslustig war, ist tot! Warum auch immer, aber sie ist tot! Und da fragst du, wieso ich die Polizei anrufe?" „Was soll dieser blöde Ausdruck ‚warum auch immer'? Mir passen deine Formulierungen gar nicht! Wie meinst du das? ‚Warum auch immer'?" Das Bedrohliche in Martins Frage war unüberhörbar.

„Wie ich das meine? Wie ich es sage! Ich glaube dir die Geschichte schlicht und einfach nicht! Überhaupt nicht, kein Wort! Kein Mensch ist so blöd und steigt mitten in der Nacht in einer wildfremden Gegend auf einen Felsen, um dann herunterzufallen! Jemand, der besoffen ist, vielleicht! Aber Cordula war stocknüchtern! Du warst besoffen und du hast dir deshalb wahrscheinlich auch eingebildet, dass sie auf dich steht! Und weil sie nicht auf dich stand, bist du ausgeflippt und hast sie umgebracht! So war's und nicht anders! Ich ruf die Polizei an, dann werden wir schon sehen!"

„Jetzt pass mal auf, mein Freund!" Martin, dem trotz der nächtlichen Kühle der Schweiß auf der Stirn stand, packte Georg plötzlich mit der rechten Hand am Hemdkragen. „Jetzt pass mal gut auf, bevor du weiter so dumm daherredest!" Seine Stimme hatte sowohl jeglichen panischen als auch jeglichen freundschaftlichen Ton verloren. Sie klang jetzt ruhig und eiskalt. „Hier liegt ein totes Mädchen mit einem eingeschlagenen Schädel. Warum auch immer, wie du so schön sagst. Und daneben stehen wir zwei – du und ich. Der Wirt des Bergwirtshauses, der vor zwei Jahren hierher gezogen ist, den bis heute niemand so richtig kennt, der aus einer Flüchtlingsfamilie stammt und der alteingesessene Bauernsohn Martin Lang. So, und nun überleg mal: Sollte die Polizei auf die Idee kommen, jemand hätte diesem Mädchen etwas angetan, hier heroben, mitten in der Nacht, vor einigen Minuten, weil ja die Leiche noch warm ist: Auf wen würdest du als Verdächtigen zuerst tippen? Auf den geschiedenen Flüchtling, der einsam auf dem Berg haust, ohne Frau, oder auf den unbekümmerten jungen Burschen? Auf dich oder auf mich? Auf wen würdest du tippen?"

Georg wurde noch bleicher, als er schon war. „Martin! Was soll das heißen? Du würdest doch nicht so weit gehen und mich beschuldigen? So weit würdest du doch nicht gehen?" „Wieso nicht? Du gehst ja auch so weit und beschuldigst mich!" Georg bekam es mit der Angst zu tun. Er merkte plötzlich, in welcher Lage er eigentlich war, obwohl er sich nichts zuschulden hatte kommen lassen. Ihm wurde in diesem Moment auch bewusst, dass das Grundstück, auf dem das Bergwirtshaus stand, Martins Vater gehörte. Ihm zahlte er die Pacht und von seinem Wohlwollen war seine Existenz abhängig. Er fühlte sich wie in einer Sackgasse, in der er nicht mehr vorwärts und auch nicht zurück konnte, er war ratlos.

„Wie sollen wir das erklären? Hier liegt eine Leiche! Und die ganzen Stammtischler haben das Mädchen heute Abend gesehen! Die wissen doch sofort, wer die Leiche ist, wenn die Polizei fragt. Mensch Martin, die haben sie doch den ganzen Abend gesehen!" Georgs Stimme klang flehend und verzweifelt. „Wenn die Polizei fragt", wiederholte Martin zynisch, „wenn die Polizei fragt! Und wenn die Polizei nicht fragt?" „Spinnst du komplett? Natürlich fragt die Polizei! Wenn ein paar Meter neben einem Wirtshaus eine Leiche gefunden wird, dann fragt doch die Polizei als erstes den Wirt und die Gäste! Wen denn sonst?" „Und wenn keine Leiche gefunden wird?" „Wie, wenn keine Leiche gefunden wird?" „Wenn die Leiche morgen früh nicht mehr da ist! Wer soll dann fragen?" Er klang fast amüsiert, so angetan war er von seiner Idee, Cordulas Körper zu beseitigen und dann so zu tun, als hätte die vergangene halbe Stunde nie stattgefunden. Georg konnte sich immer noch keinen Reim machen: „Ja, und wohin willst du die Leiche bringen? Jetzt, mitten in der Nacht?" „Bringen? Ich will sie nirgends hinbringen! Sie liegt doch schon genau da, wo sie hingehört! Diese Mulde ist doch ideal! Der Waldboden ist butterweich! Wir graben ein Loch, legen sie hinein, schaufeln das Loch wieder zu, schmeißen den Haufen Laub, der jetzt schon draufliegt, wieder drauf und kein Mensch kommt auf die Idee, dass hier eine Leiche liegt! Kein Mensch!"

Georg stutzte und überlegte. Das klang alles so einfach, fast zu einfach. „Ja, aber irgendwer wird sie doch vermissen!" „Wer denn? Ihr Freund in München? Von dem sie sich getrennt hat? Glaube ich kaum. Und wenn! München ist groß und weit weg! Wer in aller Welt sollte darauf kommen, dass sie hier im Bayerischen Wald war, um abzuschalten? Ihre Eltern leben nicht mehr, Geschwister hat sie keine, das hat sie mir erzählt. Wer also sollte darauf kommen, sie hier bei uns zu suchen? Kein Schwein!" „Ja, aber wenn sie es irgendwelchen Freunden erzählt hat? Wenn die wissen, dass sie hier bei uns sein müsste!" „Welchen Freunden? Du hörst das Gras wachsen, Georg! Wenn man wegfährt, um mal so richtig abzuschalten, dann will man doch seine Ruhe haben! Dann sagt man doch vorher nicht jedem, wo man abschalten will! Denk doch mal mit!" Georg war schockiert und beeindruckt zugleich. „Das klingt alles so logisch, so selbstverständlich. Es kann doch nicht so leicht sein, einen Menschen zu töten und dann verschwinden zu lassen! Das kann doch unmöglich so leicht sein!"

Martins Miene verfinsterte sich, er packte Georg erneut am Kragen: „Bist du wahnsinnig? Hier ist kein Mensch getötet worden! Es war ein Unfall! Kapierst du das? Ein Unfall ist passiert, ein tragischer Unfall! Sonst nichts, nur ein Unfall!" Er klang sehr bedrohlich. „Jaja, entschuldige! So war's nicht gemeint! Ein Unfall, natürlich!" Martin ließ ihn wieder los. „Dann ist es ja gut, wenn es nicht so gemeint war! Aber vergiss den Unfall auch gleich wieder – es ist gar nichts passiert!" Er wiederholte es in kurzen, in einzelne Silben zerhackten Worten: „Es – ist – gar – nichts – pas – siert!!! Georg schüttelte den Kopf zur Bestätigung der Worte, die er vor sich hinmurmelte: „Es ist gar nichts passiert!" „Genau!", bestätigte ihn Martin. „Und jetzt gehst du vor ins Gasthaus und holst zwei Schaufeln und eine Taschenlampe!" „Ich?" „Nein, nicht du! Der Bürgermeister!" Martin schlug ihn mit der flachen Hand auf die Stirn, als wolle er sein Gehirn zum Denken anregen. „Natürlich du, wer denn sonst? Jetzt verschwinde! In drei Stunden wird es schon wieder hell!"

Georg ging verstört durch die Dunkelheit zurück zum Wirtshaus und holte die ihm aufgetragenen Gegenstände. Eine Taschenlampe konnten sie jetzt gut gebrauchen, denn vor den ohnehin schwach leuchtenden Mond hatten sich Wolken geschoben. Als er zurückkam, hatte Martin den leblosen Körper schon ein Stück von der Stelle, an der er Cordula so brutal ermordet hatte, weggezogen und auf den Bauch gedreht. So liefen sie nicht Gefahr, in die weit aufgerissenen Augen blicken zu müssen.

Im Schein der Taschenlampe, die sie auf eine Astgabel gelegt hatten, gruben sie ein Loch von ungefähr eineinhalb Meter Tiefe aus. Das Graben erwies sich als weniger anstrengend als gedacht, da der dunkle Waldboden sehr locker war und sie nur auf sehr wenige kleine Steine und dünne Wurzeln stießen. Als die Vertiefung Martins Meinung nach ausreichte, bat er Georg, mit anzufassen, um den Leichnam hineinzulegen. „Ich? Nein! Ich rühr sie nicht an!" Georg schüttelte den Kopf und drehte sich mit einer abwehrenden Handbewegung zur Seite. „Ich kann das nicht! Das musst du machen!" „Feigling!" Martins Verachtung für den Wirt war hörbar. Verächtlich blickte er ihn an und zog dann Cordulas Körper in das frische Grab in der Mulde neben dem Felsen. „Dreh sie wieder um!", flehte Georg, „es ist doch menschenunwürdig, sie auf dem Bauch liegend einzugraben!" „Sonst noch Wünsche, der Herr?" Martin wurde immer abgebrühter und zynischer, fast schien ihn das Ganze zu amüsieren. „Hilf mir lieber, das Loch zuzufüllen und red' nicht daher wie ein hysterisches Weib!" Sie schaufelten hastig die Erde zurück in das Loch, klopften sie fest und warfen den beträchtlichen Haufen Laub, der sich im Laufe der Zeit in der Mulde angesammelt hatte, wieder darauf. Zufrieden betrachtete Martin das Werk.

„Wenn wir dichthalten", beschwor er Georg, „wenn wir zwei dicht-halten, dann wird niemals ein Mensch erfahren, was heute hier passiert ist!"

„Meinst du?" Georg war sich seiner Sache bei Weitem nicht so sicher wie Martin. „Die Wanderer haben oft Hunde dabei! Und du hast auch zwei Hunde! Wenn da einer mal Witterung aufnimmt und zu graben beginnt?" „Hunde!" Martin lachte abfällig. „Da sind einundeinhalb Meter Erde dazwischen! Das würde nicht mal ein Trüffelschwein riechen! Nein Georg, es liegt nicht an Hunden, es liegt nur an uns beiden! Wir beide müssen schweigen und dann kann gar nichts passieren!" Seine Stimme klang plötzlich wieder viel wärmer und freundschaftlicher, als er ihm seine rechte Hand entgegen hielt: „Schlag ein, Georg! Auf ewiges Schweigen über diese Nacht!" Georg erwiderte den Handschlag: „Auf ewiges Schweigen!" bestätigte er feierlich. „Nur vorsichtshalber, Georg, damit wir uns einig sind: Falls die Stammtischbrüder zufällig nach ihr fragen sollten – sie hat bei dir im Anbau übernachtet und ist gleich in aller Frühe wieder weitergewandert!" „Und wenn sie fragen wohin?" „Dann sagst du, dass du das nicht weißt!" „Dass ich das nicht weiß", wiederholte Georg wie ein Schüler, dem der Lehrer etwas erklärt hat.

Sie gingen beide zurück in die Gaststube. „Trinken wir noch eine Halbe?", fragte Martin, „das Graben hat durstig gemacht!" „Nein, sei mir bitte nicht böse, aber ich bin hundemüde. Ich darf morgen nicht zu schlecht aussehen, damit niemand Verdacht schöpft! Es ist schon fast drei Uhr und um sechs muss ich schon wieder raus!" „Auch gut, dann vielleicht morgen wieder!" Martin machte sich auf den Heimweg. Er war stolz auf sich, weil er die Situation so gut gemeistert hatte. Dass er einen Menschen umgebracht hatte, hatte er schon jetzt, wenige Stunden nach der Tat, verdrängt.

Das alles war dem alten Mann, der nun bewegungs- und sprechunfähig vor Cordula lag, nach langen Jahren wieder vor seinem inneren Auge erschienen. Da das menschliche Gehirn Erinnerungen wie im Zeitraffer abrufen und abspulen kann, waren seit dem Erscheinen Cordulas in seinem Zimmer nur wenige Minuten vergangen. Sie stand noch immer direkt vor ihm, das Gesicht zur Furcht einflößenden hasserfüllten Fratze verzerrt. „Hast dich wieder erinnert, was? Hattest es schon vergessen? Ich habe es nicht vergessen! Ich sterbe seit fünfzig Jahren jeden Tag, jede Stunde, jede Minute aufs Neue! Ich kann keinen Frieden finden. Und ich werde keinen Frieden finden, bis ich meine Rache habe. Und ich werde meine Rache bekommen, das schwöre ich dir! Hörst du, du verdammtes Schwein? Hörst du? Ich werde mich an dir rächen!" Der Großvater starrte sie hilflos aus angsterfüllten Augen an. Er wirkte wie ein kleines Kind, das verzweifelt nach der Mama sucht, damit diese es vor etwas sehr Bösem beschützt und das die Mama nicht findet. Selbst wenn er in der Lage gewesen wäre, zu sprechen, er hätte in diesem Moment, in dieser unwirklichen, unbegreiflichen, unfassbaren Situation nicht gewusst, was er sagen hätte sollen.

Es war so unglaublich und doch war es echt! Sie war es! Er hörte sie, er sah sie, er spürte sie förmlich. So wie vor wenigen Wochen, als er im Wald spazieren gegangen war und hinter sich plötzlich seinen Namen vernommen hatte, gerufen von einer Stimme, die er seit fünfzig Jahren nicht mehr gehört, die er aber trotzdem sofort erkannt hatte. Die Stimme, die er nie vergessen konnte. Er hatte sich umgedreht im Wald und da war sie gestanden, nur wenige Zentimeter war ihr Gesicht von seinem entfernt, und sie blickte ihm tief in die Augen. Tief und eiskalt, tote Augen waren es, die ihn anschauten. Genau so tot wie die Augen, die er jetzt vor sich sah. Ihm gefror buchstäblich das Blut in den Adern, als er diese Augen nach so langer Zeit wieder und so unvorbereitet sah! Und sein Blut blieb gefroren, bis heute. Seit diesem Moment war er unfähig, sich zu bewegen oder zu artikulieren. Er erinnerte sich genau an die unheimliche Begegnung im Wald, an jede Sekunde: Er wollte ihren Namen aussprechen, aber es ging nicht. Er wollte sie berühren, es ging nicht. Er wollte davonlaufen, es ging nicht. Er hatte sich gefühlt, als sei er festgeschraubt, festgewachsen im Waldboden.

Er war dann offenbar für längere Zeit bewusstlos gewesen, denn als er seine Augen wieder öffnete, lag er auf der Intensivstation im Krankenhaus. Sie hatten ihn untersucht, sie hatten ihm Blut abgenommen, Ultraschallaufnahmen gemacht, Blutdruck und Herzfrequenz analysiert, seine Gehirnströme gemessen und seine Reflexe getestet, sie hatten ihn geröntgt – und sie hatten nichts Auffälliges festgestellt, gar nichts. Niemand konnte sich erklären, warum sein an sich gesunder Körper von einem Augenblick auf den anderen in eine solche Schockstarre gefallen war. Er hätte es den Ärzten auch nicht erklären können, selbst wenn er körperlich dazu in der Lage gewesen wäre. Er hätte sich ja dann als Mörder outen müssen. Als brutaler, triebbeherrschter, selbstsüchtiger, gnadenloser Mörder, der vor fünfzig Jahren eine unschuldige junge Frau mit einem Stein erschlagen hatte, weil die sich gegen seine plumpen Annäherungsversuche gewehrt hatte. Als Mörder, der das Glück gehabt hatte, dass Georg, sein einziger Mitwisser, geschwiegen hatte und dann ein Jahr nach der Tat bei einem Autounfall ums Leben gekommen war, der das Glück hatte, dass niemand im fernen München auf die Idee gekommen war, hier im Bayerischen Wald nach dem Opfer zu suchen. Als Mörder, der ein bürgerliches, spießiges Leben als angesehener Bauer geführt hatte, verheiratet, drei Kinder, Mitglied im Gemeinde- und Pfarrgemeinderat. Als Mörder, der beliebt und geschätzt war bei seinen Mitmenschen und dessen Humor für viele lustige Stammtischabende im Bergwirtshaus gesorgt hatte. Als Mörder, der das Leben leben durfte, das er Cordula genommen hatte.

„So, und jetzt pass gut auf, du Schwein!" Aus Cordulas Worten sprach unendlicher, aufgestauter und ungestillter Hass, aber auch eine unverhohlene Befriedigung darüber, dass die Rache nun nahe war. „Du hast mir mein Leben genommen! Du wirst dich wundern – ich nehme dir deines nicht! Ich will es nicht, dein kaputtes, verschissenes Leben! Schau dich doch an: Liegst hier im Bett in deinen eigenen Exkrementen und starrst 24 Stunden am Tag die Decke an! Ich hoffe, du wirst noch lange so da liegen. Ich wünsche dir, dass du hundert Jahre alt wirst und das Dasein als lebender Leichnam, der langsam vor sich hinfault, noch dreißig Jahre genießen kannst! Übrigens, was langsam vor sich hinfaulen betrifft, da kann ich dir aus eigener Erfahrung sagen: Ist nicht angenehm! Aber wenn du mir schon mein Leben genommen hast, dann nehme ich dir auch etwas. Und damit wir quitt sind und ich meinen Frieden finde, muss ich dir natürlich etwas Wertvolles nehmen! Kein Geld, kein Haus, kein Ansehen – das ist im Endeffekt alles nichts wert! Das siehst du ja jetzt, wo du nutzlos herumliegst, wie wenig das alles wert ist! Ich nehme dir das, was dir am allerliebsten ist: Ich nehme dir deinen Enkel! Deinen einzigen, geliebten Enkel, deinen Gerd! Deine Hoffnung, die Hoffnung, deine Gene weiterzuvererben in die Zukunft, dich unsterblich zu machen! Dich, den angesehenen, beliebten, anständigen Martin Lang!" Sie lachte ein dunkles, unheimliches Lachen.

Martin war, als stäche ihm jemand ein glühendes Messer ins Herz. „Ja, deinen Gerd, auf den du so stolz bist, der dir so ans Herz gewachsen ist! Der dich so bedingungslos liebt und verehrt. Und der nicht ahnt, dass sein lieber Opa ein feiger, brutaler Mörder ist. Eine Drecksau, die vor lauter Geilheit einen unschuldigen jungen Menschen getötet hat! Aber glaub bloß nicht, dass ich ihn einfach umbringen werde, wie du mich, das wäre zu primitiv!" Sie lachte wieder. Ein Lachen, aus dem Hass und Wahnsinn klangen. „Nein, ich werde zuerst schon ein wenig spielen mit diesem Idioten! Er wird nicht mehr ein und aus wissen vor lauter Liebe zu mir, vor lauter Hörigkeit, vor lauter Eifersucht, vor lauter Geilheit, vor lauter verletzter männlicher Eitelkeit! Und er wird vorher selbst zum Mörder werden, getrieben vom Wahn, mich besitzen zu wollen! Getrieben von der fixen Idee, keinem anderen zu gönnen, mich zu besitzen. Und du wirst seinen Weg in den Wahnsinn miterleben dürfen, weil er liebt dich doch so sehr und er erzählt dir doch alles!

Hat er dir schon von mir erzählt? Sicher hat er das! Und sicher hat er dir auch gesagt, dass er noch nie ein so liebes, nettes, wunderschönes Mädchen kennen gelernt hat. Stimmt ja auch, ich bin ja ein wunderschönes Mädchen. Besser gesagt, ich war es einmal! Er kann ja nicht wissen, dass das wunderschöne Mädchen seit fünfzig Jahren einige Meter neben seinem Stammwirtshaus vor sich hinfault und dass ihre Knochen eineinhalb Meter unter dem Laub liegen. Das kann er ja nicht wissen, der liebe Gerd! Der so fleißig ist und der bestimmt noch Karriere bei der Bank gemacht hätte mit seinem Fleiß und dank des Ansehens und der guten Beziehungen seines Opas! Ich schwöre dir, dass er diese Karriere nicht macht! Er wird sehr bald gar nichts mehr machen, in einigen Tagen wird er tot sein! Tot, wie ich es schon so lange sein darf, dank dir! Und weißt du was: Sein Kadaver wird ganz in der Nähe des Platzes liegen, wo meine Knochen vor sich hinmodern! Dann schließt sich der Kreis: Dein Enkel wird der großen Liebe seines Lebens ganz nahe sein! Für immer! Und der angeblichen großen Liebe seines Großvaters auch! Ist das nicht süß?"

Sie lachte wieder. „Schöne Vorstellung, was? Aber was erzähle ich da – du wirst ja dank der Redseligkeit deines Enkels den Weg dahin live miterleben dürfen. Ich wünsche dir viel Spaß dabei, du verdammtes Schwein! Bis bald! Keine Angst, ich lass dich nicht allein, wir sehen uns bald wieder! Sehr bald!"

Sie war verschwunden. Mit einem Mal war sie nicht mehr da, kaum dass sie das letzte Wort ausgesprochen hatte. Weder Türe noch Fenster waren geöffnet worden oder von selbst aufgegangen und trotzdem war sie weg. Cordula hatte sich förmlich in Luft aufgelöst. Aber der alte Mann, der mit weit aufgerissenen und angsterfüllten Augen im Bett lag, wusste: Es war kein Traum gewesen! Aufgewühlt wie nie zuvor und voller Panik vor dem, was sie ihm angekündigt hatte, starrte er an die Decke. In seinem Körper, in seinem Kopf brodelte es, aber äußerlich lag er da wie immer, starr und steif. Er wollte verhindern, dass sein Enkel in sein Unglück rennt. Aber wie sollte er? Er konnte nicht gehen, nicht reden, nicht schreiben, nicht deuten, er konnte gar nichts! Er war verzweifelt wie nur einmal zuvor in seinem Leben – vor fünfzig Jahren!

IM WECHSELBAD DER GEFÜHLE

Gerd hatte von all dem, was sich in der Kammer seines Großvaters abgespielt hatte, nichts mitbekommen. Gut gelaunt, frisch geduscht, nicht mehr verkatert und voller Vorfreude auf Cordula summte er den Weg hinauf zum Bergwirtshaus. Er war mit sich und der Welt zufrieden, auch die kontroverse Diskussion mit seiner Mutter belastete ihn kaum mehr. Die würde sich schon wieder beruhigen, und außerdem war sie ihm im Moment sowieso egal. Er war jetzt einfach gut drauf und nur das zählte für ihn.

Umso geschockter und verletzter war er, als er von Weitem sah, wie Rolf und Cordula gemeinsam von der Terrasse ins Gastzimmer gingen – Rolf hatte liebevoll seinen Arm um ihre Hüfte gelegt! Gerds Stimmung verfinsterte sich schlagartig! Was sollte das denn? Was sollte diese plumpe, diese ekelhafte Geste Rolfs bedeuten? Und sie hatte sich gar nicht gewehrt! Oder hatte sie ihn gar dazu ermutigt? Das wohl doch nicht, denn wieso sollte ein so hübsches junges Mädchen einen solchen abgehalfterten Mann jenseits der fünfzig anmachen? Obwohl, konnte man es wissen? Konnte man einer Frau trauen? Einer, wie Cordula es war, eigentlich schon, aber ganz sicher konnte man doch nicht sein, oder? Schlimme, dumpfe Zweifel und Befürchtungen nagten in ihm, er spürte es sogar körperlich in Form von plötzlichen Magenschmerzen. Er kam sich so hilflos vor, so gedemütigt, so schwach! Er musste die für ihn unerträgliche Szene aus der Ferne beobachten und konnte nichts dagegen machen.

Cordula und Rolf waren längst im Gasthaus verschwunden, als er mit düsterer Miene die Terrasse erreichte. Missmutig ins Leere starrend setzte er sich an einen Tisch. Nur ein junges Paar mit einem kleinen Mädchen saß noch heraußen, ansonsten waren die Nachmittagsgäste schon aufgebrochen und die Abendgäste noch nicht da. Er war schon am überlegen, ob er nicht gleich wieder gehen und Cordula auf diese Weise für ihr keckes und ihm gegenüber unverschämtes Verhalten bestrafen sollte. Sie würde sich dann bestimmt Sorgen machen, weil er nicht wie vereinbart gekommen war, aber das würde ihr recht geschehen! Solch abwegige Gedanken gingen ihm durch den Kopf. Dann kam sie heraus. Sie lächelte ihn an, mit ihrem unwiderstehlichen Charme und mit ihrer blendenden Schönheit kam sie auf ihn zu: „Ja grüß dich Gerd! Schön, dass du schon wieder da bist!" Sein ganzer Groll, der noch vor wenigen Sekunden in ihm gewesen war, war augenblicklich verflogen! Diese freundliche, diese fast zärtliche Begrüßung, war für ihn Anlass genug, von einer Bestrafung Cordulas durch Verweigerung seiner Gesellschaft abzusehen, gar nicht mehr daran zu denken! Sie wusste also doch, zu wem sie gehörte, im Endeffekt wusste sie es doch: Sie gehörte zu ihm! Aber wie ein Geschwür, das nicht heilen will, meldete sich die Eifersucht und die Verlustangst wieder. Er hatte die Szene vor wenigen Minuten auf der Terrasse nicht vergessen und er wollte sich nun Klarheit verschaffen. Klarheit darüber, wie Cordula zu ihm stand und wie sie zu Rolf stand, er wollte, er musste es wissen!

Er bemühte sich, locker und souverän zu wirken, er lachte, als er sie ansprach: „Hallo Cordula! Natürlich bin ich wieder da! Wenn ich sage, dass ich wiederkomme, dann komme ich auch wieder! Auf mich kannst du dich verlassen! Ich hab dich schon von Weitem gesehen! Du verstehst dich ja blendend mit deinem Chef, was?" Sein Lachen klang leicht gequält, aber er hatte sich gut im Griff.
„Ich? Mit meinem Chef? Wieso das?" Sie wusste genau, was er meinte, gab sich aber unschuldig und ahnungslos. „Na, ihr seid ja gerade rein gegangen wie ein verliebtes Paar! So Arm in Arm!" Er lachte immer noch, was inzwischen fast schon albern wirkte. „Arm in Arm?" Sie neigte den Kopf, kniff die Augen zusammen und tat so, als würde sie versuchen, sich zu erinnern. „Ach so, das meinst du! Du, der Rolf hat mich nur in den Arm genommen, um mich zu trösten! Ich hatte nämlich da hinten auf dem Tisch der jungen Familie beim Servieren ein Glas umgekippt. Ich muss auch gleich wieder hin, um den Tisch abzuwischen! Bin bald wieder bei dir!"

Mit einem Lappen ging sie zu den jungen Leuten mit dem kleinen Mädchen, nicht ohne ihn vorher noch ganz süß anzulächeln. Gerd war beruhigt. Das war also der Grund gewesen für die Szene, die er beobachtet und die ihn so sehr getroffen hatte! Ihr war ein Missgeschick passiert und Rolf hatte sie getröstet. Das konnte er akzeptieren. Rolfs Verhalten war zwar übertrieben aufdringlich gewesen, wie er fand, aber er konnte es akzeptieren. Es freute ihn nicht gerade, dass Rolf seine Cordula berührt hatte, aber er wusste jetzt wenigstens, dass nicht mehr dahinter steckte. Wieder gut gelaunt blinzelte er in die untergehende Herbstsonne und nickte den Gästen, die er vorher in seinem Zorn gar nicht beachtet hatte und deren Tisch Cordula gerade säuberte, freundlich zu. Bald würde der eine oder andere Stammtischbruder auftauchen und dann würde er sich mit Cordula unterhalten, würde mit ihr flirten auf Teufel komm raus, würde sie ab und zu flüchtig und wie zufällig berühren und seine Freunde würden platzen vor Neid! Allein die Vorstellung trieb ein triumphierendes Grinsen in sein Gesicht.

Cordula war über den Tisch gebeugt und wischte die verschüttete Limonade auf. Sie spürte förmlich, wie Gerd sie von hinten musterte. Sie spürte es und sie wollte es so, seine Gier nach ihr, seine Erregung, sollte steigen und steigen, bis zum bitteren Ende!
Rolf kam heraus, in der Hand einen kleinen Becher mit zwei Kugeln Erdbeereis. Er ging zum Tisch der jungen Familie, ohne Gerd zu beachten und stellte das Eis dem Kind hin. „So, kleine Prinzessin, das geht auf's Haus! Als kleine Entschädigung für den Schreck, weil dein Limoglas umgefallen ist!" Kleine Prinzessin! Gerd lachte zynisch in sich hinein. Das war normalerweise nicht Rolfs Wortschatz – er redete gewiss nur so, um vor Cordula als großer Kinderfreund dazustehen! So ein Idiot! Der würde doch wohl nicht glauben, mit solchen offensichtlichen Tricks bei ihr landen zu können! Wieder war Gerds gute Laune verflogen. Er durchlebte ein Wechselbad der Gefühle. Umso mehr, als er Rolf weiterreden hörte: „Wissen Sie, meine Perle Cordula ist noch ganz neu in dem Job, erst zwei Tage! Da kann es schon mal passieren, dass man mal unabsichtlich an ein Glas stößt. Ansonsten ist sie ja ein absoluter Schatz!" Er strich ihr mit der Hand flüchtig über das Haar und lächelte sie an. „Wenn ich dich nicht hätte!", lobte er sie. „Kein Problem", sagte der junge Familienvater, „überhaupt kein Problem! Wir sind ja nicht nass geworden, nur der Tisch!" Er lachte. „Aber danke für das Eis! Und ihre Bedienung ist wirklich ein Schatz! So flott und so freundlich! Und so hübsch! Gratulation!"

„Na na, Liebling!", meldete sich seine Partnerin liebevoll tadelnd, „dein Schatz bin ich und sonst keine!" „Natürlich, mein Herz!", beruhigte er sie und küsste sie kurz auf den Mund.
„Vielen Dank!" Cordula wirkte verlegen und beschämt angesichts des Lobes, das auf sie hereinprasselte. „Es tut mir wirklich leid", wandte

sie sich nochmals mit bedauerndem Achselzucken und Augenaufschlag an die Gäste. „Kein Problem. Wirklich!", wiederholte der junge Vater und legte beruhigend seine rechte Hand auf die ihre. Gerd hatte die Situation genau im Blickfeld und kochte innerlich vor Wut. Was sollte das denn jetzt? Rolf, der alte Bock, hatte Cordula an den Haaren berührt! Und der andere geile Idiot sollte sich lieber um seine Frau und sein Balg kümmern, statt Cordulas Hand zu betatschen! Sie sollten sein Mädchen einfach in Ruhe lassen – alle sollten sie in Ruhe lassen! Ihm gehörte sie und sonst niemandem! Er war sehr erregt und blickte wutschnaubend in Rolfs Richtung.

„Rolf!" Sein Ruf klang sehr genervt und anklagend. „Gibt's hier noch was zu trinken oder nicht? Ich hätte gern ein Weißbier!" „Jaja Gerd, kommt sofort!" Rolf schüttelte den Kopf angesichts des ungewohnt aggressiven Tons, den Gerd angeschlagen hatte. Das kleine Mädchen am Nebentisch hatte sich inzwischen über das Eis hergemacht. „Da schau hin, wie es ihr schmeckt", sagte Rolf zu Gerd, als er an ihm vorbei in die Gaststube ging, um das Bier für ihn zu holen. Gerd waren das Kind und das Eis in diesem Moment völlig egal, er nahm sie gar nicht wahr, seine Gedanken kreisten um Rolf und Cordula – und es waren sehr düstere Gedanken. Cordula war inzwischen fertig mit dem Reinigen des Tisches und hatte die Gäste abkassiert.

Sie setzte sich zu Gerd, der missgelaunt vor sich hinstarrte, an den Tisch. „Was schaust du denn so böse? Lach doch mal!", forderte sie ihn auf und stupste ihn freundschaftlich mit dem Zeigefinger an der Nasenspitze. „Böses Schauen gibt Falten und später hässliche Kinder!" Und schon war er wieder selig. Ihre kleine, unschuldige und doch ein wenig provozierende, sehr bewusst gewählte Geste, hatte ihn wieder zur Überzeugung zurückkehren lassen, dass sie ihn liebte. Dass sie zu den anderen nur nett war, weil es sich halt so gehört. Mehr steckte nicht dahinter, da war er sich in diesem Moment wieder sicher. Er lächelte. „Ach nein, ich schaue nicht böse! Wieso sollte ich böse schauen? Ich habe nur nachgedacht!", log er.
„Nachgedacht? Worüber denn?" „Über Gott und die Welt! Über den schönen Herbst, über den gestrigen Abend. Und darüber, wie schön es ist, dass du hier als Bedienung arbeitest! Wenn es nicht schon mein Stammwirtshaus wäre, wegen dir würde es das werden, echt jetzt!" „Ach komm, du alter Schmeichler! Hör doch auf mit dem Süßholz

raspeln, das macht mich ganz verlegen! Gib mir lieber eine Zigarette! Im Freien darf man rauchen!" „Rauch nicht soviel!", sagte er scherzhaft und hielt ihr dabei die Schachtel hin, „du weißt schon – jede Zigarette verkürzt dein Leben um zehn Minuten!" Er hatte keine Ahnung, wie lächerlich diese Bemerkung in ihrem Fall war. Sie zündeten sich beide eine Zigarette an und sogen genüsslich den Rauch in sich hinein, um ihn dann als hellblaue Schwaden in die klare Herbstluft zu blasen. Die vor ihnen schwebenden Mücken flüchteten vorübergehend vor dem ungesunden Dunst, um jedes Mal, wenn sich die Rauchwolke aufgelöst hatte, wieder an die selbe Stelle zurückzukehren und weiter ihren Tanz aufzuführen. So als wüssten sie, dass ihr Leben bald zu Ende sein würde und dass sie deswegen noch jeden Sonnenstrahl genießen sollten. Gerds Situation war denen der Mücken nicht unähnlich, aber er wusste es nicht.

„Ach ja," seufzte Cordula, „schön ist es hier, gell? Wie die Mücken so tanzen!"

„Ja, sehr schön! Und mit dir gleich noch schöner!" „Jetzt hör endlich auf!", tadelte sie ihn liebevoll und stupste ihn mit dem Ellenbogen in die Seite. „Du musst dir deine Komplimente besser einteilen, sonst fällt dir bald nichts mehr ein!" „Da habe ich keine Angst! Wenn ich dich sehe, dann fällt mir immer was Schönes ein!" Während er den letzten Satz gesagt hatte, war Rolf mit dem Weißbier herausgekommen und hatte es Gerd wortlos hingestellt. Jetzt war er es, der schlechte Laune hatte. Die Vertrautheit der beiden gefiel ihm gar nicht. Er war nach wie vor der Meinung, dass ein Dorfjunge wie Gerd niemals das Format haben würde, das einer Frau wie Cordula gerecht wurde. Da wäre er, Rolf, schon eher geeignet. Er verabschiedete freundlich die junge Familie, die sich mit dem gutgelaunten und lachenden Kind auf Vaters Rücken auf den Heimweg machte und setzte sich dann zu Gerd und Cordula an den Tisch.

Auch er zündete sich eine Zigarette an, atmete tief durch und sagte mit einem genüsslichen Seufzen: „Aahh …, der erste Moment Ruhe seit halb drei! Heut ist es ziemlich rund gegangen – na ja, kein Wunder bei dem Traumwetter!"

„Und kein Schaden für unser Geschäft!", ergänzte Cordula. Das „unser" freute Rolf mindestens genau so, wie es Gerd wurmte. Aus ehemals guten Freunden waren erbitterte Konkurrenten geworden, man fühlte förmlich ein aggressives, missgünstiges Knistern in der Luft.

Rolf sah auf seine Armbanduhr: „Sechs Uhr! Da werden in einer halben Stunde schon die ersten Abendgäste kommen!" „Einer ist schon da", lachte Cordula und deutete auf Gerd, was diesen zu einem stolzen Grinsen animierte. „Schon klar, aber der verursacht keinen Stress!", lachte auch Rolf. „Jetzt rauche ich in Ruhe mein Zigarettchen, dann müssen wir uns um die Küche kümmern, Cordula! Kaffeegeschirr spülen und wegräumen, Essen herrichten für die Brotzeiten! Heute kommt die Vorstandschaft vom Waldverein auch noch, die haben eine Sitzung!" „Alles klar, Chef!"

Sie lachte und legte die flache rechte Hand an die Stirn wie ein Soldat, der den Befehlsempfang bestätigt. „Komm, jetzt hör endlich auf mit diesem Chef und diesem Befehl! Wir sind ein Team und damit basta! Oder?" „Natürlich Chef, äh Rolf! Wir sind ein Team! Schlag ein, Partner!" Sie lachte und hielt ihm ihre rechte Hand entgegen, Rolf schlug begeistert ein. Es tat ihm gut, mehr noch, es erfüllte ihn mit einer tiefen Befriedigung, dass Cordula ihm ihre Zuneigung vor den Augen Gerds so offensichtlich zeigte, dass sie demonstrativ die Freundschaft zu ihm offenkundig machte.

Denn obwohl er nicht allzu viel von ihm hielt – einen ernsthaften Konkurrenten sah er in ihm allemal. Allein schon wegen seiner Jugend, die er ihm leider nicht nehmen und die er für sich selber nicht mehr zurückholen konnte. Cordula genoss die Situation. An der Mimik der beiden Männer konnte sie erahnen, was in ihren Köpfen vor sich ging, wie die Hormone mit ihnen machten, was sie wollten. Und es gefiel ihr sehr. Der Anfang vom Ende war längst gemacht.

„Ein gutes Team, was?", raunzte Gerd zynisch. Im selben Moment erschrak er darüber, dass er seinen düsteren Gedanken laut ausgesprochen hatte. „Natürlich! Oder meinst du nicht, dass wir ein gutes Team sind?", fragte Cordula unschuldig, fast naiv. Gerd nickte eifrig: „Doch, doch! Geschäftlich seid ihr ein tolles Team!" „Natürlich geschäftlich! Was denn sonst?" Nun ärgerte sich Rolf wieder. Warum musste sie diese Einschränkung auf das Geschäftliche bestätigen? Warum musste eigentlich Gerd überhaupt diese Einschränkung ins Gespräch bringen? „Idiot!", dachte er.

Rolfs Ärger war Gerds Freude. Genau, geschäftlich, was denn sonst! Gut, dass Cordula das gesagt hatte! Damit der alte Mann wusste, dass die Trauben für ihn zu hoch hingen bei dieser Frau, viel zu hoch! Dankbar für diese seiner Meinung nach klärende Bemerkung und im Bewusstsein stillen Verständnisses blickte er ihr in die Augen. Einige Sekunden saßen sie schweigend und rauchend auf der Terrasse und hingen ihren Gedanken nach. Für Gerd und Rolf waren es zwiespältige Gedanken: Zuneigung einerseits, Eifersucht andererseits. Für Cordula gingen sämtliche Gedanken nur in eine Richtung: Rache! Tödliche Rache!

„So, auf geht's!", unterbrach Rolf die Stille, drückte seine Zigarette aus und stand auf. Cordula tat es ihm gleich und sie gingen hinein ins Gastzimmer. „Mir wird es hier auch zu kühl", meinte Gerd und folgte ihnen mit dem Bier in der Hand. Während Rolf schon in die Küche vorausgegangen war, blieb Gerd vor dem alten vergilbten Foto an der Wand stehen und winkte Cordula zu sich. „Schau mal", sagte er stolz, „das hier ist mein Großvater!" Er zeigte auf Martin, der mit breitem Grinsen in die Kamera lachte. „Das Bild ist schon alt", erklärte er, „mein Großvater war damals der Jüngste von allen! Die meisten leben schon nicht mehr! Ich glaube sogar, außer meinem Großvater gar keiner!" Cordula starrte auf das Bild, starrte auf den grinsenden Martin, seine damaligen Saufkumpane, den damaligen Wirt Georg, alle gut gelaunt und jeder ein Glas Bier vor sich. Sie wusste genau, wann und wie dieses Foto gemacht worden war! Sie wusste das Jahr, den Tag, die Stunde, die Minute. Sie wusste auch, wer dieses Foto gemacht hatte – sie selbst war es gewesen!

Sie schloss die Augen und die Bilder von damals tauchten plötzlich wieder auf, ganz klar, als würde alles jetzt in diesem Augenblick passieren. Sie glaubte fast, die Volksmusik zu hören, die seinerzeit aus dem Radio geklungen hatte. Georg, der Wirt, Rolfs Großvater, hatte gerade eine frische Runde Bier gebracht an jenem Abend, an dem sie sich vor fünfzig Jahren beim Wandern hierher verirrt hatte. Und dann hatte er zu ihr gesagt: „Weißt was, schönes Fräulein? Du könntest mal ein Foto von uns machen! Wir haben zwar schon einige vom Stammtisch, aber ich bin noch auf keinem drauf, weil ich immer der Fotograf war! Nie sind wir komplett für die Nachwelt erhalten! Jetzt stell ich mich dazu und du machst ein Foto! Einverstanden?"

Natürlich war sie einverstanden gewesen! Wieso auch nicht? Es waren ja lauter freundliche junge Burschen gewesen; besonders Martin, der Jüngste, hatte eine sehr sympathische Ausstrahlung! Und Georg, der Wirt, war auch sehr nett. Wieso hätte sie da ablehnen sollen? Georg hatte einen Fotoapparat aus einer Schublade unter der Theke herausgeholt, ihr kurz die Funktionsweise erklärt und sich dann zu den Stammtischbrüdern an jenen Platz gesetzt, an dem vorher sie gesessen war. Dann hatte sie das Foto gemacht, das jetzt vor ihr an der Wand hing. Und zwei Stunden, nachdem sie dieses Foto gemacht hatte, war sie tot! Brutal geschändet und erschlagen von dem, der da so breit in die Kamera grinste! Von Martin, diesem elenden, verlogenen, geilen Dreckschwein! Von *dem* Martin, der jetzt gelähmt und gewickelt wie ein Säugling daheim in seinem Bett lag und vermutlich unerträgliche Angst um seinen Enkel hatte! Der Gedanke an seine aussichtslose Lage und seine Angst verminderte die Bitterkeit, mit der sie das Bild betrachtete. Die Bitterkeit verminderte es, nicht aber die Sehnsucht, das brennende Verlangen nach Rache und ewigem Frieden!

„Das hier war damals der Wirt, Georg hat er geheißen. Das war übrigens Rolfs Großvater! Aber der war nicht lange hier, der ist ein Jahr nachdem dieses Foto aufgenommen wurde, bei einem Verkehrsunfall gestorben. Das hat mir mein Opa erzählt! Danach ist das Wirtshaus zwei oder drei Jahre leer gestanden, dann hat es jahrzehntelang der Waldverein betrieben und seit zwei Jahren ist jetzt der Rolf als Pächter da!"

Gerds Erläuterungen rissen sie aus ihren Gedanken, die fünfzig Jahre zurückgewandert waren. Dass Georg tot war, das wusste sie. Der hatte seinen Frieden gefunden – sie nicht! Sie war zurückgekehrt aus der Welt der Schatten in die Welt der Menschen. Zurückgekehrt, um sich rächen zu können für das, was ihr angetan worden war. Welche Macht auch immer das war, die ihr diese Rückkehr ermöglicht hatte – Himmel oder Hölle – sie war dieser Macht dankbar, dass ihr die Möglichkeit gegeben wurde! Sie wusste nicht, warum gerade sie auserwählt worden war. Sie wusste auch nicht, ob anderen Mordopfern diese Chance zur Begleichung uralter Rechnungen gegeben wird, doch das war für sie auch nicht von Belang. Sie genoss den Gedanken an das, was bald kommen würde, sehr bald! Alles hatte sich so entwickelt, wie sie es geplant hatte und alles würde sich so weiterentwickeln, wie sie es plante. Sie lächelte, trotz des unsäglichen Leides, das mit diesem Foto für sie verbunden war.

„Cordula? Geht's dir gut?" Wieder war es Gerds Frage, die sie zurückholte in die Gegenwart. „Ja, alles klar! Ich hab mir nur das Bild genau angesehen! Ich mag alte Fotos! Und das ist dein Großvater?" Sie deutete mit dem Zeigefinger auf ihren Mörder. „Wie geht's ihm?"
„Ja, das ist mein Opa! Ich mag ihn sehr! Meine Eltern haben sich scheiden lassen, als ich noch klein war, dann ist mein Vater bald darauf gestorben, er ist praktisch mein Ersatzvater. Gesundheitlich geht es ihm nicht gut! Er hatte vor einigen Wochen so was Ähnliches wie einen Schlaganfall. Die Ärzte wissen bis heute nicht genau, was da passiert ist. Er ist im Wald spazieren gegangen und nicht heimgekommen. Wir haben ihn dann gefunden, gleich da hinten auf dem Weg!" Er deutete in die Richtung, wo Cordulas Leiche vergraben war. „Er konnte kein Wort sagen und war stocksteif, vollkommen gelähmt. Wir dachten zuerst, er sei tot, aber sein Herz hat geschlagen. Jetzt liegt er im Bett und kann sich bis heute nicht bewegen!" „Überhaupt nicht?", fragte sie scheinheilig und voller innerer Genugtuung darüber, dass sie diesen Zustand verursacht hatte.

Allein der von ihr leise gerufene Name Martin, der ihn zum Umschauen bewogen hatte und der dazu geführt hatte, dass er ihr ins Gesicht sehen musste, hatte ihn zum lebenden Leichnam werden lassen. „Überhaupt nicht!", antwortete Gerd. „Sprechen kann er auch nicht, aber verstehen tut er alles. Ich kann mich mit ihm unterhalten und wenn er einmal mit den Augen zwinkert, meint er ‚ja' zweimal zwinkern bedeutet ‚nein'. Das läuft ganz gut mit der Verständigung!"
„Schön", sagte Cordula, „das ist schön!" Gerd dachte, mit ‚schön' meine sie die Tatsache, dass er sich mit seinem Großvater trotz allem noch unterhalten konnte. Doch das meinte sie damit nicht! Sie fand es schön, dass er für den Rest seines Lebens bewegungsunfähig im Bett liegen musste, dass sich seine Kommunikationsmöglichkeiten für immer auf ein Augenzwinkern beschränken würden.
Sie sah nochmal auf das Bild. Hätte der Wirt damals das Foto gemacht und nicht sie, dann wäre sie auf dem Bild. Sie würde dort sitzen, wo Georg saß und zwei Stunden vor ihrem brutalen Tod voller Lebensfreude in die Kamera lächeln. Ein Schauder überkam sie. Sie wandte sich vom Foto ab. „Interessant!", sagte sie zu Gerd, „sehr in-

teressant, das Foto!" Dann folgte sie Rolf in die Küche. Gerd nahm nach einem letzten verträumten Blick auf das Foto am Stammtisch Platz. Das waren noch Zeiten gewesen damals! Als es noch reichte, wenn man als junger Kerl anständig war, so wie sein Großvater! Als man noch nicht obercool sein musste oder top gestylt und gut aussehend wie ein Hollywoodstar, um ein Mädchen zu beeindrucken! Gut, dass es noch Frauen gab wie Cordula, die einen Mann nach den inneren Werten beurteilten! Und dass er über beste innere Werte verfügte, davon war er überzeugt. Das hatte er vom Großvater geerbt!

Die ersten drei Vorstandsmitglieder des Waldvereins betraten die Gaststube. Unter Wanderfreunden kennt man sich und mit einem freundlichen „ja hallo Gerd, bist auch da?", begrüßte ihn der Vorsitzende. Gerd bejahte die an sich sinnlose Frage. „Und? Wie geht's dem Großvater? Schon besser?" „Leider nicht", antwortete Gerd, „er kann sich halt überhaupt nicht bewegen und kein Wort sprechen!" „Es ist ein Kreuz", bedauerte ihn der Vorsitzende, „es ist wirklich ein Kreuz! Es erwischt immer die Anständigen! Das Schicksal ist einfach ungerecht!" „Da hast du Recht!", bestätigte ihn Gerd und nickte. „Sag ihm einen schönen Gruß von uns!", trugen ihm die drei auf, während sie sich wie gewohnt an den Tisch im hintersten Winkel der Gaststube setzten. „Setz dich halt her zu uns, brauchst doch nicht alleine da vorn sitzen!", luden sie ihn ein. „Nein, ihr habt doch Vorstandssitzung! Ich will nicht stören!" „Ach komm, was heißt da Vorstandssitzung! Wir sind doch nur fünf insgesamt und so geheim geht's bei uns nicht zu! Das kann ruhig jeder hören, was wir besprechen! Du als Waldvereinsmitglied sowieso!" „Nein, lasst nur, danke! Es werden wahrscheinlich sowieso noch ein paar Kumpel kommen, dann hab ich ja eine Unterhaltung!" „Na gut, wer nicht will, der hat schon!", lachte der Vorsitzende. „Und außerdem hat er ja auch noch mich!" Das hatte Cordula gesagt!

Sie hatte gehört, dass neue Gäste gekommen waren und war aus der Küche herausgekommen, um sie zu bedienen. Und mit ihren paar Worten hatte sie Gerd selig gemacht! Die drei Herren am Tisch in der Ecke saßen mit offenen Mündern da und betrachteten Cordula in stiller Ehrfurcht, während Gerd ihnen übermütig und mit stolz geschwellter Brust zuprostete. „Was wünschen die Herren?", fragte Cordula, nachdem sie an Gerd vorbeigegangen war und ihm dabei freundschaftlich zugeblinzelt hatte. „Was wir wünschen?" Der Waldvereinsvorsitzende versuchte kokett und doch männlich zu wirken, was ihm auf Grund seiner Leibesfülle und seines Glatzkopfes, der vom Heraufwandern noch verschwitzt und rot war, nur bedingt gelang. „Wir wünschen, dass wir erfahren, wer die schöne Frau ist, die uns heute bedient! Oder?" Er sah auffordernd in die Gesichter seiner beiden Tischkollegen und diese nickten eifrig. „Ich bin die Cordula", antwortete sie freundlich, „ich helfe hier während der Wandersaison ein paar Wochen aus!" „Na, das ist aber schön! Eine Freude für das Auge! Und wie heißt ein altes Sprichwort: ‚Das Auge trinkt mit!'" Wieder versuchte der Vorsitzende, charmant und originell zu wirken, wieder misslang es. Cordula nahm, freundlich und unwiderstehlich wie immer, die Bestellungen auf und ging unter den äußerst wohlwollenden Blicken der drei gesetzten Herren wieder zurück in die Küche.

Gerd hatte die Szene amüsiert beobachtet. Bei diesen älteren Männern musste er sich nun wirklich keine Gedanken machen, was Cordula betraf. Eher schon bei Rolf: Wieso war sie denn schon wieder in die Küche gerannt zu ihm? Es wäre doch normal gewesen, wenn sie jetzt an der Theke die Getränke eingeschenkt und sie den Männern gebracht hätte! Was wollte sie in der Küche? Gerade war er noch bester Laune gewesen und jetzt nagte schon wieder diese quälende Eifersucht in ihm! Wieso konnte er die nicht abschalten? Eigentlich war er ja überzeugt davon, dass nur er bei ihr landen könne, aber trotzdem – immer wieder diese Zweifel! Er ärgerte sich über sich selbst. Das gleichzeitige Eintreffen der restlichen zwei Waldvereinsmitglieder und seiner Stammtischfreunde Toni und Markus lenkten ihn kurzzeitig ab. Toni und Markus setzten sich zu ihm an den Tisch, die beiden anderen Männer zu ihren Vereinskollegen. Wieder kam Cordula aus der Küche, um die Bestellungen der Neuankömmlinge aufzunehmen. Diesmal schenkte sie die Getränke gleich ein. Während sie dies tat, erklärten die bereits informierten Waldvereinsmitglieder ihren verdutzten Kollegen, was es mit der gut aussehenden Bedienung auf sich hatte.

Nachdem Cordula die Getränke serviert hatte, nahm sie neben Gerd Platz, was diesen sichtlich mit Stolz erfüllte. „Na", wandte sie sich an Toni und Markus, „wieder einigermaßen auf dem Damm?" „Geht

120

schon wieder", antwortete Toni leicht zerknittert und Markus ergänzte schuldbewusst: „War schon ein bisschen arg viel Schnaps gestern, was?" „Schon", bestätigte Gerd, „aber schön war's! Oder, Cordula? War doch ein schöner Abend!" „Sehr schön! Ihr wart alle so gut drauf und so lieb! Also mir hat es sehr gefallen mit euch!" Bei den Worten „so lieb" strahlte sie Gerd regelrecht an und der war hin und weg. Seine Begeisterung wuchs, als Markus mit vielsagendem Blick fragte: „Du Gerd, was habt ihr eigentlich gestern draußen so lange gemacht? Ihr wart plötzlich verschwunden!" Gerd und Cordula sahen sich lächelnd an. „Und dann bist irgendwann bloß noch du allein rein gekommen" sagte Toni zu Cordula. „Wo warst denn du? Wir haben dich überhaupt nicht mehr gesehen! Bist du einfach abgehauen oder was?", wandte er sich an Gerd. „Äh..., ich? Ich bin dann nach Hause gegangen, weil mir war nicht besonders – der viele Schnaps!" „Aber zuerst haben wir uns doch noch ganz nett unterhalten, du und ich!" Cordulas Worte klangen fast vorwurfsvoll. „Oder ist dir das peinlich, dass wir uns gestern so gut verstanden haben? Du hast mich doch sogar geküsst! Oder weißt du das nicht mehr?"

Was war das? Hatte sie das jetzt eben wirklich gesagt? Laut gesagt? So, dass Markus und Toni es hören konnten? Gerd wusste nicht, ob er wach war oder träumte. Das war doch jetzt nichts anderes gewesen als eine öffentliche Liebeserklärung! Wenn sie Wert darauf legte, dass seine Freunde erfuhren, wie nahe sie sich gestern gekommen waren, dann war das ein sicheres Zeichen, dass sie zu ihrer beider Liebe stand! Er war begeistert, total begeistert. Und er wurde sehr mutig: Er nahm ihre Hand und streichelte sie kurz, und sie ließ ihn gewähren. Sie zuckte nicht zurück, im Gegenteil, sie erwiderte die liebevolle und sanfte Geste. Er war fast erschrocken über diese spontane Zärtlichkeit unter Zeugen und löste die Berührung, weil er nicht wusste, wie er diesen emotionalen Moment angemessen zu Ende führen sollte. Sie lächelte ihn an und er hatte den Eindruck, dass sie beinahe enttäuscht war über das Wegziehen seiner Hand. Er schwebte im siebten Himmel.

Sie stand auf. „So, jetzt muss ich aber dem Rolf in der Küche helfen, dafür werde ich schließlich bezahlt! Der Arme ist ganz alleine beim Brot- und Salatschneiden, und das Nachmittagsgeschirr und das Besteck muss auch noch aufgeräumt werden!" Wie konnte sie nur? Wie konnte sie nach diesem Augenblick der Zweisamkeit zu Rolf in die Küche rennen? Gerd hatte seine Gefühle überhaupt nicht mehr im Griff – Begeisterung, Erregung, Zuneigung, Liebe, Eifersucht, Hass, Unverständnis – die ganze Palette der Emotionen raste durch sein Gehirn. Ihm war, als würde er gleich durchdrehen, als er sie in der Küchentür verschwinden sah, seine Cordula! Schon wieder bei dem Anderen! Umso mehr, als er sie laut und deutlich zu Rolf sagen hörte: „So, da bin ich wieder! Was hast du für eine Arbeit für mich? Dein Wunsch ist mir Befehl!" Und sie lachte! Das konnte sie doch nicht machen! Das konnte sie ihm doch jetzt nicht antun! Aufstehen, ihn sitzen lassen wie einen Idioten und sich dem Anderen an den Hals werfen! Das ging doch nicht! Er versuchte, seine Gedanken wieder zu ordnen und auf eine rationale Ebene herunterzubringen, aber es gelang ihm nicht. Es sollte ihm auch nicht gelingen! Cordula hatte sowohl ihre Worte als auch ihr Tun sehr bewusst so gewählt. Sie hatte die Lunte in ihm gezündet, die bald zur Explosion führen würde.

„Wieso lächelst du so zufrieden?", fragte Rolf. „Ach, weil es mir gut geht", lachte sie, während sie Besteck abtrocknete, „weil es mir einfach gut geht hier bei dir!"
Toni und Markus hatten keine Ahnung, was in Gerd vor sich ging. Sie waren nur voller Bewunderung für das, was sie eben erlebt hatten. Gerd hatte es scheinbar geschafft, Cordula für sich zu gewinnen! Dieser alte Schlawiner! Der immer so getan hatte, als könne er kein Wässerchen trüben! Der hatte diese Wahnsinnsfrau aufgerissen! Gestern geküsst, heute in aller Öffentlichkeit Händchen gehalten und gestreichelt – es war sonnenklar, dass da etwas lief! Stille Wasser gründen tief – es war also doch was dran an diesem alten Sprichwort! „Alle Achtung, alter Kumpel", fand als erster Markus wieder Worte, „die steht ja voll auf dich! Du verdammter Duselbauer!" „Ach was, wir können uns halt ganz gut leiden", wiegelte Gerd ab.

In der Position der Stärke und des Triumphes fiel es ihm leicht, gönnerhaft zu sein. Geschmeichelt von den anerkennenden Worten seines Freundes waren seine Gefühle wieder in den positiven Bereich gewandert, die Eifersucht war von der Freude wieder zurückgedrängt worden. „Ganz gut leiden", lachte Toni ironisch, „ganz gut leiden! Ich kann den Markus auch ganz gut leiden, aber deshalb streichle ich nicht sein Händchen!" „Gott bewahre", schüttelte sich der Angesprochene angewidert, „das fehlte mir noch!" Mit großem Vergnügen und voller Stolz registrierte Gerd, wie die Freunde sein Verhältnis zu Cordula einschätzten. Sein Vergnügen wuchs noch, als sie aus der Küche herauskam, um die leeren Gläser der Gäste, auch das seine, wieder zu füllen. Außerdem bestellten die fünf Herren vom Waldverein jeweils eine Brotzeit. Sie nahm gut gelaunt die Aufträge entgegen und wollte zu Rolf gehen, um die Essensbestellungen an ihn weiterzugeben.

Gerd hörte, wie man sich am Tisch in der Ecke anerkennend über sie unterhielt. „Also wirklich, ein Bild von einer Frau!", sagte einer der Männer voller Bewunderung und alle anderen nickten beifällig. „Bei so einer Bedienung geht man einfach gern ins Wirtshaus!", konstatierte der Dicke mit der roten Glatze!
Das Stichwort „Bild" erinnerte Gerd an das Versprechen, das er dem Großvater gegeben hatte – ein Foto von Cordula! „Du Cordula, dreh dich bitte mal kurz um!", rief er ihr zu, als sie gerade die Küchentüre öffnen wollte. Sie drehte den Kopf und lächelte ihn an. Er schoss mit seinem Handy ein Foto und entließ sie mit einem erfreuten „Danke schön" in die Küche. Diesmal war er einverstanden, dass sie in die Küche ging, denn er hatte mitbekommen, dass Essen bestellt worden waren und das war ein legitimer Grund, mit Rolf Kontakt zu haben.

„Ich hab nämlich dem Opa versprochen, dass ich ihm ein Foto von ihr zeige", erklärte er stolz seinen Freunden. „Schon klar", meinte Markus, „schon klar! Da wird sich der alte Herr bestimmt freuen über diesen Anblick! Weil blind ist er ja nicht!" „Eben", lachte Gerd und betrachtete zufrieden die bezaubernd lächelnde Schönheit auf dem Display seines Handys. Es war ein Abend ganz nach seinem Geschmack. Immer wieder nutzte Cordula kleine Verschnaufpausen, um seine Nähe zu suchen, ihn kurz anzulächeln, sich neben ihn zu setzen, ihm halt ihre Liebe zu zeigen, wie er glaubte. Für ihn war es sonnenklar: Sie waren ein Paar! Noch nie hatte ihm ein Mädchen ihre Zuneigung so offen gezeigt, noch nie hatte ihm ein Mädchen überhaupt ihre Zuneigung gezeigt! Er genoss die Bewunderung seiner Freunde, er genoss die aufmunternden und anerkennenden Blicke der fünf anderen Gäste, er saugte den Duft des Erfolges förmlich in sich auf. Es war ein herrlicher, ihm bisher nicht bekannter Duft! Er wusste, jetzt war seine Zeit gekommen! Es hatte lange gedauert, aber jetzt war sie gekommen!

Und Cordula? Ihre Gedanken hatten mit denen Gerds nichts gemein, gingen in eine ganz andere Richtung. Sie war voller gehässiger Freude darüber, dass ihre Rachepläne immer konkretere Formen annahmen. Dazu gehörte auch, dass sie bei ihren kurzen Aufenthalten in der Küche Rolf schöne Augen machte und auch in ihm die Hoffnung nährte, dass sie nicht nur an ihm als Arbeitgeber, sondern auch als Mann Interesse hatte.

Aber das bekam Gerd nicht mit, noch nicht! Er hatte nach seinem Empfinden einen wunderschönen Abend mit seiner Cordula. Nach drei Stunden verabschiedete er sich, er war nach dem gestrigen Saufgelage sehr müde. Er gab wie selbstverständlich Cordula einen Kuss auf die Wange und ging unter den staunenden Blicken seiner Freunde heim. Er freute sich schon darauf, dem Großvater das Foto zu zeigen. Der würde staunen, welch' tolle Eroberung sein Enkel gemacht hatte!

DIE GROSSE LIEBE

Voller Begeisterung stürmte Gerd in die Stube des Großvaters. Er wollte ihn gleich wecken, um ihm das Foto zu zeigen. Aber er brauchte ihn nicht zu wecken, denn der alte Mann schlief nicht. Seit dem Erscheinen Cordulas vor wenigen Stunden lag er wach und aufgewühlt in seinem Bett. Schweißperlen standen auf seiner Stirn, obwohl es auffallend kühl im Zimmer war, seit sie da gewesen war, ungewöhnlich kühl. Gerd war dermaßen aufgekratzt, dass er sowohl den schlechten Zustand des Großvaters als auch die unangenehme Kälte im Raum nicht wahrnahm. „Du schläfst noch gar nicht? Umso besser!", sagte er. Ich habe dir nämlich das versprochene Foto von meiner Traumfrau mitgebracht!" Er zog sein Handy aus der Jackentasche und hielt es dem Opa vor die Augen. „Schau mal – ist sie nicht ein Hammer? Da geht sie gerade in die Küche, oben im Bergwirtshaus. Siehst du, wie süß sie mir zulächelt? Siehst du?" Die Begeisterung über seine vermeintliche Eroberung war grenzenlos.

Der Großvater sah auf das Display des Handys und was er sah, war das, was er ohnehin schon gewusst und befürchtet hatte, was für ihn seit heute Nachmittag grausame Gewissheit war: Cordula! Aber nicht mit dem hasserfüllten Gesicht, mit dem sie vor seinem Bett gestanden hatte; auf dem Display sah er ein lachendes, gutgelauntes, blendend aussehendes und überaus sympathisch wirkendes, junges Mädchen. Eben jenes Mädchen, in das er sich selbst vor fünfzig Jahren auf den ersten Blick so unsterblich verliebt hatte. Das Mädchen, das er innerhalb von vier Stunden kennen gelernt, förmlich angebetet und dann getötet hatte. Aber er dachte nur kurz wieder an das furchtbare damalige Geschehen zurück. Er dachte jetzt nicht an sich, er dachte an seinen Enkel, seinen über alles geliebten Gerd! Er sah sein lachendes, verliebtes, begeistertes Gesicht und wusste, dass er gerade dabei war, den Weg ins Verderben zu beschreiten. Nicht erst zu beschreiten, er war schon mit Riesenschritten unterwegs in seine persönliche Katastrophe.

Der Großvater war verzweifelt. Verzweifelt, weil er körperlich nicht in der Lage war, Gerd zu warnen. Und verzweifelt, weil er ihn auch nicht warnen hätte können, wenn er körperlich dazu in der Lage gewesen wäre. Denn dann hätte er ihm sagen müssen, dass er ein feiger Mörder war. Ein Mörder, der nie zu seiner Tat gestanden hatte, dessen Tat nie entdeckt und nie gesühnt wurde. Ein Mörder, der das Glück gehabt hatte, dass der einzige Mitwisser bald nach der Tat selbst gestorben war und bis dahin geschwiegen hatte. Aber selbst wenn er ihm das sagen hätte können und gesagt hätte – Gerd hätte es niemals geglaubt! Es war ja auch unglaublich, was hier vor sich ging!

Er wünschte sich einerseits, dass Gerd das Foto endlich wegnehmen würde, konnte sich andererseits aber auch nicht satt sehen an der Schönheit Cordulas. Genau so, wie er sich an jenem Abend nicht satt sehen hatte können an ihr. Georg, der Wirt, hatte schon recht gehabt, als er ihm damals vorgeworfen hatte, er hätte sie die ganze Zeit so lüstern angestarrt.

„Und? Was sagst du?" Gerds Frage riss ihn aus seinen Gedanken. „Gefällt sie dir?" Mit einem Augenzwinkern bejahte er die Frage, obwohl er lieber tausendmal „nein" gesagt hätte! Aber das Nein hätte nicht der Schönheit Cordulas gegolten, sondern dem, was sie ihm mit hasserfülltem Gesicht angekündigt hatte und was mit tödlicher Sicherheit auch kommen würde. Aber wenn er jetzt „nein" antworten würde – Gerd würde es nie verstehen!

Der hatte, nicht ohne vorher noch einen verliebten Blick auf das Foto zu werfen, sein Handy wieder eingesteckt und strahlte über das ganze Gesicht. Es tat ihm gut, dass er sein vermeintliches Glück mit seinem engsten Vertrauten teilen konnte. „Das war mir klar, dass sie dir gefällt! Du bist ja auch ein Mann und welcher Mann wäre nicht begeistert von ihr! Aber weißt du was? Der Rolf, der gafft sie ständig an! Kannst du dir das vorstellen? Dieser alte Depp glaubt, er hätte Chancen bei ihr! Er meint immer, ich merke es nicht, wenn er sie die ganze Zeit anstarrt wie ein verliebter Ziegenbock! Wenn er ihr wie zufällig schnell über die Haare streift oder sie kurz an der Hüfte oder am Hintern berührt. Der meint echt, ich merke das nicht! Wenn der Vollidiot wissen würde, wie lächerlich er sich macht! Ich habe bisher nichts gesagt, aber lange lasse ich mir das von ihm nicht mehr bieten! Demnächst kracht es mal gewaltig, wenn das so weitergeht! Was bildet sich dieser Hanswurst überhaupt ein? Und die Cordula, was soll sie machen? Er ist ihr Chef und sie ist froh, dass sie einen Job hat, drum sagt sie wahrscheinlich nichts! Aber ich werde ihr schon helfen, da wird er sich wundern, der Rolf!"

Der Großvater registrierte erschüttert, wie Cordula die Psyche seines Enkels schon vergiftet hatte. Noch nie hatte Gerd so abfällig, so gehässig über den Wirt geredet! Sie waren doch immer Freunde gewesen, sein Enkel und Rolf! Sie waren gemeinsam gewandert, hatten gemeinsam Pilze gesucht und hatten viele Nächte feuchtfröhlich durchgezecht. Und jetzt hatte dieses Mädchen innerhalb von zwei Tagen einen derartigen Keil zwischen die beiden Freunde getrieben. Er ahnte schon, welch teuflischen Plan sie verfolgte. Er war sich sicher, dass sie alles, was sie tat, bewusst tat in der Absicht, seinen Enkel hörig zu machen und ihn dann seelisch zu brechen. Und es, war ihr schon gelungen, was die Hörigkeit betraf. Die Worte, die Gerd anschließend sagte, bestätigten dies: „Weißt du, Opa, die Cordula kann sich ja nicht wehren gegen die blöden Tatschereien vom Rolf! Wie auch? Und außerdem tut er ihr wahrscheinlich auch noch leid, der alte Zausel mit seinen senilen Gelüsten! Aber trotzdem – ich will nicht, dass er meine Freundin ständig anlächelt und berührt! Und ich werde es zu verhindern wissen, das schwöre ich dir!"

„Seine Freundin" hatte er gesagt! Dem Großvater wurde immer banger. Seine Freundin! In so kurzer Zeit hatte ihn Cordula dermaßen in ihren Bann gezogen, dass er schon Besitzansprüche anmeldete. Dann würde es ihr bestimmt auch schnell gelingen, ihn vollends in den Wahnsinn zu treiben! Er hatte große Angst um den jungen Burschen, der da so ahnungslos und so hoffnungslos verliebt vor ihm saß. Und die Angst war sehr begründet! Er sah das Unheil kommen und er wusste, er konnte es nicht verhindern! Gerds Aggression gegen Rolf war wieder von der Hochstimmung gegenüber Cordula verdrängt worden.

„Ich sag's dir ganz ehrlich, Opa: Mit Cordula könnte ich mir eine gemeinsame Zukunft vorstellen! Du wirst dir vielleicht denken, das ist jetzt nur eine Verliebtheit und das geht wieder vorbei! Aber es ist mir ernst mit ihr, ganz ehrlich, todernst!" Bei dem Wort „todernst" fühlte der Großvater einen Stich im Herz. Aus seinen Augen sprach Angst und Verzweiflung, was Gerd aber ganz anders interpretierte. „Ich sehe es dir an den Augen an, dass dich das überanstrengt! Schlaf jetzt, Opa! Du musst entschuldigen, aber ich wollte einfach meine Freude mit dem Menschen teilen, der mir am wichtigsten ist. Mama hab ich es auch schon erzählt, aber die hat ganz komisch reagiert, fast abweisend. Stell dir vor, die hat gesagt, man kann sich doch nicht in einen Menschen verlieben, von dem man überhaupt nichts weiß! Wo er herkommt, aus welcher Familie er stammt und so. Das ist doch scheißegal, oder? Und wenn Cordula von einem anderen Stern kommen würde – das spielt doch keine Rolle!" Er lächelte. „Du, so abwegig ist das gar nicht mit dem anderen Stern, weil ich glaube, dass sie mir der Himmel geschickt hat!"

„Wenn du wüsstest, wer sie dir geschickt hat", dachte der Großvater, „wenn du wüsstest!" Ihm war zum Weinen, zum Schreien! Am liebsten hätte er Gerd mit beiden Händen gepackt und gesagt: „Lauf weg! Lauf so schnell und so weit du kannst! Und bete darum, dass du diese Frau nie wieder siehst! Dass sie genau so schnell wieder verschwindet, wie sie aufgetaucht ist!" Aber er konnte nicht weinen, nicht schreien, Gerd nicht packen, er konnte gar nichts! Er konnte nur wie ein Stück Holz daliegen und zur Kenntnis nehmen, was geschah, ohne eingreifen zu können. Gerd stand auf. „Jetzt schlaf, Opa! Ich gehe auch ins Bett. Und ich halte dich auf dem Laufenden, versprochen!!!" Er machte das Licht aus und ging.

Der alte Mann starrte in die Dunkelheit, die ihm heute noch schwärzer vorkam als sonst. Er war aufgewühlt, ängstlich, hilflos, voller böser Erinnerungen und böser Vorahnungen. Er kam sich so allein vor wie nie zuvor – allein mit seiner Schuld, allein mit seinem Wissen um die drohende Gefahr. Aber er war nicht allein in diesem Augenblick: „Und? Wie fühlt sich das an, wenn man hilflos jemandem ausgeliefert ist?" Cordulas Stimme klang schneidend durch die Dunkelheit des Raumes. „Es fühlt sich nicht gut an, das kann ich dir aus Erfahrung sagen! Ich war vor 50 Jahren auch jemandem hilflos ausgeliefert und es hat sich beschissen angefühlt! Es waren nur wenige Minuten, aber es kam mir vor wie eine Ewigkeit!" Sie lachte zynisch: „Ewigkeit! Ein schönes Wort in diesem Zusammenhang, oder? Ach, was frage ich, du kannst ja nicht antworten! Nicht mal mit den Augen, weil ich seh' ja dein Zwinkern nicht in der Dunkelheit!"
Er sah sie nicht. Er wusste gar nicht, ob sie wirklich im Raum war – wirklich konnte sie ohnehin nicht im Raum sein, sie war ja seit fünfzig Jahren tot! Aber er hörte laut und deutlich jedes ihrer Worte! Er hörte sie mit eiskalter, hasserfüllter Stimme sagen: „Schlaf gut, Martin, schlaf gut! Und träum was Schönes! Träum von deinem

Enkel, der so verliebt ist in die Cordula! In die schöne, junge, nette Cordula, nicht in die verfaulte Cordula, die hinter dem Wirtshaus im Wald liegt! Und der so eifersüchtig ist auf den Rolf! Ich verspreche dir, die Eifersucht wird noch größer werden, noch quälender, noch unerträglicher, dafür werde ich sorgen! Hat er dir schon erzählt, dass er sich mit mir eine gemeinsame Zukunft vorstellen kann? Natürlich hat er das! Und hat er dir schon erzählt, dass er mir voller Stolz das Bild in der Gaststube erklärt hat, auf dem sein Opa als junger Bursche drauf ist? Das Bild, das ich gemacht habe in der letzten Stunde meines Lebens? Ich hatte eine Zukunft, Martin, ich hatte eine Zukunft, und du hast sie mir genommen! Und dein Enkel hat auch eine Zukunft, hätte eine Zukunft, und die werde ich ihm nehmen! Das schwöre ich dir! Das verspreche ich dir in die Hand!"

Er spürte plötzlich einen kurzen, eiskalten Händedruck. „Bis bald!", flüsterte sie. Dann war es still, der Spuk war vorbei. Der Großvater starrte noch einige Minuten in die Dunkelheit, bis er in einen unruhigen, von Albträumen geschüttelten Schlaf fiel. Sein Enkel lag unterdessen wenige Meter weiter glücklich und zufrieden, den Bauch voller Schmetterlinge, in seinem Bett. Begeistert betrachtete er nochmals Cordulas Bild auf seinem Handy und küsste es. Ach, es war einfach alles so schön, fast perfekt! Er war rettungslos verliebt, da war er sich sicher.

Dass er rettungslos verloren war, wusste er in diesem Augenblick nicht. Im Reinen mit sich und der Welt döste er sich in zärtliche Träume. Es sollte die letzte Nacht sein, in der er bei halbwegs klarem Verstand einschlief.

EIN REGENTAG

„Das ist das Blöde an unserem Job", meinte Rolf, als er zum Fenster hinaussah, „andere nehmen sich frei, wenn schönes Wetter ist, und wir? Wir können das nur tun, wenn das Wetter grauslich ist, so wie heute zum Beispiel." Es regnete! Und wie es regnete! Und hier heroben, wenn es regnete, dann regnete es nicht nur – dann hingen die Wolken mit ihrer nassen Last regelrecht in den Bäumen und man konnte froh sein, wenn man fünfzig Meter weit sehen konnte. Die Tropfen prasselten nicht, es war auch nicht stürmisch – unspektakulär, leise plätschernd und wie an Bindfäden aufgereiht fielen die dünnen, aber unzähligen Wassertropfen auf den dampfenden Waldboden. Genau so ein Tag schien der heutige Sonntag zu werden.

„Meinst du nicht, dass es noch aufheitert?", fragte Cordula, die am Stammtisch saß, ihren Frühstückskaffee trank und auch das konturlose Grau durch das Fenster registrierte. „Nein, heute wird das nichts mehr", meinte Rolf und ging vom Fenster zurück zu ihr an den Stammtisch, wo seine dampfende Kaffeetasse stand. Er setzte sich. „Der Wetterbericht hat heute den Durchzug eines Niederschlagsgebietes gemeldet, es soll erst gegen Abend zögernd aufklaren. Heute kommt hier niemand rauf!" „Ja, und was machen wir dann?", fragte Cordula, „so ganz ohne Gäste? An einem Sonntag?"

Rolf sah in dieser Frage eine Chance, seine Chance. Er fasste seinen ganzen Mut zusammen: „Weißt was? Ich hätte da eine Idee! Wir machen einen Bergspaziergang!"
„Was? Bei diesem Wetter? Machst du Witze?"
„Grad bei diesem Wetter! Da nerven wenigstens nicht alle paar Meter irgendwelche Feriengäste, die nach dem Weg fragen. Heute sind wir hundertprozentig allein auf weiter Flur! Du, ich zeig dir ein paar schöne Plätze! Und wenn du mal Zeit hast, dann kannst du bei schönem Wetter alleine gehen und verläufst dich nicht wieder!" Er lachte. „Obwohl, es ist ja schön, dass du dich verlaufen hast! Sonst wärst du ja nicht bei mir gelandet!" „Stimmt! Und ich bin froh, dass ich hier bin", erwiderte sie. „Na gut, dann machen wir eine Regenwanderung! Wann willst du denn aufbrechen?" „Ich würde sagen, gleich nach dem Frühstück, weil der frühe Vogel fängt den Wurm! Du kannst dir ein

Regencape aus der Vorratskammer holen. Da habe ich immer ein paar auf Reserve liegen für Wanderer, die vom Wetter überrascht werden. Ich kauf die Capes für 50 Cent pro Stück und verkaufe sie für drei Euro. Die Wanderer freuen sich, weil sie nicht nass werden und ich freue mich, weil ich 500 Prozent Gewinn gemacht habe. So ist jedem geholfen!" „Nicht schlecht, Herr Specht!", meinte sie anerkennend. „Und was ist, wenn heute doch ein Gast kommt?" „Der hat dann Pech gehabt", meinte Rolf. „Wir hängen ein Schild an die Tür und schreiben drauf „ab 18 Uhr geöffnet!" „Sehr gut, das machen wir! Ich freu mich schon! Regenwanderung – mal was Neues!" Sie lachte. Rolf freute sich, dass Cordula seine Idee gut fand. Und er sah seine Chance gekommen.

Wenige Minuten später verließen sie gemeinsam das Bergwirtshaus. Rolf sperrte ab, hing das Schild an die Eingangstür und freute sich auf die gemeinsame Zeit mit seiner Herzensdame im Wald. „Es gibt kein schlechtes Wetter, es gibt nur schlechte Kleidung!", sagte er mit Blick auf den dunkelblauen Regenumhang. Selbst in diesem unförmigen Kleidungsstück sah sie noch klasse aus! Sie gingen den Weg hinter dem Wirtshaus entlang, hinein in den Wald. Im Wolkennebel konnte man den Felsen, von dem sie vor fünfzig Jahren angeblich gestürzt war, nur als dunklen, grauen, fast drohenden Umriss zwischen den Bäumen erkennen. Irgendwie sah er aus wie ein riesiger Elefant, der regungslos im Dunst stand und sich dort versteckte.
„Ganz schön frisch ist es geworden!" Cordula fröstelte und sie kuschelte sich an Rolf, was diesem außerordentlich behagte. Fürsorglich legte er den Arm um ihre Hüfte und schweigend schlugen sie den Weg in Richtung Kreuzfelsen ein. Die Beschilderung für Wanderer war kaum auszumachen, aber Rolf kannte hier, so wie auch Gerd, jeden Meter, jeden Baum, jeden Stein. Obwohl keiner von ihnen etwas sagte, hatte er das Gefühl, dass zwischen ihnen ein stilles, grundsätzliches Einverständnis herrschte, dass ihre Herzen im gleichen Takt schlugen. Er freute sich.

„Und, was sagst du?", fragte er nach einer Weile, „so ein Regentag hat doch auch seinen Reiz, oder?" „Schon", meinte sie, „und wenn man schön warm angezogen und innen trocken ist, dann ist es so richtig kuschelig! Und so schön still! Der Nebel schluckt alle Geräusche, man hört nur ganz leise die Regentropfen rieseln, fast wie Schneeflocken! Wunderschön! Das war eine tolle Idee, dieser Spaziergang, danke dafür!" „Aber gerne doch!" Rolf freute sich sehr über die positive Reaktion Cordulas. „Und ehrlich gesagt, ich hab den Spaziergang nicht nur wegen dir, sondern auch wegen mir vorgeschlagen!" „Schon klar, weil dir das Kuschelwetter ja auch gefällt!" „Das auch, aber auch, weil ich endlich mal mit dir allein sein wollte! Im Wirtshaus kann man ja keine zehn Worte in Ruhe wechseln. Immer kommt irgendwer daher und will etwas! Wenn es kein Wanderer ist, dann der Briefträger oder der Gerd. Es ist zwar schön, wenn das Geschäft läuft, aber irgendwann möchte man halt auch mal in Ruhe etwas besprechen!"

Sie gab sich ahnungslos, obwohl sie wusste, worauf er hinauswollte. „In Ruhe besprechen? Mit mir? Was denn?" Neugierig sah sie ihm in die Augen. Er versuchte, männlich-souverän und doch romantisch zu wirken: „Also, als erstes wollte ich dir mal sagen, dass ich wahnsinnig froh bin, dich zu haben!" „Mich zu haben? Wie meinst du das?" „Ja, dich als Bedienung zu haben! Du bist für das Bergwirtshaus ein richtiger kleiner Sonnenschein. Das merkst du doch auch, wie begeistert die Gäste von dir sind, besonders die männlichen!", lächelte er. „Du bist immer so freundlich und so hilfsbereit, von deinem tollen Aussehen will ich gar nicht reden! Weil dass du eine Klassefrau bist, das weißt du ja selbst!" „Jetzt hör aber auf, Rolf!" Sie blieb stehen und sah ihm in die Augen. „Du sollst mir doch nicht immer solche Komplimente machen! Ich werde ganz verlegen!" „Du und verlegen? Ich werde verlegen! Ich werde ja schon verlegen, wenn ich dich bloß anschaue, weil du dermaßen toll aussiehst!" „Stopp! Schluss jetzt!" Sie sagte es zwar militärisch knapp, es klang aber doch liebevoll. Dabei legte sie ihren rechten Zeigefinger auf seine Lippen, um ihn am Weiterreden zu hindern. „Aber …", versuchte er, etwas zu sagen, doch mit einem „pssst" legte sie erneut den Finger auf seine Lippen. „Ruhe, Chef! Jetzt rede mal ich!", befahl sie ihm und lächelte dabei. Sie standen sich gegenüber und sie nahm seine beiden Hände. „Rolf, jetzt hör mir bitte zu, weil ich habe dir auch etwas zu sagen: Ich finde dich sehr, sehr nett! Nicht nur, weil du mir in einer ganz blöden Lebenssituation einen Job und ein Dach über dem Kopf gegeben hast. Ich mag dich auch als Mensch unheimlich gerne – und auch als Mann! Bei dir kann man sich so richtig geborgen fühlen!"

Sie lächelte ihn an und hielt weiter seine Hände. Sie hielt sie sehr bewusst und demonstrativ – und sie gab ihm gleichzeitig einen flüchtigen Kuss auf den Mund. Sie tat dies nicht, weil sie plötzlich irgendwelche Gefühle für Rolf hatte, er war ihr als Mann nach wie vor vollkommen egal. Sie brauchte ihn jetzt nur als Mittel zum Zweck. Denn sie wusste etwas, was Rolf nicht wusste: Dass jemand sie beide beobachtete. Jemand, der nur dreißig Meter entfernt hinter einem Baum stand und fassungslos war über das, was er sah, was er ansehen musste! Gerd war nämlich auch im Regen zu einem Bergspaziergang aufgebrochen. Auch er liebte wie Rolf den Wald, wenn er in Wolken gehüllt war, die jedes Geräusch dämpften und die diese wild-romantische Stimmung erzeugten.

Er war schon eine halbe Stunde unterwegs gewesen, mit seinen Gedanken wie in den letzten beiden Tagen bei Cordula, als er durch den Nebel leise Stimmen zu hören glaubte. Er war stehen geblieben, um genauer hinzuhorchen und hatte sofort erkannt: Es war ihre Stimme! Er konnte nicht genau verstehen, was sie sagte, aber war sich sicher, dass sie es war. Und dann hörte er Rolf – sie war also nicht alleine! Schon am Tonfall konnte er erkennen, dass es ein sehr freundschaftliches und vertrautes Gespräch war, das die beiden führten. Und dann sah er sie, zunächst kaum erkennbar durch die Nebelschwaden, die zäh und langsam durch den Wald zogen. Als sie näher kamen, bemerkte er, dass Rolf seinen Arm um ihre Hüfte gelegt hatte, dass sie sich an ihn kuschelte, und es schnürte ihm fast den Hals zu. Und er glaubte wenige Augenblicke später, zu ersticken, als er zusehen musste, wie sie sich an den Händen hielten und wie Cordula Rolf mit zärtlicher Stimme ansprach und ihn schließlich auf den Mund küsste. Gerd hatte das Gefühl, die Welt würde über ihm zusammenbrechen! So ein Verrat! So ein gemeiner, charakterloser, erbärmlicher Verrat! Ein Verrat an seiner Liebe zu Cordula und ein Verrat an seiner Freundschaft zu Rolf! Wie konnten die beiden ihm das nur antun? Einen kurzen Moment lang war er wild entschlossen, hinter dem Baum hervorzuspringen und die beiden zur Rede zu stellen. Doch nur einen kurzen Moment. Nein, diese Blöße wollte er sich nicht geben, lieber würde er stehen bleiben und die beiden weiter beobachten. Es interessierte ihn, wie weit sie gehen würden mit ihrem abstoßenden Gehabe.

Rolf bekam davon nichts mit, nichts von Gerd und nichts von dessen dunklen Gedanken. Er war selig. Verliebt blickte er Cordula tief in die Augen und hielt ihre Hände. Den feinen Regen, der unablässig auf sein Gesicht fiel, spürte er gar nicht. Erst nach einigen Sekunden fand er Worte für das, was er soeben erlebt und genossen hatte.

„Cordula! Du weißt gar nicht, was du mir gerade für eine Freude gemacht hast, du ahnst es nicht! Ich hätte nie zu hoffen gewagt, dass du so zu mir stehst, dass du mich so gern hast! Ich bin immerhin deutlich älter als du! Und ganz ehrlich gesagt, hatte ich gestern und vorgestern schon manchmal den Eindruck, dass du den Gerd lieber hast als mich – und es wäre ja auch kein Wunder. Er ist ja viel jünger und unsympathisch ist er auch nicht!"

Wegen der schmeichelnden Worte Cordulas war er so mutig und selbstbewusst geworden, dass er Gerd ihr gegenüber sogar positiv darstellte. Der stand hinter seinem Baum und die gönnerhafte Äußerung Rolfs, die ihn betraf, kotzte ihn an. „Ach ja, der Gerd!", seufzte Cordula und löste ihre Hände von denen Rolfs. „Der Gerd ist schon ein netter Kerl. Aber irgendwie fehlt mir das Männliche, das Reife. Verstehst du? Ich glaube, ich habe es dir schon mal gesagt: Er ist zwar ganz lieb, aber halt doch nur ein großer Junge!" Gerd versuchte verzweifelt, auch das genau zu hören, was sie über ihn sagte, aber Cordula redete leiser als Rolf und so konnte er nur bruchstückhaft wahrnehmen, wie sie über ihn dachte. Er verstand seinen Namen, die Worte „nett" und „männlich", konnte sich aber keinen rechten Reim darauf machen. Aber auch wenn er akustisch nicht alles verstanden hatte, es reichte ihm vollkommen, was er gesehen hatte. Diese Berührungen, dieser Kuss, das waren für ihn Stiche mitten ins Herz! Cordula triumphierte innerlich. Irgend eine himmlische oder auch teuflische Fügung hatte Gerd dazu bewogen, heute hier heraufzukommen und das zu sehen und zu hören, was er gesehen und gehört hatte. Und sie, sie hatte sofort gespürt, dass er in der Nähe war. Sie hatte ihn weder gesehen noch gehört, aber sie hatte seine Anwesenheit gefühlt.

„Jetzt komm", sagte sie zu Rolf, „gehen wir weiter! Wie sehr wir uns mögen, das wissen wir jetzt. Jetzt zeig mir die schönen Plätze, die du mir versprochen hast!" Sie legte lachend den Arm um seine Hüfte und schob ihn freundschaftlich vorwärts. „Auf geht's, alter Mann!" Er empfand diese Anrede in diesem Moment als Kompliment, als Zeichen von Zuneigung und totaler Vertrautheit, und bester Laune gingen sie bergauf in Richtung Kreuzfelsen, weiter argwöhnisch beäugt von Gerd, der immer noch regungslos hinter dem Baum im Nebel stand. Er wartete ab, bis sie etwas weiter entfernt waren, um ihnen dann nachzuschleichen. Denn das Knacken eines Zweiges oder Rascheln des Laubes hätte ihn verraten können. Und er wollte unbeobachtet bleiben. Einerseits war er neugierig, zu sehen, was zwischen den beiden noch alles passieren würde; andererseits hatte er aber auch große Angst, noch schlimmere Demütigungen erleben zu müssen, als vor wenigen Augenblicken. Doch die Neugierde war größer als die Angst.

Er folgte ihnen in sicherem Abstand in Richtung Kreuzfelsen. Der unaufhörlich von den Bäumen tropfende Regen und der Nebel machte es ihm leichter, ungehört und ungesehen zu bleiben. Wenigstens gingen sie jetzt einfach nebeneinander her, das für Gerd abstoßende Händchenhalten und Küssen war vorbei. Sie unterhielten sich, aber er konnte nichts verstehen. Der Regen, der ihm das Verheimlichen seiner Anwesenheit erleichterte, machte es ihm gleichzeitig unmöglich, mitzuverfolgen, was sie sprachen. Ging es um ihn? Ging es um ihr Verhältnis zueinander? Machte er ihr eindeutige Angebote? Es belastete und es ärgerte ihn sehr, nichts mitzubekommen.

Eine Weile ging es nun schon steil bergauf in Richtung Gipfel. Rolf und Cordula gingen auf dem Wanderweg, Gerd huschte wie ein scheues Reh parallel dazu und etwas hinter ihnen zwischen den Bäumen nach oben. Die Unterhaltung, die Gerd zu seinem Leidwesen inhaltlich nach wie vor nicht verstehen konnte, drehte sich um die Dauer der Anwesenheit Cordulas im Bergwirtshaus. Rolf fragte sie, ob sie sich vorstellen könnte, ihren Aufenthalt zu verlängern, denn auch im Winter gäbe es genügend Arbeit. Gleich neben der Terrasse war der Startpunkt der Langlaufloipe und an guten Nachmittagen, vor allem an den Wochenenden, war nachmittags die Gaststube gefüllt mit hungrigen und durstigen Wintersportlern. Da könne er schon eine Hilfe gebrauchen, nach dazu eine so wertvolle, wie sie es war. Und außerdem, meinte er, hätten sie mehr Zeit, sich näher kennen zu lernen. „Jetzt, wo wir wissen, dass wir uns gegenseitig sympathisch finden, sollten wir schon testen, ob wir auch länger gut miteinander auskommen", schlug er mutig vor.
Cordula vertröstete ihn. „Rolf, versteh' mich bitte nicht falsch", wich sie einer direkten Antwort aus, „aber ich kann und will mich jetzt

nicht festlegen! Ich habe dir ja gesagt, dass ich hierher gekommen bin, um meine Gedanken nach einer großen Enttäuschung neu zu ordnen. Können wir bitte nicht einfach so verbleiben, dass ich jetzt einige Wochen hier bin und dann sehen wir weiter? Du weißt, ich mag dich sehr, aber ich hoffe, du verstehst, was ich meine! Ich bitte dich nur um etwas Geduld! Bitte!" „Natürlich!", beschwichtigte er sofort, „natürlich! Ich will dich auf keinen Fall unter Druck setzen! Ich bin ja froh und glücklich, dass du überhaupt hier bist bei mir! Jetzt genieß den Spaziergang und vergiss meine blöde Frage! Gleich sind wir auf dem Gipfel beim Kreuzfelsen!" Sie lächelte ihn dankbar an. „Schön, dass du so verständnisvoll bist, Rolf! Vielen Dank!" Sie stupste ihn freundschaftlich am Arm.

Im Gegensatz zu dem, was sie sagte, war das, was sie dachte, alles andere als freundlich. Sie würde keinesfalls bis zum Winter da sein, zumindest nicht sichtbar. Als Leiche war sie ja schon fünfzig Jahre da und als solche würde sie bis in alle Ewigkeit da sein. Aber sichtbar für die Lebenden würde sie nicht einmal mehr eine Woche da sein. In zwei Tagen würde sie ihre Rache bekommen, das wusste sie, zwei Tage noch! Und dann wartete auf sie der ewige Frieden, den sie bisher nicht gefunden hatte! Rache – das war alles, was ihr Denken, ihr Sprechen und ihr Handeln bestimmte! Weder Rolf, der verliebt neben ihr ging, noch Gerd, der voller Hass und Eifersucht und triefend vor Nässe von Baum zu Baum hetzte, ahnten davon etwas. Für beide war sie die Traumfrau, ihre Traumfrau. Dass ihr irgend etwas Böses, etwas Todbringendes anhaften könnte, das konnten sie sich nicht vorstellen.

Sie erreichten den Gipfel, der seinem Namen Kreuzfelsen alle Ehre machte. Er bestand nämlich aus einer imposanten, fast zehn Meter hohen Felsformation, auf der ein mächtiges Gipfelkreuz thronte. Um Wanderern den steilen und nicht ungefährlichen Aufstieg bis zum Kreuz zu ermöglichen, waren eiserne Haltegriffe in den Fels eingelassen. Cordula und Rolf stiegen hinauf. Heute musste man wegen des feuchten Gesteins besonders aufpassen. Rolf, der vorausging, half ihr, indem er sich immer wieder umdrehte und ihr die Hand reichte, sodass sie schnell das Kreuz erreichten. „Berg heil!", rief Rolf. Er drückte und umarmte Cordula, die ihn überrascht ansah. „Das macht man so, wenn man ganz oben ist!", erklärte er. „Ach so, ja dann!" Sie drückte ihn fest an sich. Gerd konnte sie nun trotz der Nebelschwaden, die auch den Gipfel umwaberten, gut erkennen, weil sie auf dem Felsen wie auf einem Präsentierteller standen. Die Umarmung war für ihn ein weiterer Stich mitten ins Herz und in sein männliches Ego. Vor allem, dass sie nach seinem Empfinden ewig dauerte, steigerte seinen Zorn auf die beiden noch.

Er dachte an den Kuss auf der Terrasse, den sie ihm gegeben hatte, die schönen Worte, die sie in trauter Zweisamkeit, aber auch vor mehreren Zeugen zu ihm gesagt hatte, an die Berührungen, an die zärtlichen Blicke, die sie ihm zugeworfen hatte. Und jetzt das! Er war außer sich. Diese Schlampe! Diese verdammte verlogene Schlampe! Ihn so zu hintergehen, so zu demütigen! Er wusste nicht, wen er in diesem Moment mehr hasste: Sie oder Rolf! Es schnürte ihm die Luft ab, das mitansehen zu müssen und er fürchtete, ohnmächtig zu werden.

Unterdessen hatten Rolf und Cordula sich voneinander gelöst und standen fast ehrfurchtsvoll vor dem massiven Holzkreuz mit der lebensgroßen geschnitzten Christusfigur. In den Sockel des Kreuzes war ein kleines Metallkästchen eingelassen, dessen Deckel sich nach außen öffnen ließ. „Was ist das denn?", fragte Cordula neugierig. „Da drin ist das Gipfelbuch", antwortete Rolf, „da kann man sich eintragen und verewigen! Mit Datum und Uhrzeit, wenn man will! Manche schreiben sogar ein Gedicht hinein!" „Na, dann tragen wir uns doch ein, oder?", schlug sie lachend vor, „bei dem Wetter werden wir heute bestimmt die einzigen sein, die drinstehen!"
Ihm gefiel diese Idee sehr. Erstmals schriftlich fixieren, dass sie beide ein Team, eine Einheit, ein Paar waren – eine tolle Vorstellung! Er öffnete den Deckel und holte das Gipfelbuch, das eigentlich nur ein unscheinbares schwarzes Notizbuch mit einem Aufkleber war, auf dem „Kreuzfelsen-Gipfelbuch" stand, heraus. Cordula hielt schützend einen Teil ihres Regenumhanges über das Buch, damit es nicht nass wurde, und sie blätterten es gemeinsam durch. Familien hatten sich eingetragen, einzelne Wanderer, Kinder mit krakeliger Schrift und netten Zeichnungen von Waldtieren oder Bäumen, auch Liebespaare hatten sich verewigt. Amüsiert betrachteten sie gemeinsam die Notizen. „Da schau", sagte er, „da hatten sich zwei scheinbar besonders gern!" In einem riesigen Herz, das eine ganze Seite füllte, standen die Worte: „Sepp und Klara forever!" Cordula lachte laut: „Sepp und

Klara! Und dann ‚forever'! Passt irgendwie nicht zusammen! Jonny und Desiree – okay, aber Sepp und Klara!" Sie schüttelte grinsend den Kopf. „Hauptsache, der Sepp und die Klara haben sich gern und sie passen zusammen, oder?" Er lachte sie an, als er das sagte. „Da hast du auch wieder recht!" „So, und was schreiben wir zwei hinein?", fragte Rolf, „Rolf und Cordula forever?" Er blickte ihr in die Augen und war sehr gespannt auf ihre Reaktion. „Also, wenn's auf der Zugspitze wäre, wo uns keiner kennt, dann wär's mir egal. Aber hier? Lieber nicht! Es könnte ja jeden Tag jemand von unseren Stammgästen vorbeikommen und das lesen. Das wäre dann doch etwas peinlich, oder! Nein, schreib einfach rein, dass wir heute hier waren, das reicht voll und ganz! Ob forever oder nicht, das wird sich herausstellen!" „Okay, war ja auch nur als Spaß gemeint, das mit dem forever!" lachte er, obwohl es ganz und gar nicht spaßig gemeint war. Und ihre Bemerkung, dass sich das noch herausstellen würde, fasste er als eine Art Versprechen für die Zukunft auf. Voller Zuversicht in das, was noch kommen würde, schrieb er in das Gipfelbuch: „Rolf und Cordula an einem nebligen, verregneten und trotzdem wunderschönen 1. Oktober". Sie hatte mitgelesen und nickte zustimmend: „Passt! Gut gemacht, ich hätte es nicht besser formulieren können!" Sie legten das Buch wieder an seinen Platz, verschlossen das Kästchen und stiegen vorsichtig hinunter.

„Normalerweise bleibe ich mindestens eine halbe Stunde da oben stehen und genieße die herrliche Aussicht! An klaren Tagen sieht man von hier fast die Alpen und weit hinein nach Böhmen! Aber heute bei diesem Wetter haben wir keine Chance" sagte Rolf, als sie wieder festen Boden unter den Füßen hatten. „Du musst mal herauf kommen, wenn es schön ist, der Fernblick ist echt atemberaubend!" „Das kann ich mir vorstellen", sagte sie, „ich werde es mir bestimmt mal anschauen!" Dabei war sie sich hundertprozentig sicher, todsicher, dass dies nie der Fall sein würde.

Sie gingen weiter durch den Regen und den Nebel. „Jetzt zeig ich dir dann noch eine ganz tolle Felsformation – den Teufelsstein", kündigte er geheimnisvoll an. „Der ist wirklich beeindruckend; ein Wahnsinn, was die Natur alles zuwege bringen kann! Du wirst staunen! Und dann gehen wir in aller Ruhe wieder zurück zum Wirtshaus!" Diesen Satz hatte Gerd genau verstanden, da sie nun nicht weit von ihm entfernt waren und hier auf dem Gipfel nicht mehr so viele Bäume standen, von denen das Wasser plätscherte. Zum Teufelsstein wollten sie also noch gehen! Den Weg dahin kannte er wie seine Westentasche. Er wartete deshalb ab, bis sie etwas weiter entfernt waren und stieg dann hinauf zum Kreuzfelsen. Er würde sie später locker wieder einholen, jetzt wollte er unbedingt sehen, was die beiden ins Gipfelbuch geschrieben hatten. Der Eintrag ließ ihn noch zorniger werden. Das las sich ja wie der gemeinsame Spaziergang eines Liebes- oder gar eines Ehepaares! Eine Unverschämtheit, so etwas da hinein zu schreiben! Er war außer sich. Was bildeten die sich ein, ihn so zu hintergehen? Wieder ging er davon aus, dass Cordula sein Eigentum war, sein alleiniges! Er riss das Blatt aus dem Buch heraus, zündete es mit seinem Feuerzeug an und betrachtete fast lustvoll, wie es auf dem Felsen verbrannte. Das Häuflein schwarze Asche, das übrig blieb, zerrieb er mit dem Schuh, als wolle er das, was drauf gestanden hatte, für immer auslöschen. Genau so sollten sich die Gefühle der beiden in Rauch auflösen! Oder besser noch: Rolf selbst sollte sich in Rauch auflösen, damit er sie für sich alleine hätte!

Aber nun war es an der Zeit, ihnen wieder zu folgen. Er wollte ja nichts von dem verpassen, was zwischen ihnen geschah. Er rannte durch den Wald und hatte sie schon nach wenigen Minuten eingeholt. Er hatte seine Geschwindigkeit unterschätzt und war ihnen plötzlich sehr nahe. Er trat auf einen dürren Ast, der laut knackend zerbrach. Rolf blieb stehen. „Hast du das gehört?", fragte er Cordula, „scheinbar ist bei diesem Wetter doch noch jemand unterwegs heute!" „Ach, das glaube ich nicht! Das wird halt ein Reh oder irgend ein Tier gewesen sein", beschwichtigte sie. Rolf sah sich kurz um, konnte aber niemanden ausmachen und ließ es dann dabei bewenden. Sie gingen auf dem glitschig nassen Wanderweg weiter in Richtung Teufelsstein. Gerd war unterdessen regungslos hinter einem Baum gestanden und hatte fast die Luft angehalten, so war er darüber erschrocken, dass Rolf ihn gehört hatte. Nun, als die beiden wieder in Bewegung waren, war er beruhigt. Beruhigt aber nur, was die Gefahr, entdeckt zu werden, betraf.

Was Cordula betraf, war er nach wie vor äußerst angespannt, zornig und tief verletzt. Sie wusste, dass er ihnen weiter folgte, und sie genoss die Situation. Sie genoss die Vorstellung, dass ihn die Eifersucht immer mehr in den Wahnsinn trieb. Demonstrativ kuschelte sie sich wieder an Rolf. „Hier heroben pfeift der Wind ganz schön", sagte sie zitternd und Rolf nahm ihre körperliche Nähe sehr genussvoll zur Kenntnis. Nach ungefähr einer Viertelstunde erreichten sie so den Teufelsstein. Man brauchte nicht viel Fantasie, um darauf zu kommen, woher dieser seinen Namen hatte. Der Felsen, der aus einem Abhang herausragte, hatte tatsächlich die Form einer Teufelsfratze. Durch eine Laune der Natur oder durch jahrtausendelange Verwitterung war ein abstoßendes, böses, spitzes Gesicht entstanden und zwei vorstehende Felsbrocken an den oberen Enden des Gesteinsmassivs erweckten mit etwas Phantasie den Eindruck von Hörnern, die links und rechts aus der Stirn wuchsen. Beeindruckt betrachteten Rolf und Cordula das uralte und unheimliche Naturdenkmal.

Rolf dachte an die gemeinsame Zeit, die noch vor ihnen lag und die nach seinen Wünschen viel länger dauern sollte als die ursprünglich geplanten Wochen bis zum Ende der Wandersaison. Sie dachte nicht an Rolf, sondern an Gerd, der nicht weit von ihnen entfernt im Wald kauerte. Die Nässe klebte ihm inzwischen regelrecht am Körper, aber das nahm er kaum wahr. Er war sehr aufgebracht, weil er zusehen hatte müssen, wie Rolf und Cordula fast die ganze Strecke vom Kreuzfelsen bis hierher eng aneinander gekuschelt zurückgelegt hatten.

Cordula betrachtete das steinerne Teufelsgesicht und blickte dann in die Richtung, in der sie Gerd vermutete. „Genau der wird dich holen, Gerd!", dachte sie, „genau der! Und schon sehr bald wird er dich holen!" „An was denkst du gerade?" Rolf riss sie mit seiner Frage aus ihren düsteren Zukunftsvisionen. „Ich? Ich denke gerade an mein schönes warmes Zimmer im Bergwirtshaus!", log sie. „Mir wird nämlich allmählich ganz schön kalt!" „Dann würde ich sagen, wir machen uns allmählich auf den Heimweg", sagte Rolf fürsorglich. „Du kannst dir ja das Ganze bei schönem Wetter noch mal in Ruhe anschauen. Der Oktober bringt bestimmt noch einige warme und klare Tage. Und auch wenn du allein hier rauf gehst, kannst du dich nicht verlaufen, der Wanderweg ist ja gut gekennzeichnet, du brauchst nur dieser Markierung zu folgen!" Er deutete auf ein rundes Metallschild an einem Baum, auf dem das Gipfelkreuz als stilisierter Wegweiser erkennbar war. „Das ist der Kreuzfelsen-Rundwanderweg! Der beginnt und endet beim Bergwirtshaus!" „Aha! Dann kann ja nichts mehr schief gehen! Nicht einmal bei mir!" Sie lachte und hakte sich bei Rolf ein. „So, und jetzt führen Sie mich bitte nach Hause, Herr Chef!" Rolf nahm das Angebot gerne an und mit Schmetterlingen im Bauch ging er, Arm in Arm mit Cordula, zurück zum Bergwirtshaus, das noch ungefähr zwanzig Minuten entfernt war. Gerd folgte ihnen in sicherem Abstand mit pechschwarzen Gedanken. Wie er sie so vertraut und eingehakt dahinschlendern sah – es hätte ihm in diesem Augenblick überhaupt nichts ausgemacht, wenn ein riesiger Baum umgefallen wäre und die beiden Verräter wie Insekten zerquetscht hätte. Es hätte ihm nichts ausgemacht, weil sie hätten es verdient gehabt – auch Cordula, die er eigentlich liebte! Aber was sie ihm angetan hatte, das war zuviel! „Hure!", dachte er, „verdammte Hure!" Er weinte vor Zorn. Als sie das Bergwirtshaus erreicht hatten, war es kurz vor Mittag.

„Das Wandern in der frischen Luft hat mich hungrig gemacht – und müde!", sagte Cordula. „Mich auch! Jetzt essen wir einen Happen und dann legen wir uns noch eine Stunde hin! Zeit haben wir genug, wir machen ja erst um sechs Uhr auf! Da reicht es, wenn wir um fünf mit den Vorbereitungen anfangen!" „Genau Rolf, gute Idee!", stimmte Cordula zu. Er sperrte auf und sie gingen hinein in das Gasthaus. Gerd hatte sich hinter dem Schuppen, der gut zwanzig Meter vor dem Wirtshaus am Waldrand stand, versteckt. Da hier das Dauertropfen von den Bäumen nicht mehr störte und das Rauschen des Windes viel leiser war als oben im Wald, hatte er jedes Wort verstanden. „Legen wir uns noch eine Stunde hin", hatte Rolf gesagt, und Cordula hatte ihm zugestimmt. Wie war das gemeint? Sollte das heißen, dass sie sich gemeinsam hinlegten? In einem Bett? War es schon soweit? Hatten sie vielleicht beim Spaziergang ein Schäferstündchen vereinbart? Möglich wäre es gewesen, er hatte kaum etwas verstanden von dem, was sie während des Spazierganges geredet hatten.

Durchnässt, den Kopf voll diffuser Ängste, Befürchtungen und wirrer Hassgefühle stand er auch noch einige Minuten, nachdem Rolf und Cordula im Haus verschwunden waren, hinter dem Schuppen. Er war unfähig, sich zu bewegen. Wie angewurzelt stand er da und starrte durch den Nebel auf das Wirtshaus. Das Wasser lief ihm über das Gesicht und er wusste nicht, ob es Regentropfen waren oder Tränen des Zorns. Das Unerträgliche war, er sah nicht, was sich jetzt hinter der Tür abspielte. Sollte er hingehen, ans Fenster klopfen und die traute Zweisamkeit stören? Sollte er ihnen sagen, was sie für Schweine sind? Rolf, das Kameradenschwein und Cordula, das Charakterschwein! Sollte er ihnen sagen, dass er ihnen alles Schlechte dieser Welt wünschte? Nein! Er kam zu dem Ergebnis, sich diese Blöße jetzt nicht zu geben. Soweit hatte er sich im Griff – noch! Er ging durch den nicht nachlassenden Regen heim. Er musste in Ruhe überlegen, was zu tun war, um die alte Ordnung wieder herzustellen – wenn das überhaupt möglich war! Wenn er nur den Großvater hätte fragen können! Der hatte immer einen Rat gewusst und selbst in heiklen und scheinbar ausweglosen Situationen noch kühlen Kopf bewahrt. Dass sein Großvater vor fünfzig Jahren in einer viel auswegloseren Situation gewesen war als er jetzt, das wusste er nicht. Und dass auch damals Cordula der Auslöser für diese Situation gewesen war, das wusste er erst recht nicht.

Er ging heim, in sein Zimmer, und verließ es den Rest des Tages nicht mehr. Er sah fern, saß am Computer, aber seine Gedanken waren die ganze Zeit woanders. Irgendwann am Abend legte er sich in sein Bett und versuchte, in den Schlaf zu flüchten. Es gelang ihm kaum. Ständig zogen die Bilder von Rolf und Cordula an ihm vorüber. Bilder, die er gesehen hatte und Bilder, die er befürchtete: Rolf mit Cordula nackt in ihrem Zimmer beim Liebesspiel. Schwitzend, keuchend, stöhnend! Er hatte das Gefühl, bald wahnsinnig zu werden, wenn das so weiterginge. Und sein Gefühl täuschte ihn nicht!

DIE AUSSPRACHE

Es war für Gerd die schlimmste Nacht seines Lebens gewesen. Er hatte kaum geschlafen und wenn, dann waren im Traum immer die gleichen Bilder vor seinen Augen: Rolf und Cordula in inniger Umarmung. Er hatte das Gefühl, sein Kopf würde gleich platzen. Wie konnte sie ihm das nur antun? Warum nur? Nach all dem, was war zwischen ihnen! Sie war verdammt nochmal sein Mädchen, das wussten doch alle! Seine Freunde vom Stammtisch wussten es, die Männer vom Waldverein, sein Opa, seine Mutter, alle wussten es! Und vor allem sie wusste es! Sie musste es wissen, er hatte es sie doch so deutlich spüren lassen, dass er sie wahnsinnig mochte, dass er sie liebte. Und sie hatte es ihn doch auch spüren lassen! Noch gestern morgen war alles so klar gewesen: Ihre Beziehung, ihre Gegenwart, ihre Zukunft! Und jetzt? Jetzt kam ihm alles so sinnlos vor, so zerstört, so verraten durch sie! Wie konnte sie nur, wie konnte sie nur? Immer wieder stellte er sich diese Frage. Er lag im Bett und starrte verbissen an die Decke. Wie konnte sie nur? Tränen liefen über seine Wangen, ob Tränen der Trauer oder Tränen des Zorns, er vermochte es nicht einzuschätzen.

Oder…? Moment! Oder war es gar nicht ihre Schuld gewesen? Ihm kam plötzlich ein ganz anderer Gedanke: Vielleicht steckte ausschließlich Rolf dahinter! Hatte er sie auf irgendeine Art gezwungen, lieb zu ihm zu sein? Genötigt, erpresst? Vorstellbar war es, denn Rolf war schon immer scharf auf sie gewesen, das hatte man als aufmerksamer Beobachter bemerkt! Plötzlich sah Gerd einen kleinen Lichtschein am Ende des dunklen Tunnels, in dem sich seine Gedanken festgefahren hatten. Wenn sie nichts dafür konnte für das, was gestern im Wald geschehen war? Vielleicht hatte sie es aus irgend einem Grund tun müssen? Dann wäre ja die Beziehung zwischen ihm und ihr noch intakt, dann liebte sie ihn ja noch! Dann war ausschließlich Rolf das Problem und den würde er sich schon zur Brust nehmen! Er würde sich schützend vor die Liebe seines Lebens stellen und er würde Rolf ein für allemal klar machen, dass er sein Mädchen in Ruhe lassen soll! Genau! Er musste das klären, sonst würde er noch durchdrehen wegen der Zweifel, die in ihm rumorten. Er konnte an nichts anderes mehr denken. Noch heute, gleich musste das geklärt werden, je schneller, je besser!

Er stand auf und ging grußlos an seiner verdutzten Mutter vorbei ins Bad. Er hatte sie auf dem Gang gar nicht wahrgenommen. „Was ist denn mit dir los?", rief sie ihm durch die geschlossene Badtüre zu. „Nicht, ich hab's nur wahnsinnig eilig", log er, „ich muss heute früher in die Bank!" „Früher? Wieso früher?" „Wir haben eine Besprechung wegen der neuen EDV, das geht nur, wenn keine Kunden da sind!" Sehr schnell war ihm eine plausibel klingende Begründung eingefallen. Die Arbeit war ihm in diesem Moment völlig egal, Cordula war wichtiger! Er würde dann, falls nötig, per Handy in der Bank anrufen und sagen, dass er später kommt. Oder gar nicht, ihm war alles egal!

Zuerst musste das mit Cordula besprochen werden, was er gestern im Wald gesehen hatte, das hatte Vorrang vor allem anderen. Er ging zurück in sein Zimmer und zog sich an. Durch das Wohnzimmer, vorbei an seiner ratlos blickenden und kopfschüttelnden Mutter, huschte er in Richtung Haustüre. „Du hast ja noch gar nicht gefrühstückt! Jetzt trink wenigstens eine Tasse Kaffee, ich habe sie dir doch schon hergerichtet!" „Keine Zeit, muss weg!", rief er mit einer abweisenden Handbewegung und verließ das Haus. Entgegen seiner sonstigen Gewohnheit erreichte er das Bergwirtshaus heute per Auto. Er wollte anschließend gleich zur Arbeit fahren und dumme Fragen seiner Mutter vermeiden, falls er später noch mal vorbeikäme und das Auto holte.

Es war erst halb acht und das Wirtshaus war noch verschlossen. Eigentlich hatte er vor, seinem Ärger und seiner Enttäuschung so richtig Ausdruck zu verleihen und heftig an die Tür oder das Fenster zu pochen. Aber auf der kurzen Fahrt hatte er sich etwas besonnen. Er klopfte und wartete, doch auch nach zwei Minuten machte niemand Anstalten, zu öffnen. Eine elektrische Klingel gab es nicht, Rolf war nach wie vor der Meinung, das sei hier heroben nicht nötig. Wenn das Wirtshaus geöffnet war, konnte sowieso jeder herein und wenn es geschlossen war, dann wollte er seine Ruhe haben. Gerd klopfte erneut, diesmal kräftiger, als er plötzlich etwas hörte. Aber es kam nicht aus dem Haus, sondern von hinten, da wo der Anbau stand. Er ging um die Terrasse herum und sah Rolf, der auf dem Holzlagerplatz neben dem Anbau Brennholz hackte. Er wunderte sich sehr: Holz hacken um halb acht Uhr morgens? Das war schon eine sehr ungewöhnliche Zeit. Eine Weile beobachtete er den Wirt, der ihn noch nicht bemerkt hatte. Mit Argwohn registrierte er, dass Rolf für sein Alter noch eine sehr durchtrainierte und schlanke Figur hatte. Er trug am Oberkörper nur ein enges T-Shirt, das seine wohlgeformten Proportionen besonders zur Geltung brachte. Rolf war in Gedanken versunken. Auch er hatte sehr schlecht geschlafen letzte Nacht. Und auch bei ihm war Cordula die Ursache gewesen. Nur dass es bei Rolf Euphorie und Begeisterung waren, die ihn wachgehalten hatten und nicht wie bei Gerd rasende Eifersucht und Enttäuschung.

Gerd ging auf Rolf zu und begrüßte ihn mit einem erstaunlich freundlichen „Guten Morgen Rolf!" Rolf stellte die Axt an den Hackstock und wischte sich den Schweiß von der Stirn. Obwohl es jetzt am Morgen nach dem gestrigen Regen schon herbstlich kühl war, war ihm heiß geworden – ob wegen seiner Gedanken oder wegen der schweren Arbeit, das wusste er selber nicht. Rolf war überrascht über den morgendlichen Besuch. „Ja, der Gerd! Was treibt denn dich so früh schon hier herauf?" „Ach, ich konnte schlecht schlafen letzte Nacht und bin dann früh aufgestanden. Und da hab ich mir gedacht, ich schau mal schnell zu dir herauf auf einen Morgencappu! Aber wie ich sehe, bist du beschäftigt!" „Das schon, aber ein Cappu wäre jetzt genau das Richtige! Komm mit rein, ich geb' einen aus!"
Sie gingen nach vorn in die Gaststube und Gerd setzte sich an den Stammtisch, während Rolf den Kaffee machte. Da die Maschine unmittelbar hinter der Theke stand, konnten sie sich während der Zubereitung unterhalten. „Und? Alles klar?" Gerds Frage klang lauernd. „Kann nicht klagen!", fiel Rolfs Antwort sehr banal und nichtssagend aus. Doch Gerd kam schnell zum eigentlichen Thema seines Interesses: „Gestern wird nicht viel los gewesen sein, bei dem Sauwetter!" „Nein, ganz wenig! Ich hab' sowieso erst um sechs Uhr nachmittags aufgemacht. Und abends waren dann der Toni, der Franz und der Klaus da, Klaus diesmal sogar ohne blondes Gift!" Er lachte. „Dich hab' ich vermisst gestern! Wo warst du denn? Die wollten Karten spielen, aber es fehlte der vierte Mann. Fast zwei Stunden haben sie gewartet und gehofft, dass du noch kommst!" „Ach, ich war ziemlich müde gestern, ich hab mich schon früh aufs Ohr gelegt und geschlafen wie ein Murmeltier", log er. „Ach so, ja dann!"

Irgendwie hatte jeder von ihnen den Eindruck, dass der Andere etwas verschwieg. „Um sechs Uhr hast du erst aufgemacht?", gab sich

Gerd überrascht. „Ja gut, bei diesem Regen wäre wahrscheinlich eh kein Fremder rauf gekommen! Und? Hast dir einen faulen Tag genehmigt?" „Von wegen faul – ich bin mit Cordula den Kreuzfelsen-Rundwanderweg gegangen! Ich hab mir gedacht, ich zeig dem Mädchen mal, wie schön es bei uns ist!"

„Bei dem Sauwetter?"

„Was heißt Sauwetter? Ihr hat der Spaziergang gut gefallen! Der Kreuzfelsen, der Teufelsstein, das hat sie ja bisher alles nicht gekannt! Und gegen die Nässe hab ich ihr einen von meinen Regenumhängen gegeben, ich hab ja genug da. Also ich glaube schon, dass sie es genossen hat gestern!" „Genossen? Ja, dann! Dann passt's ja!" Gerd wäre Rolf in diesem Moment am liebsten an die Gurgel gegangen. Aber er beherrschte sich: „Heute wird es ja wieder viel schöner, das Regengebiet ist abgezogen nach Osten", meinte er.

„Ja! Heute werden bestimmt wieder Wanderer heraufkommen. Noch dazu, wo die Herbstferien begonnen haben und ein Feiertag ist. Heute ist bestimmt nichts mit Spazierengehen, heute müssen wir wieder ran, die Cordula und ich!"

„Wo ist sie denn? Schläft sie wohl noch?"

Gerd wollte sie unbedingt sehen – es interessierte ihn, ob sie ihm gegenüber ein schlechtes Gewissen hatte nach dem, was gestern vorgefallen war, oder ob sie ihm ungezwungen in die Augen sehen konnte.

Rolf sah auf die Uhr. „Viertel vor acht – da ist sie normalerweise schon auf! Ich schätze, sie duscht gerade und geht dann gleich rüber zum Frühstücken!" Während er das sagte, dachte er mit stillem Genuss daran, wie er sie nackt aus der Dusche hatte kommen sehen und fühlte sich Gerd gegenüber sehr überlegen. Umso mehr nach dem gestrigen Spaziergang im Wald, der seiner Meinung nach sein Verhältnis zu Cordula auf eine mehr als nur freundschaftliche Ebene gehoben hatte. Gerd missfiel Rolfs zufriedener, fast überheblicher Gesichtsausdruck sehr. Er hätte ihm noch viel mehr missfallen, wenn er gewusst hätte, woran Rolf jetzt dachte.

Genau in dem Moment, in dem Rolf die beiden Tassen Cappuccino auf den Tisch stellte, kam Cordula herein. Sie trug wieder ihren Jogginganzug, war frisch geduscht und gefönt und duftete herrlich! „Ja, der Gerd! Du schon hier um diese Zeit?" Überrascht und zugleich liebevoll lächelte sie ihn an. Sie vermittelte ihm, und nicht nur ihm, den Eindruck, als freue sie sich sehr, ihn hier zu sehen. Und augenblicklich war sein Groll ihr gegenüber verflogen! Noch vor einer Minute hatte er die feste Absicht gehabt, sie wegen der gestrigen Vorfälle zur Rede zu stellen, wollte ihr seine Enttäuschung kundtun, wollte sie fragen, ob denn ihre ganzen Sympathiebezeugungen ihm gegenüber Lügen gewesen waren. Das war alles vergessen, weil sie ihn angelächelt hatte. Jetzt war er sich vollkommen sicher, dass das, was ihn gestern zur Weißglut und zur Verzweiflung getrieben hatte, nicht von ihr ausgegangen war. Er hätte seine Hand dafür ins Feuer gelegt, dass die treibende Kraft für die Berührungen, für die Umarmungen, für den Kuss, dass das Rolf gewesen war! Sie hatte es halt über sich ergehen lassen und gute Miene zum bösen Spiel gemacht.

Zufrieden und verliebt sah er ihr in die Augen, grüßte mit einem freundlichen „Guten Morgen" und forderte sie auf, sich doch zu ihm zu setzen. „Klasse siehst du wieder aus!", sagte er begeistert. Normalerweise hätte Rolf das Gesülze von Gerd geärgert oder zumindest genervt, aber nach dem gestrigen Tag war er sich seiner Sache sehr sicher, trotz des Altersnachteils, den er ihm gegenüber hatte. Sollte der Dorfjunge doch ruhig Süßholz raspeln, die echten Gefühle Cordulas gehörten zweifellos ihm! Das mit Gerd war nur eine gespielte Freundlichkeit, weil sie halt von Natur aus ein freundliches Mädchen war.

„Ich mach dir auch gleich einen Kaffee!", sagte er zu ihr und wollte aufstehen. „Spinnst du? Ich kann mir doch selber einen machen, eigentlich müsste ich für dich Kaffee kochen und nicht du für mich! Das wäre ja noch schöner: Der Chef springt auf und macht der Angestellten das Frühstück! Bleib du mal schön sitzen!"
Sie ging zur Kaffeemaschine und Rolf und Gerd zündeten sich eine Zigarette an. Das Rauchen im Lokal ging um diese Zeit noch, denn die ersten „normalen" Gäste würden sicher nicht vor zehn Uhr auftauchen. Beide schwiegen einige Zeit und sahen Cordula mit sehnsuchtsvollen Augen beim Kaffeekochen zu. Und jeder dachte über den anderen, was der doch für ein Idiot sei, weil er sich einbilde, Cordula wolle etwas von ihm. Sie setzte sich mit ihrer Tasse zu ihnen und nahm auch eine Zigarette aus der Schachtel, die auf dem Tisch lag. Rolf gab ihr dienstbeflissen Feuer. „Ihr seid gestern spazieren gegangen?", fragte Gerd. „Ja", antwortete sie, „war ganz nett! Oder, Rolf?" Gerd beobachtete Rolf sehr genau, um seine Reaktion mitzubekommen.

Der nickte eifrig: „Ja, schon! Sehr nett! Ich hab dir ja gesagt, dass so ein Regentag auf dem Berg auch seine Reize hat! Wenn niemand im Wald unterwegs ist, wenn die Wolken wie zerfetzte Wattebäusche zwischen den Bäumen hängen, das hat was!" „Genau, das hat was!", bestätigte sie. „Stimmt", meinte Gerd, „ich kenn das, ich bin bei so einem Wetter auch öfters unterwegs. Natur pur!"

Verlegen rührten die zwei Männer in ihrer Kaffeetasse. Rolf wollte nicht aussprechen, wollte noch nicht aussprechen, was zwischen ihm und Cordula geschehen war und Gerd wollte nicht sagen, dass er sie beobachtet hatte. Als Voyeur, der sich nicht zu erkennen gegeben hatte, wollte er nicht dastehen vor den beiden. Allein Cordula genoss die Situation. Sie war diejenige, die voller Hass und voller Rachegelüste, aber doch wohlüberlegt und berechnend das Netz gesponnen hatte, in dem Rolf und Gerd bereits zappelten, ohne es zu merken. Mit stiller Freude bemerkte sie den Argwohn und das Misstrauen in Gerds Augen und die überhebliche Zufriedenheit in Rolfs Blick. Was waren die beiden nur für ignorante Idioten! Was waren Männer insgesamt für Idioten! Eine schöne Larve, eine knackige Figur, ein koketter Augenaufschlag und einige Komplimente, was sie doch für tolle Typen seien – schon schmolzen sie dahin! Vom Bauernknecht bis zum Vorstandsvorsitzenden – was das betraf, waren sie alle Idioten, alle!
Sie war tot und die beiden lebten. Und trotzdem: Sie fühlte sich ihnen gegenüber sehr überlegen. Es war fast etwas Überirdisches, etwas Göttliches, was sie in diesem Moment in sich fühlte. Die beiden kamen ihr vor wie Marionetten, die an Fäden hingen, an Fäden, die sie in der Hand hielt. Und die sie nach Belieben dirigieren konnte, je nachdem, an welchem Faden sie zog. Und es war tatsächlich so: Sowohl Gerd als auch Rolf waren Wachs in ihren Händen! Beide himmelten sie an, während sie, eigentlich recht unspektakulär, von ihrem Kaffee trank. Aber selbst das wirkte bei ihr irgendwie erotisch, zumindest für ihre beiden Verehrer.

„Und was hast du gestern gemacht? Warst du auch spazieren?" Cordulas Frage erschreckte Gerd. „Ich? Äh … nein, ich, ich war gestern zu Hause. Wie kommst du denn darauf, dass ich spazieren war?" „Naja, weil du doch gesagt hast, dass du auch gerne bei Regenwetter im Wald unterwegs bist!" „Ach so! Ja schon, aber gestern nicht, ich hatte keine Zeit! Ich musste etwas vorbereiten für heute, weil wir haben heute nämlich eine wichtige Besprechung in der Bank!" Er log sehr überzeugend, Rolf glaubte es unbesehen, was Gerd gesagt hatte, warum hätte er auch zweifeln sollen. Gerd sah auf seine Uhr. „Oh! Es wird eh schon höchste Zeit, dass ich fahre!" Er legte das Geld für den Kaffee auf den Tisch und stand auf. „Nix da, ich hab dich doch eingeladen!", sagte Rolf und schob das Geld wieder zurück.

Gerd bedankte sich und stand auf. Dann entschied er sich doch dafür, nicht einfach so zu gehen, sondern die Vorfälle des Vortages mit ihr zu besprechen und zu klären. „Äh, Cordula, kommst du bitte mal ganz kurz mit raus? Ich muss dir was zeigen!" Cordula stutzte, Rolf ebenfalls. Er stutzte nicht nur, er war verärgert! Was sollte das jetzt? Ihr was zeigen? Was denn? Und dann diese Geheimnistuerei – nach draußen sollte sie kommen! Wieso durfte er es nicht mitbekommen? Rolf ärgerte sich über Gerd, nicht zum ersten Mal im Zusammenhang mit Cordula. Sie stand ebenfalls auf und folgte Gerd nach draußen. „Keine Angst, Rolf, keine Angst! Ich entführe deine Spitzenkraft nicht! Sie kommt gleich wieder!", bemühte sich Gerd, locker und witzig zu wirken, obwohl ihm eigentlich nicht danach zumute war. Rolf blieb grimmig zurück, ließ sich aber nichts anmerken. „So ein Idiot!", dachte er. Er schüttelte unwirsch den Kopf über Gerds seltsame Geheimniskrämerei.

Doch seine Laune verbesserte sich sofort wieder, als er an gestern dachte: Er war es, dem Cordulas Zuneigung galt! Er war es, dessen Hände sie gehalten hatte, den sie geküsst hatte, an den sie sich gekuschelt hatte! Er war es, nicht Gerd! Und völlig egal, was er ihr draußen zeigen würde, er würde für sie immer der unerfahrene Dorfjunge bleiben, mit dem sie keine Zukunft aufbauen konnte und wollte! Dessen war er sich seit dem Waldspaziergang sicher! Draußen angekommen, fragte Cordula neugierig: „Und? Was willst du mir zeigen? Du hast es ja ganz schön spannend gemacht!" Sie wusste genau, wieso er sie nach draußen gebeten hatte, gab sich aber ahnungslos. „Zeigen will ich dir nichts, ich möchte dich was fragen!"
„Was fragen? Du hättest mich doch auch drinnen was fragen können! Ist doch außer Rolf und uns keiner da!" „Ja eben! Das ist ja das Problem! Es geht auch um den Rolf bei meiner Frage und deshalb soll er nicht zuhören!" „Auch um Rolf? Na, da bin ich aber gespannt!" Cordula sah ihn auffordernd an. „Du machst das schon sehr geheim-

nisvoll! Was willst du mich denn fragen?" Er zögerte kurz, um dann leise weiterzusprechen: „Zuerst muss ich dir ein Geständnis machen!" „Ein Geständnis?" Sie spielte die Rolle der Unwissenden und der Überraschten perfekt. Mit großen, fragenden Augen sah sie ihn an. „Ja, ein Geständnis! Ich will nicht lange um den heißen Brei herumreden: Als ihr gestern im Wald spazieren wart, du und der Rolf, da habe ich euch gesehen!"

„Was? Wie gesehen? Wie konntest du uns denn sehen? Du warst doch zuhause!"

„Nein, war ich nicht! Ich bin auch im Wald spazieren gegangen. Rein zufällig eigentlich." „Ja, aber warum hast du dann gerade eben gesagt, dass du nicht im Wald warst? Das hättest du doch ruhig sagen können!" Ihre Ahnungslosigkeit wirkte sehr überzeugend. „Naja, es war mir halt peinlich – irgendwie! Weil ich mich nicht zu erkennen gegeben habe!" „Ja, aber warum denn nicht? Wenn du uns gesehen hast, warum hast du dich denn nicht bemerkbar gemacht? Dann hätten wir zu dritt durch den Regen latschen und quatschen können! Hättest du uns halt gerufen!" Ihre Stimme wurde lauter, was Gerd mit Blick auf die Tür zu einem „Pssst!" veranlasste.

„Ich habe mich nicht bemerkbar gemacht, weil ich ziemlich geschockt war von dem, was ich gesehen habe!" Sie zögerte kurz, um dann mit erstaunten Augen zu fragen: „Geschockt? Was hast du denn gesehen?" „Wie du und der Rolf euch umarmt habt, das habe ich gesehen!" Der Vorwurf war nicht zu überhören, aus seinen gekränkten Augen sprach tiefe Enttäuschung. „Umarmt? Der Rolf und ich?" Sie reagierte fast amüsiert, aber auch etwas empört. „Ja, umarmt, der Rolf und du! Und gedrückt, ganz fest gedrückt! So richtig wie ein Liebespaar!" Er wirkte fast weinerlich, als er das sagte.

„Ach komm, da hast du dich getäuscht! Vielleicht hat es so ausgesehen, durch den Nebel, aus der Ferne!" versuchte sie ihn zu beruhigen. „Wieso sollte ich denn den Rolf umarmen und drücken? Du weißt doch, dass ich dich lieber habe und dass ich von Rolf nichts will außer einem Job und ein Dach über dem Kopf!" „Nein, ich habe mich nicht getäuscht, dafür war ich viel zu nahe an euch dran! Und ganz ehrlich: Ich war total fertig! Ich war dermaßen enttäuscht von euch beiden, aber besonders von dir! Du hast doch zu mir gesagt, dass du dir ganz gut vorstellen könntest, dass wir zwei mal näher zusammenkommen! Und wir haben uns doch geküsst! Auf der Terrasse! Weißt du denn das nicht mehr? Und jetzt sagst du schon wieder, dass du mich lieber magst als ihn! Ist das alles nur ein Spaß für dich? Mir ist es ernst, zumindest war es mir das bis gestern!"

Cordula sagte nichts. Sie zuckte nur leicht mit den Schultern und sah ihm traurig in die Augen.

Und dann zog sie eine perfekte Show ab: Er bemerkte, dass sich ihre Augen mit Tränen füllten. Sie schluchzte leise, sagte aber kein Wort. „Was hast du denn?", fragte er, nun nicht mehr vorwurfsvoll, sondern fürsorglich und besorgt. „Ach, es ist …, ach nein, nichts! Es ist mein Problem, nicht deins!"

Sie schluchzte nach wie vor und eine Träne lief über ihre linke Wange. Selbst Tränen konnte sie wie auf Kommando zerdrücken. „Wie, dein Problem? Sind wir denn keine Freunde mehr? Wenn es dein Problem ist, dann ist es auch meins! Also, jetzt sag schon, was ist denn? Was hast du denn?" Ritterlich legte er seine Hände auf ihre Schultern und sah ihr tief in die Augen: „Jetzt sag's mir schon!" „Es ist wegen Rolf", flüsterte sie ängstlich und immer noch schluchzend, „er bedrängt mich dermaßen!" „Was? Wie bedrängen?" Sofort wurde sein Tonfall aggressiv. „Naja, du weißt schon, so wie halt ein Mann eine Frau bedrängt! Immer, wenn wir allein sind, dann gibt er mir einen Klaps auf den Po, oder er berührt mich wie zufällig am Busen, oder er streicht mir über das Haar. Nie so richtig auffällig und aufdringlich, aber doch eindeutig! Ich will das nicht! Mich regt das auf!"

Fassungslos hatte Gerd ihr zugehört. Eine wahnsinnige Wut auf Rolf stieg in ihm auf. Also doch! Dieses verdammte Dreckschwein! Diese elende, verdammte Drecksau! Cordula erzählte weiter – äußerlich schluchzend, innerlich triumphierend angesichts des Hasses, den sie in Gerds Augen erkannte. „Und gestern im Wald war es genauso! Er hat ganz plötzlich den Arm um mich gelegt und mich vollgelabert, wie froh er ist, dass ich bei ihm reingeschneit bin vor drei Tagen. Und dass er aus dem Bergwirtshaus eine Goldgrube machen könnte mit mir an seiner Seite! Und dass wir beide ein wunderschönes Leben haben könnten, finanziell sorgenfrei und immer in der schönen Natur! Und dass er mich liebt!" „Was? Spinnt der oder was?" Gerd war außer sich.

„Ich glaube echt, dass der spinnt! Ich will doch nicht Wirtin im Bergwirtshaus werden! Ich brauche halt momentan den Job und die Unterkunft, um mich über Wasser zu halten und um etwas abzuschalten vom Beziehungsstress der letzten Wochen! Aber doch nicht für immer!" „Ist doch klar! Ich verstehe dich vollkommen! Du und dieser alte Zausel, ein Wahnsinn!"

Beruhigend strich er ihr über das Haar und sie ließ ihn gewähren. Fast hatte er den Eindruck, sie erwidere die Berührung und drücke ihren Kopf ganz leicht und sanft gegen seine Hand. Er genoss dieses Gefühl der Stärke seinerseits und der Schwäche und Schutzbedürftigkeit ihrerseits. Dass sie ihm lediglich übelstes Schmierentheater vorspielte, ahnte er nicht. Sie schluchzte lauter, ihr Körper zuckte. „Und dann, dann hat er mich gedrückt und geküsst und gesagt, ich könne so lange bleiben, wie ich möchte, wenn ich nur ein wenig nett zu ihm sei! Und auch wenn ich ihn jetzt noch nicht lieben würde, das würde schon kommen mit der Zeit!"
„Diese verdammte Drecksau! Ich bring ihn um!" Gerd war drauf und dran, ins Gastzimmer zu stürmen und Rolf zu verprügeln. „Nein, nicht! Bist du verrückt? Er hat mir ja im Endeffekt nichts getan! Ich spüre bloß immer einen Druck, wenn ich mit ihm allein bin! Ich könnte mich im Extremfall zwar wehren, aber trotzdem: Eine leichte Angst, mit ihm allein zu sein, ist immer da! Ich weiß nicht, ob du das verstehen kannst!" „Natürlich kann ich das verstehen!" Er hatte sich wieder etwas beruhigt, wollte vor ihr souverän und selbstsicher wirken. Die Rollenverteilung „starker Mann – schwache Frau" war für ihn selbstverständlich. Wieder strich er ihr über das Haar.

„Ich sag dir das eine: Du musst ihm seine Grenzen aufzeigen! Du musst ihm klar machen, dass er als Mann bei dir keine Chancen hat! Dass du gerne bei ihm arbeitest, dass es dir hier gefällt, es gefällt dir doch hier?" Er stellte diese Frage nicht ohne eigennützigen Hintergrund, denn er wollte ja, dass sie noch lange dabliebe, eigentlich für immer. Aber bei ihm und nicht bei Rolf!
„Ja schon, es ist schön hier, das habe ich dir ja schon gesagt und das weißt du auch selber, du bist ja hier aufgewachsen!" „Genau! Aber du musst ihm sagen, dass das nichts mit dem Verhältnis zwischen dir und ihm zu tun hat, überhaupt nichts! Dass du nicht im Traum daran denkst, seine Wirtin zu werden!" Er lachte zynisch und schüttelte den Kopf: „Seine Wirtin! Du! Nicht zu fassen, was dieser Wahnsinnige sich einbildet! Und du musst ihm sagen, dass es dir nicht passt, bei

jeder für ihn passenden Gelegenheit von ihm betatscht zu werden! Dieser notgeile Arsch!"

Gerd hatte sich förmlich in einen Rausch geredet. Er gefiel sich außerordentlich in der Rolle des Ratgebers und Beschützers und sprach ihr weiter Mut zu: „Du darfst dir das einfach nicht gefallen lassen! Und ich werde auch mit ihm reden!" „Nein, bitte nicht!" Sie flehte ihn an. „Das möchte ich auf keinen Fall! Ich denke, ich kann das selbst regeln! Und sollte es tatsächlich Probleme geben, dann weiß ich ja, dass du für mich da bist!" Dieser Satz war Musik in seinen Ohren: „Dass du für mich da bist!"

Er kam sich so gut, so edel, so ritterlich, so überlegen vor wie noch nie! „Genau", sagte er, „ich bin für dich da! Ich bin immer für dich da! Tag und Nacht! Vergiss das bitte nicht!" Er wurde mutiger: „Und es bleibt schon dabei, oder? Aus uns zwei könnte was werden?" Sie spielte ihr Spiel weiter: „Es bleibt dabei! Ich habe dir ja schon gesagt, dass ich dich sehr sympathisch finde. Ich habe dir auch gesagt, dass ich noch einige Zeit brauche, um meine wirre Gefühlswelt wieder einigermaßen ins Lot zu bringen, die Wunden sind einfach noch zu frisch! Ich sag dir bestimmt Bescheid, wenn ich offen bin für eine neue Beziehung! Wenn nicht dir, wem dann!" „Versprochen?" Er hielt ihr die rechte Hand entgegen.

„Versprochen!" Sie lächelte und besiegelte die Lüge mit einem Handschlag.

Er freute sich wie ein kleines Kind über diese in seinen Augen rosigen Zukunftsaussichten. Trotzdem versuchte er, möglichst cool und kontrolliert auf sie zu wirken, er war ja ihr Beschützer, zumindest dachte er das. Aber Tote brauchen keinen Beschützer! Vor wem oder vor was sollte er sie beschützen? „Alles braucht seine Zeit! Und selbstverständlich lasse ich sie dir!", meinte er gönnerhaft, „ich war nur etwas irritiert wegen gestern. Was heißt etwas – ich war sehr irritiert! Weil das zwischen dir und Rolf, das hat so vertraut, so verliebt gewirkt! Kannst du dir vorstellen, wie beschissen ich mich gefühlt habe? Aber nun ist ja alles klar!" „Was bildest du größenwahnsinniger und selbstverliebter Idiot dir eigentlich ein?", dachte sie, „Wer bist du eigentlich, dass du bestimmen willst, mit wem ich welchen Kontakt haben darf? Du ungehobelter Bauernfünfer!"
Das dachte sie.

Aber das, was sie zu ihm sagte, klang ganz anders: „Also Gerd! Ich mit Rolf! Unvorstellbar! Wie du überhaupt so was denken kannst!" Sie sah ihn fast amüsiert an und nach Minuten des Schluchzens lächelte sie jetzt wieder, wobei das Lächeln genau so inszeniert war wie das Schluchzen zuvor. Sie schüttelte den Kopf. „Sei mir nicht böse, aber der ist mir um mindestens zwei Alterklassen zu hoch! Der könnte ja locker mein Vater sein! Und ich möchte ja auch in zwanzig Jahren noch Spaß mit meinem Partner haben."

Sie zwinkerte ihm vielsagend zu. Gerd schwebte auf Wolke sieben. Er hatte es zwar irgendwie gehofft, aber nie geglaubt, dass sich nach den unsäglichen Verletzungen und Demütigungen des Vortages heute solche Perspektiven für ihn, für sie beide, auftun würden. Zufrieden lächelte er Cordula an. „Das hast du jetzt schön gesagt! Und jetzt gehst du wieder hinein zu dem alten Bock und lässt dir nichts mehr von ihm gefallen! Ich muss in die Arbeit! Und keine Angst: Der schmeißt dich bestimmt nicht raus! Der weiß ganz genau, was er an dir hat, jetzt in der Wandersaison!"

Jetzt, nachdem sie ihn hinsichtlich des Verhältnisses zwischen ihm und ihr beruhigt und ihm konkrete Hoffnung gemacht hatte, war er wieder sehr gelassen. Man sah ihm den abgrundtiefen Hass auf Rolf nicht mehr an, aber er war noch da … Zärtlich und dankbar sah sie ihm in die Augen. „Tschüss Gerd! Und danke!" „Ach komm! Wofür denn?" „Einfach so! Weil du für mich da bist! Und weil du dir Sorgen gemacht hast wegen mir!" „Weil ich dich mag!", sagte er liebevoll, „weil ich dich so gern mag!" Sie küsste ihn auf die Wange und flüsterte: „Weil ich dich auch mag!" Er schmolz dahin, ihm wurde schwindlig vor Glück. Der Augenblick hätte ewig dauern können.
„Kommst du heute Abend vorbei?", fragte sie und gab ihrer Stimme einen spürbaren Klang von Hoffnung und Vorfreude. „Freilich", beruhigte er sie, „Toni hat doch heute Geburtstag und da gibt er einen aus! Wir vom Stammtisch sind alle da! Und außerdem muss ich doch aufpassen, dass dir dein Chef nicht zu nahe kommt!" „Da pass ich schon selber auf", antwortete sie mit fester Stimme. „Aber ich freu mich sehr, wenn du kommst!" Und während sie diesen Satz aussprach, huschte ein teuflischer Gedanke durch ihren Kopf. Und der Gedanke wurde zum Plan: Heute Abend, heute Nacht schon würde es soweit sein! Die Zeit war reif, Gerd war reif, Rolf war reif! Die Art,

wie die beiden mit ihr redeten, wie begeistert sie selbst auf kleinste gefühlsmäßige Brosamen, die sie ihnen hinwarf, reagierten – all das zeigte ihr, dass sie ihr völlig verfallen waren. Und nur in diesem Zustand würden sie willige Hauptdarsteller ihres tödlichen Plans sein! Heute noch würde sie ihre Rache bekommen und ihren Frieden finden! Den Frieden, nach dem sie sich seit fünfzig Jahren so sehr sehnte! Den ewigen Frieden!

„Was ist denn?", fragte Gerd, der ihren leeren, abwesenden Blick bemerkt hatte. Sie ärgerte sich über den kurzzeitigen Verlust der totalen Kontrolle über sich und ihre Gefühle. „Ach nichts", sagte sie, „ich habe nur überlegt, was ich heute einkaufen muss. Das Wetter passt und wir haben Herbstferien, da werden heute wahrscheinlich viele Wanderer unterwegs sein!" „Na, dann kauf mal schön ein!" Er stupste sie noch kurz am Arm und stieg in sein Auto. Mit der linken Hand aus dem Fahrerfenster winkend fuhr er die schmale Straße hinunter. Seine Gedanken galten jetzt Rolf – und es waren keine guten Gedanken! „So ein Arsch!", dachte er, „so ein verdammter Arsch! Der soll die Liebe meines Lebens bloß in Ruhe lassen! Weil sonst, sonst kann er was erleben! Ich verteidige Cordula bis zum Letzten, das schwöre ich! Bis zum Letzten!"

Cordula ging zurück in die Gaststube, wo Rolf schon gespannt und nervös wartete. Sie war ziemlich lange draußen gewesen und er hatte von der Unterhaltung der beiden überhaupt nichts mitbekommen, weil sie zu weit weg auf dem Parkplatz neben Gerds Auto gestanden hatten. „Und?" Rolf fragte mit vorgetäuschter Gleichgültigkeit, während er mit einem Lappen an der Theke herumwischte. „Hat er dir was Schönes gezeigt?" „Gezeigt? Gar nichts hat er mir gezeigt! Ob du es glaubst oder nicht: Er hat mir eine Liebeserklärung gemacht!" Gespielte Empörung, aber auch fast so etwas wie Belustigung lag in ihrer Stimme. „Das ist doch lächerlich, oder? Wie kommt der auf die Idee, dass ich ihn lieben könnte?" „Waaas?" Rolf war fassungslos. „Spinnt der komplett? Jetzt machst du einen Witz, oder?" „Nein, ehrlich wahr, kein Witz! Er hat gesagt, dass er mich unheimlich toll findet und dass er in den paar Tagen, in denen ich hier bin, festgestellt hat, dass er mich total liebt und dass ich für ihn die Frau fürs Leben bin! Und ich weiß gar nicht mehr, was er mir noch alles hingesülzt hat!" Rolf schüttelte zornig den Kopf. „Sag mal, was bildet sich der

Rotzlöffel überhaupt ein? Der soll bloß aufhören, dich so blöd anzu-
machen! Dem Idioten gebe ich Hausverbot! Dich dermaßen zu belästigen, nicht zu fassen!"

Er konnte sich gar nicht mehr beruhigen angesichts der seiner Meinung nach unverschämten Annäherungsversuche von Gerd. Cordula beruhigte ihn vordergründig, spann aber gleichzeitig das perfide
Netz weiter, das ihn, und nicht nur ihn, das Leben kosten sollte. „Ach
komm, Rolf! Lass dich doch von dem Lausbuben nicht so provozieren, ich lass mich ja auch nicht! Ich hab ihn einigermaßen beruhigt
und vertröstet, damit er sich nichts antut, der Bub! Du weißt es und
ich weiß es: Das, was zwischen dir und mir ist und noch werden
kann, das kann doch der niemals zerstören! Hältst du mich denn für
so blöd, dass ich auf eine so primitive Anmache reinfalle?" Sie boxte
ihn freundschaftlich am Oberarm und das siegesbewusste Grinsen
kehrte in sein eben noch zornrotes Gesicht zurück. „Du hast Recht",
sagte er, „du hast ja so Recht! Der doch nicht!" „Eben – der doch
nicht! Und wieso Hausverbot? Sei doch nicht dumm – er und seine
Freunde tragen doch einen Haufen Geld hier herauf! Du wirst doch
nicht darauf verzichten! Lass ihn doch ruhig weiter herkommen und
lass ihn ruhig weiterträumen, es wird ein Traum bleiben, das schwöre
ich dir! Mensch Rolf – wenn der so doof ist und fast täglich sein Bares
bei dir abliefert, dann lass ihn doch!

Wir können es gut gebrauchen!" Sie hatte das Wort *wir* sehr bewusst
gewählt und es verfehlte seine Wirkung nicht. Sein Zorn war nun
einem grenzenlosen Optimismus und einer Freude auf die Zukunft
gewichen. Er strahlte über das ganze Gesicht wie ein verliebter Teenager. Und verliebt, das war er, sehr verliebt! Dass seine Zukunft keine
zwanzig Stunden mehr dauern würde, das ahnte er nicht! „So, und
jetzt Ende der Diskussion!", befahl sie mit liebevoller Strenge, „Jetzt
kümmern wir uns ums Geschäft! Ich fahr nach dem Frühstück gleich
in die Stadt hinunter. Schreibst du mir zusammen, was wir alles brauchen?" „Zu Befehl!" Rolf war begeistert – sie beide waren jetzt, nach
drei Tagen, schon ein eingespieltes Team, bei dem sich einer auf den
Anderen verlassen konnte. Wie traumhaft schön würde das erst werden, wenn sie auch offiziell ein Paar sein würden! Ach, wenn es nur
immer so sein könnte: Er und sie und sonst niemand! Er sah sie liebevoll an, doch seine Gedanken waren eher besitzergreifend als lie-

bevoll: Ihm gehörte sie! Ihm und sonst niemandem! Für immer! Und es solle sich nur keiner unterstehen, sie anzufassen! Gerd nicht und sonst auch niemand!

Cordula wusste genau, was in ihm vorging. Und es gefiel ihr. Sie stand auf. „So, ich geh' jetzt rüber in mein Zimmer und mach mich fertig, bis später – Chef!" Sie lächelte, als sie das Wort Chef anfügte und er lächelte zurück. Mit einem aufmunternden und stilles gegenseitiges Verständnis signalisierenden Heben der Augenbrauen ging sie hinaus in Richtung Nebengebäude. Rolf erwiderte den Augenaufschlag und fand zusätzlich den Mut zum Spitzen der Lippen, um ihr einen Kussmund zuzuwerfen, was sie mit einem zauberhaften verlegenen Lächeln quittierte.

Er zündete sich eine Zigarette an und sog genüsslich den Rauch in sich auf. Mit einem sehr zufriedenen Gesicht starrte er träumend vor sich hin, ohne einen bestimmten Punkt zu fixieren, ohne überhaupt etwas wahrzunehmen – sein Blick ging ins Leere, seine Gedanken gingen auf die Reise: Alles war recht so, wie es war! Alles passte! Und es würde auch alles passen, so wie es noch kommen würde! Seit er hier heroben auf dem Kreuzfelsen nach großem beruflichen und privaten Stress endlich wieder Ruhe gefunden hatte, war sein Leben schon schöner geworden. Aber nun, mit Cordula, nun war es perfekt! Und obwohl es eigentlich keine Steigerung von perfekt gibt, er war sich sicher: Es würde noch perfekter werden! Dachte er – am Tag seines Todes!

VORFREUDE UND ANGST

Er war heute den ganzen Tag sehr unkonzentriert gewesen: Ob am Kundenschalter, an seinem Schreibtisch oder in der Mittagspause – Gerd wirkte immer abwesend. Seine Gedanken waren seit dem morgendlichen Gespräch ausschließlich bei Cordula geweilt. Jede Frau, die er heute als Kundin in der Bank bedient hatte, verglich er mit ihr, jede! Und keine konnte ihr auch nur annähernd das Wasser reichen! An jedem noch so attraktiven weiblichen Wesen entdeckte er einen Makel: Die Größe, die Frisur, die Nase, der Busen, die Kleidung – irgend etwas war immer zu bemängeln. Nur Cordula war perfekt, war makellos, war überirdisch, war himmlisch! Alles war für ihn wieder in Ordnung seit heute morgen, alles! Er war sich sicher, dass Cordula und er noch eine lange und wunderschöne gemeinsame Zukunft vor sich hatten. Was sie beim morgendlichen Gespräch zu ihm gesagt hatte, war traumhaft gewesen! Und dass das im Wald mit Rolf nicht echt gewesen war, eigentlich hätte ihm das schon gestern klar sein müssen!

Er ärgerte sich über sich selber, er schämte sich fast, dass er überhaupt einen Moment an Cordula gezweifelt hatte. An ihr, dem Sinnbild von Reinheit und Anstand, von Schönheit und edlem Charakter! Er hatte sie in seinen längst nicht mehr rationalen Gedanken in einer Form idealisiert, die krankhaft und objektiv gesehen durch nichts begründet war. Nicht im Traum wäre er darauf gekommen, dass sie ihn von Anfang an belogen hatte, benutzt hatte. Dass er nur ein williges, dummes, triebgesteuertes Werkzeug war für ihre Rache am Großvater, an den Männern allgemein, die ihr das Schlimmste angetan hatten, was man einem Menschen antun kann – sie töten und dann verscharren, als hätte es sie nie gegeben. Dass weder er noch Cordula eine Zukunft hatten, schon gar keine gemeinsame, weil Cordulas Zukunft in einer Nacht vor fünfzig Jahren geendet hatte und weil seine Zukunft heute Nacht enden würde, das wusste er nicht.

Und er konnte auch nicht wissen, dass seine Zukunft genau an der Stelle enden würde, wo ihre geendet hatte: An einem hastig ausgehobenen Grab, in das man sie damals geworfen hatte und in dem nun ihre verwesten Überreste lagen. Das alles ahnte Gerd nicht, als er nach getaner Arbeit gegen halb sieben Uhr abends die Stube des Großvaters betrat. Diese neue, diese tolle, diese sagenhaft positive Entwicklung der Dinge, die musste er ihm unbedingt berichten. „Geteilte Freude ist doppelte Freude", dachte er. Es dämmerte schon, als er wie immer den alten Mann mit einem kurzen Streicheln der rechten Hand begrüßte. Der Großvater fühlte trotz dieser zärtlichen Geste nur das, was er schon seit drei Tagen fühlte: Angst, Panik, Verzweiflung! Und er war ganz allein mit diesen Gefühlen, gefangen in einem Körper, der außer zum Atmen, Essen und Verdauen für nichts mehr zu gebrauchen war. Und zum Denken, denn das Gehirn funktionierte noch.

Und das hatte er in den letzten Tagen oft bedauert. Wäre sein Geist im Gegensatz zum Körper nicht so hellwach gewesen, dann wäre ihm der ganze unbegreifliche Wahnsinn, der sich ereignet hatte und noch ereignete, erspart geblieben! Hätte ihm der Herrgott die Gnade des Vergessens, der geistigen Umnachtung geschenkt, wären alle Erinnerungen gelöscht, wäre sein Gehirn nicht mehr in der Lage, etwas aufzunehmen, dann könnte ihm der Geist von Cordula nichts mehr anhaben! Könnte ihm nicht drohen, seinen geliebten Enkel zu vernichten, könnte ihm keine Angst einjagen. Aber genau so, wie er vor fünfzig Jahren mit Cordula nicht gnädig war, genau so war jetzt der Herrgott mit ihm nicht gnädig. Und deshalb bebte er innerlich, als Gerd ihm mit leuchtenden Augen und voller Freude vom bevorstehenden Abend erzählte, auf den er sich so freute. „Heute feiert der Toni Geburtstag im Bergwirtshaus!", berichtete er dem Opa. „Das wird bestimmt eine geile Fete! Morgen ist ein Feiertag, da wird es bestimmt wieder länger und feuchtfröhlich! Kennst uns doch, oder?" Er grinste vielsagend. „Wenn wir zusammen feiern, dann geht's immer rund!" Der Großvater wusste, dass dies nicht der alleinige Grund für Gerds Vorfreude war. So euphorisch war er wegen seiner Freunde nicht, hinter dieser überbordenden Begeisterung steckte etwas anderes, steckte sie!

Und Gerd bestätigte es: „Und ganz besonders freue ich mich auf Cordula! Weil weißt du, seit heute herrschen ganz andere Voraussetzungen, wenn wir zwei uns treffen! Sie hat mir nämlich heute morgen mehr oder weniger ihre Liebe gestanden und ich ihr meine! Sie hat gesagt, dass sie sich eine gemeinsame Zukunft mit mir vorstellen kann!

Ist das nicht der Wahnsinn?" Er erzählte dem Großvater ausführlich und voller Begeisterung vom gestrigen Regentag im Wald, von seinen Beobachtungen und wie sich alles als Missverständnis herausgestellt hatte, was die von ihm vermuteten Gefühle Cordulas zu Rolf betraf. Was für ein fieses Dreckschwein Rolf sei und dass er und Cordula sich diesbezüglich einig waren. Die Verliebtheit und der sanfte Glanz in seinen Augen, wenn er über Cordula sprach, wich blankem Hass, wenn er von Rolf erzählte.

Der alte Mann hörte die Worte des Enkels und war entsetzt und verzweifelt. Entsetzt darüber, wie schnell es Cordula gelungen war, in sein Gehirn und in sein Herz einzudringen und sowohl Hörigkeit als auch tödlichen Hass darin zu säen. Und verzweifelt darüber, dass er Gerd dabei zusehen musste, wie dieser in sein Verderben rannte und dass er nichts dagegen unternehmen konnte. „Ach Opa", seufzte Gerd selig, „jetzt weiß ich zum ersten Mal, was glücklich sein bedeutet!" Er strich ihm zart über die Hand. „Aber es macht mich ein wenig traurig, weil du das alles nicht so richtig miterleben kannst. Weil du so daliegen musst und alles nur aus meinen Erzählungen hörst! Wie schön wäre es, wenn wir zwei wie früher ins Wirtshaus hinaufgehen und ein Bier auf der Terrasse trinken könnten! Cordula könnte sich zu uns setzen, du könntest dich mit ihr unterhalten, ihr zwei würdet euch bestimmt gut verstehen, da bin ich mir sicher. Die ist dermaßen nett und man kann so super mit ihr reden! Du hättest nach wenigen Minuten das Gefühl, als würdest du sie schon ewig kennen!"

Bei diesem Satz gefror dem Opa fast das Blut in den Adern. „Wenn du wüsstest, wie lange ich sie schon kenne", dachte er voller Verzweiflung. Gerd schwärmte weiter: „Sie kennt dich noch nicht, nur als jungen Burschen auf dem alten Foto in der Gaststube!" Das Herz des alten Mannes zersprang fast – das Foto! Das Foto, das an jenem Abend gemacht wurde! Das von ihr gemacht wurde! Und Gerd ahnte von alledem nichts, gar nichts. Er erzählte begeistert davon, dass er Cordula von ihm berichtet habe. „Und irgendwann bringe ich sie mit! Hierher zu dir!" Er stockte kurz. „Was ist denn Opa? Was hast du denn? Wieso schaust du plötzlich so komisch?" Der Blick des Großvaters war plötzlich starr auf die Wand hinter Gerd gerichtet, als würde etwas seine Augen magisch anziehen. Hinter Gerd stand Cordula. Bleich, stumm, bewegungslos. Im Dämmerlicht sah sie besonders unheimlich aus. Sie blickte dem Großvater direkt in seine weit aufgerissenen Augen. Anklagend, aber auch triumphierend war ihr kalter Blick. Wie gebannt starrte er aus seinem Bett förmlich durch Gerd hindurch in ihre Richtung. Besorgt drehte Gerd sich um, um nachzusehen, was den Opa dermaßen beschäftigte. In diesem Moment war Cordula verschwunden. Lautlos, spurlos, einfach nicht mehr da. „Wieso schaust du denn so da hinten an die Wand? Da ist doch nichts!" Gerd wunderte sich. Doch kaum hatte er sich zurück zum Großvater gedreht, stand sie wieder hinter ihm – ohne eine Regung, mit eisigem Blick starrte sie den alten Mann im Bett an.

„Ich glaube, ich habe dich ein wenig überanstrengt mit meinem Gerede", entschuldigte sich Gerd. „Aber du weißt ja: Wenn das Herz voll ist, geht der Mund über! Und ich schwöre dir, dass mein Herz noch nie so voll war wie jetzt! Ich bin dermaßen verliebt und glücklich und ich muss das jemandem sagen, sonst zerreißt es mich! Und du warst und bist nicht nur mein Großvater, sondern auch mein bester Freund und deshalb habe ich es dir erzählt!" Er sah auf seine Armbanduhr. „Ach du Schreck, schon nach sieben! Ich muss mich noch duschen und herrichten für die Feier! Und wir haben es eigentlich für sieben Uhr ausgemacht! Naja, komme ich halt etwas zu spät! Also Opa, servus! Und drück mir die Daumen in Sachen Cordula!" Er zwinkerte vielsagend mit den Augen. „Aber das wird schon, ich habe ein ganz gutes Gefühl!" Er küsste den Großvater zum Abschied auf die Stirn, was sonst gar nicht seine Art war. Aber seine Verliebtheit ließ ihn seine Gefühle zeigen. „Bis morgen!", rief er und verschwand in sein Zimmer.

Der Großvater blieb allein in seinem nun schon dämmrigen Raum zurück. Ungläubig starrte er Cordula an, die immer noch wie eine stumme Anklage an der ihm gegenüberliegenden Wand stand und ihren durchdringenden Blick auf ihn richtete. Vom wunderschönen Mädchen, das vor wenigen Tagen im Bergwirtshaus aufgekreuzt war, war in diesem Moment nichts zu sehen. Mit hohlen Wangen, traurig herunterhängenden, dünnen Haaren und bleicher, wachsweißer Haut stand sie da. Die Spannung war unerträglich. Beinahe erlösend wirkte es, als sie anfing, zu sprechen. „Na, wie geht's meinem Mörder heute? Nicht besser? Liegst du immer noch in deiner eigenen Scheiße im Bett und fällst deinen Angehörigen zur Last? Wäre es nicht besser für alle, du würdest verrecken?" Ihre kräftige, zynische Stimme, passte gar nicht zu ihrem fahlen Aussehen. Ohne sich auch nur einen Schritt in seine Richtung zu bewegen, fuhr sie hasserfüllt fort: „Aber du sollst noch lange nicht verrecken! Ich wünsche dir auch heute, dass du diese tolle Situation, in der du bist, noch viele Jahre genießen kannst! Dass du im Kreise deiner Lieben und im Dreck, den du selber produzierst, noch vieles erleben darfst. Nichts Schönes natürlich, aber vieles! Übrigens, weißt du, wer ab morgen nicht mehr zum Kreis deiner Lieben gehören wird? Weißt du das?" Sie wartete kurz. „Natürlich weißt du das! Aber du kannst mir ja nicht antworten! Dir hat es ja die Sprache verschlagen seit damals im Wald, als du mich gesehen hast. Als du mich an einem Ort gesehen hast, wo ich nicht hingehöre! Ich gehöre auch hier nicht hin, hier in deine verrottete Kammer! Nein, ich müsste brav und verfault in dem Loch liegen, in dem du mich damals mit dem Wirt verscharrt hast! Aber ich bin hier! Komisch, was?"

Der Großvater starrte sie weiter an, er konnte den Blick nicht von ihr wenden, obwohl sie ihm eine furchtbare Angst einflößte. „Gut, dann beantworte ich meine Frage selber, wenn du sie mir nicht beantworten kannst! Dein Enkel wird morgen nicht mehr hier sein! Nicht hier, nicht in der Bank, nirgendwo! Doch, irgendwo wird er natürlich schon sein: Er wird genau da sein, wo ich seit fünfzig Jahren bin! Er wird heute Nacht sterben, und was das Beste ist – er weiß noch gar nichts davon! Im Gegenteil, er freut sich so auf heute Nacht! Weil ich doch oben bin im Bergwirtshaus und weil er mich doch so liebt! Und weil ich ihm heute morgen gesagt habe, dass ich ihn auch liebe! Zumindest hat er es so verstanden, dieser Idiot! Ist das nicht süß?"

Sie lachte beinahe. „Er hat keine Ahnung, der dumme Bub! Er freut sich auf einen schönen Abend und muss sterben! Kannst du dir das vorstellen? Nein? Ich kann mir das schon vorstellen, ich schon! Ich kann es mir sehr gut vorstellen, weil ich es schon erlebt habe. Ich habe mich nämlich vor fünfzig Jahren auch auf einen schönen Abend gefreut und musste sterben. Ich hatte auch keine Ahnung! Und es wäre auch ein schöner Abend gewesen, denn es war eine gemütliche, lustige Runde – wir haben gegessen, getrunken, Fotos gemacht, es war schön! Weißt du noch? Wäre da nicht eine Drecksau gewesen, eine fiese, brutale Drecksau. Dieser Drecksau war ihre Geilheit und ihre

Befriedigung wichtiger als meine Würde, als mein Leben!" Der alte Mann wollte in diesem Moment sterben, er wollte einfach weg sein, weg aus diesem Albtraum. Aber er lebte, er blieb da, er blieb gefangen, gefangen in diesem Bett, gefangen in diesem Körper, gefangen in seiner Vergangenheit, gefangen in diesem Wahnsinn.

„Hast du dich von Gerd angemessen verabschiedet? Nein? Nicht?" Sie sah mit einem gehässigen Grinsen in seine verzweifelten Augen. „Wieso denn nicht? Hättest du ihm halt noch gesagt, wie lieb du ihn hast! Was? Kannst du nicht? Ach ja, kannst du ja nicht! Du magst ja nichts mehr sagen seit damals im Wald! Schade!" sagte sie mit geheuchelter Anteilnahme, „jammerschade! Jetzt muss dein Lieblingsenkel heute sterben und ihr verabschiedet euch, als würdet ihr euch noch hundert Jahre jeden Tag sehen! Ach, ist das traurig! Wenn man sich für die Ewigkeit verabschiedet, dann sollte es schon etwas herzlicher sein! Weißt du, es ist nämlich für den Betroffenen gar nicht schön, ohne Abschied gehen zu müssen. Ich kann das aus eigener Erfahrung bestätigen. Ich musste damals auch ganz plötzlich gehen und konnte mich von niemandem verabschieden. Ich hatte auch Menschen, die ich mochte und die mich mochten und die mir am Herzen lagen. Gerne hätte ich ihnen noch gesagt, dass sie mir viel bedeuten, sehr gerne. Aber es ging nicht! Wieso nicht? Jetzt komm, frag doch nicht so dumm! Du weißt es doch! Du kannst dich doch bestimmt noch erinnern! Ein Stein hat mich am Kopf getroffen, ein großer, grauer, harter Stein. Aber der Stein konnte gar nichts dafür, nein, der Stein war unschuldig! Schuld war eine Drecksau, aber das weißt du ja auch! Ist ein Scheißgefühl, einfach so weg zu müssen, obwohl man so gerne bliebe, obwohl man ein ganzes Leben vor sich hätte, das man so gerne leben würde. Aber wem sage ich das, du wirst es ja morgen selber in dir spüren, dieses Gefühl. Wenn man dir sagt, dass dein Enkel tot ist. Oder werden sie es dir erst später sagen, um dich zu schonen? Werden sie sagen, er ist in Urlaub? Oder im Krankenhaus? Egal, du weißt es ja schon jetzt, wo er ist, wenn er morgen nicht kommt – und übermorgen – und nie mehr! Du weißt Bescheid!

Gut, dann kann ich dich ja jetzt alleine lassen, jetzt, wo du Bescheid weißt! Ich muss sowieso ins Bergwirtshaus, weil sich dein Enkel doch schon so auf mich freut! Und es wird ein unvergesslicher Abend für ihn werden, das verspreche ich dir. Ich werde dafür sorgen, das verspreche ich dir, großes Ehrenwort!" Sie machte eine kurze Pause und antwortete dann abermals auf eine Frage, die er nicht gestellt hatte, die er auch nicht stellen konnte: „Was? Wie er sterben wird? Umbringen? Ich ihn? Nein, was hältst du denn von mir! Ich bin doch keine Mörderin! Ich bin das Mordopfer, schon vergessen? Du bist der Mörder!" Sie zögerte kurz. „Obwohl, Hass hätte ich genügend in mir, um zur Mörderin zu werden! Es heißt immer, die Zeit würde alle Wunden heilen. Vergiss es!" Sie lachte zynisch. „Die Wunden, die du mir vor fünfzig Jahren zugefügt hast, sind nie verheilt! Nie! Vielleicht bringe ich deinen lieben Gerd doch um! Lass dich überraschen!"

Sie sah ihn grinsend an. „Aber vorher, vorher wird er noch zum Mörder werden! Wie sein Großvater! Wie sein ehrenhafter, anständiger, allseits beliebter Großvater. Kannst dir nicht vorstellen, was? Glaub mir, es wird so kommen, es wird genau so kommen! Aber jetzt musst du alleine weiter vor dich hinfaulen, ich muss hinauf zur Geburtstagsfeier! Ich kann mich nicht ständig zu dir stellen und dich unterhalten! Mich wirst du übrigens auch nie mehr sehen, wie deinen Enkel. In deinen Albträumen vielleicht , aber so real oder auch irreal wie jetzt nicht mehr. Also dann, ein langes Leben noch, Martin! Ach, entschuldige, das war ja die falsche Anrede! Drecksau wollte ich sagen!"

Genau so plötzlich, wie sie erschienen war, war sie wieder verschwunden. Ein kalter Hauch der abendlichen Herbstluft bewegte den Vorhang am gekippten Fenster des nun schon dunklen Raumes. Der alte Mann wollte nur noch sterben, aber er starb nicht, er starb noch lange nicht. Er nicht! Zwei andere Männer, jüngere Männer, würden bald sterben, sehr bald!

DER LETZTE ABEND

Toni, das Geburtstagskind, war schon um halb sieben im Berggasthof. Er wollte mit Rolf noch die finanzielle Abwicklung des Abends besprechen, bevor die anderen Stammtischmitglieder eintrafen. Mit einem herzlichen Glückwunsch begrüßte ihn der Wirt. „Bleib so, wie du bist", bat ihn Rolf, „weil du bist ein sehr netter Kerl!" „Versprochen!", lachte Toni. „Du Rolf, bloß damit das vorher geklärt ist: Alles, was heute Abend am Stammtisch gegessen und getrunken wird, geht auf meine Rechung! Schreib einfach alles zusammen, 25 Jahre wird man schließlich nicht alle Tage, oder?" „Genau Toni, so sehe ich das auch! Mein Gott – 25 Jahre! So jung! Ich könnte locker dein Vater sein!" „Vom Alter her vielleicht, aber nicht von der Einstellung her! Weil du bist echt cool drauf Rolf, ganz ehrlich! Vom Typ her bist du noch lange keine Fünfzig!" „Oh, vielen Dank für das Kompliment! Ich fühle mich auch noch jung! Wenn ich euch am Stammtisch so reden und blödeln höre, dann habe ich das Gefühl, ich gehöre noch voll dazu! Nicht bloß, weil ich der Wirt bin, sondern überhaupt! Verstehst du, was ich meine?" „Voll, Rolf, voll! Und du hast absolut recht!" „Genau!", bestätigte Cordula, die gerade hereingekommen war. Aber es war nicht die bleiche, gespenstisch anmutende Cordula, die den Großvater eben noch mit ihren dunklen Drohungen zum Schaudern und Verzweifeln gebracht hatte. Nein, es war die blendend aussehende, süß lächelnde und verführerische Cordula, in die sich irgendwie alle, besonders aber Rolf und Gerd verliebt hatten. Rolf war selig, als er sie sagen hörte, dass er ihrer Meinung nach im besten Alter sei, in einem Alter, wo Männer interessant werden. Und als sie an ihm vorbei in die Küche ging, dabei kurz stehen blieb, ihm lange in die Augen sah, ihre rechte Hand freundschaftlich auf die Schulter legte und zu Toni sagte „er ist schon ein Bild von einem Mann, mein Rolf", da platzte er fast vor Stolz.

Als sie dann in der Küche verschwunden war, verlieh Toni seiner Bewunderung und seinem Erstaunen mit drastischen Worten Ausdruck: „Leck mich am Arsch Rolf, die fährt ja ganz schön auf dich ab! Wie hast du denn das angestellt, dass diese Traumfrau eine so gute Meinung von dir hat? Ich dachte immer, der Gerd könnte eventuell bei ihr landen, aber du? Wahnsinn!"

„Der Gerd, der Gerd!" Rolf war trotz seines offensichtlichen Erfolges bei Cordula verärgert. „Der Gerd ist ein Idiot! Der bildet sich wer weiß was ein, aber der hat keine Chance, null! Sag's ihm bitte nicht, weil ich will heute die Stimmung am Stammtisch nicht verderben. Aber Cordula will nichts von Gerd, überhaupt nichts, das hat sie mir selber gesagt! Und was Cordula und mich betrifft: Die ‚fährt nicht auf mich ab‘, wie du so schön sagst! Wir zwei, wir verstehen uns einfach sehr gut. Wir haben viel Spaß zusammen, das ist alles! Im Moment zumindest, wissen kann man es nie!" Er konnte sich beim letzten Satz ein hintergründiges Grinsen nicht verkneifen. „Wissen kann man es nie", wiederholte Toni, ebenfalls grinsend. „Alter Schwerenöter! Aber egal wie und was, ich gönne es dir von ganzem Herzen! Obwohl sie mir natürlich auch sehr gut gefallen würde, wenn ich ehrlich bin!" „Nix da! Chef ist dagegen!", lachte Rolf. Er gefiel sich sehr in der Rolle des Platzhirschen, der die Angriffe der jungen Männchen abwehrte. „Jetzt setz dich her Toni, ich bring dir eine Halbe! Die erste Runde geht auf meine Rechnung, du bist erst ab der zweiten dran mit Bezahlen!" „Besten Dank, wieder was gespart!"

Toni setzte sich gut gelaunt an den Stammtisch. Vier weitere Geburtstagsgäste trafen ein. Wie Toni hatten sie sich bringen lassen, denn angesichts des zu erwartenden Freibieres hatte keiner die Absicht, heute noch selbst nach Hause zu fahren. Rolf begrüßte sie und brachte ihnen Bier. Nachdem noch drei Arbeitskollegen, die Toni ebenfalls eingeladen hatte, den Weg ins Bergwirtshaus gefunden hatten, war die Männerrunde komplett. Fast komplett, denn Gerd, sonst immer einer der ersten, fehlte noch. „Der, der den kürzesten Weg hat, kommt als Letzter, typisch! Wo bleibt er denn, jetzt ist es schon nach sieben!", maulte Tom. „Der kommt schon noch! Wenn das Bier nichts kostet, ist Gerd bisher noch immer erschienen", lachte Toni und die anderen lachten mit. „Hier Leute, ein kleiner Stimmungsförderer auf Kosten des Hauses!" Rolf brachte eine Runde Schnaps, zur Freude der Gäste. Schnell hatte jeder sein Glas mit dem Hochprozentigen geleert.

Cordula kam aus der Küche. Die Stammtischmitglieder kannten sie zwar schon vom letzten Zusammentreffen, starrten sie aber trotzdem mit großen Augen und noch größerer Bewunderung an. Wie magisch zog sie die Blicke auf sich und wie immer sah sie atemberaubend aus. Die Arbeitskollegen von Toni sahen sie zum ersten Mal und konnten ihre Blicke nicht von ihr lassen. So etwas hatten sie hier heroben nicht erwartet, hier im abgeschiedenen Bergwirtshaus. Viel eher hätten sie auf eine ältere, gut beleibte Wirtin mit großem Busen und Kittelschürze getippt, aber nicht auf eine Klassefrau wie Cordula. Schon jetzt bereuten sie ihren Entschluss, Tonis Einladung gefolgt zu sein, nicht. Das würde bestimmt ein anregender Abend werden, ein sehr anregender! Wie allen anderen Männern gab sie auch ihnen das Gefühl, dass sie ihr sympathisch waren, was Balsam für ihre männliche Eitelkeit war.

Von Gerd war immer noch nichts zu sehen. Dass er sich beim Großvater vor lauter Begeisterung und Vorfreude verplaudert hatte und in diesem Augenblick erst aus der Dusche stieg, das wussten sie oben im Wirtshaus nicht. Deshalb schlug Toni vor, nicht auf ihn zu warten, sondern jetzt mit dem Essen zu beginnen, um eine angemessene Grundlage für das zu erwartende Trinkgelage zu schaffen. „Rolf, fahr die Currywürste auf! Ich hab versucht, ihn auf dem Handy zu erreichen, aber er hebt nicht ab. Wer weiß, wann der kommt", lachte er. „Der muss halt dann das essen, was übrig bleibt!" Der Wirt hatte die traditionelle Leibspeise seiner Stammtischbrüder schon vorbereitet und servierte sie nun gemeinsam mit Cordula. Hungrig fielen alle darüber her und die wie immer scharf gewürzte Soße führte dazu, dass das Bier reichlich floss. Im Nu waren die Gläser leer und die nächste Runde wurde bestellt. „Lass nur, ich kümmere mich darum", sagte Cordula zu Rolf, „geh du mal in die Küche aufräumen!" „Du bist ein Schatz", lächelte Rolf verliebt. Die Unterhaltung und ihre eindeutigen Sympathiebekundungen am Morgen hatten ihn mutiger und noch charmanter werden lassen.

Er ging in die Küche und konnte deshalb nicht sehen, wie Cordula hinter der Theke in jedes der Biergläser einen Tropfen klarer Flüssigkeit aus einem kleinen Fläschchen träufelte. Diese Tropfen würden dafür sorgen, dass sich die Geburtstagsrunde nach einiger Zeit sehr müde und k. o. fühlen würde. Nicht zu schnell, ganz schleichend, damit es nicht auffiel. Weil nervige Zeugen konnte sie bei dem, was sie heute Nacht vorhatte, nicht gebrauchen. Voller Begeisterung machten sich die Gäste über das Bier her und mit noch größerer Begeisterung lächelten und blinzelten sie Cordula zu, die die Freundlichkeiten auf ihre unwiderstehliche Art erwiderte. Fast schon hatten sie Gerd vergessen, der immer noch nicht da war. Rolf kam nach einigen Minuten aus der Küche und Cordula strich im Vorbeigehen über seine Hand. Er hatte es schon den ganzen Abend über bemerkt: Cordula suchte heute zum wiederholten Mal seine Nähe, seine körperliche Nähe, den direkten Kontakt. Normalerweise war er es, der sich nach Kräften bemühte, sie wie zufällig zu berühren, wenn sie zusammen in der Gaststube oder in der Küche arbeiteten. Aber heute war es anders. Immer wieder drückte sie sich an ihn oder rieb sich sogar kurz an ihm, wenn sie hinter der Theke etwas holte und er dort stand. Der Platz hätte leicht ausgereicht, um problemlos und bequem aneinander vorbeizugehen. Aber sie provozierte es, dass sich Arme, Schultern oder Hände berührten. Dies gipfelte darin, dass sie einmal sogar stolperte und sich an ihm abstützte. Er spürte den leichten Druck ihrer weichen Brüste an seinem Körper. „Oh, entschuldige", lachte sie, „jetzt wäre ich glatt hingefallen, wenn du nicht dagestanden hättest!" Ihm war nicht entgangen, dass es sich um ein absichtliches Stolpern gehandelt hatte, um ihm in die Arme zu fallen. Warum sie das getan hatte? Er wusste es nicht, aber es war ihm auch egal, warum sie sich heute so seltsam verhielt. Er genoss die Sekunden des engen, aus seiner Sicht fast intimen Kontakts. Vor allem genoss er es, dass die Mitglieder des Stammtisches Cordula mit ihren gierigen Blicken verfolgt und deshalb die ganze Szene voller Neid mitbekommen hatten.

Noch schöner wäre es natürlich gewesen, wenn Gerd es gesehen hätte, aber der war leider immer noch nicht da. Eigentlich konnte das Rolf zwar egal sein, aber diese Genugtuung hätte er sich gerne gegönnt, zu gerne: Cordula in seinen Armen und das unter den Augen von Gerd! Das wäre der totale Triumph für ihn und der emotionale Supergau für Gerd gewesen! „Gern geschehen!", lachte er, „sehr gern geschehen! Du darfst wegen mir ruhig noch öfter so stolpern, ich fang dich jedes Mal begeistert auf!" Er lächelte sie verliebt an. Inzwischen hatte sie sich wieder aufgerichtet. „Und weißt du was? Ich fall gerne in deine Arme! Es war ein schönes Gefühl, dich so nahe zu spüren!"

Den Blick, mit dem sie diese Worte sagte, hatte er bei ihr noch nie gesehen. Er weckte in ihm große Hoffnungen! Hoffnungen, die weit über eine freundschaftliche Beziehung hinausgingen, sehr weit. Doch nie hätte er damit gerechnet, dass diese Hoffnungen so schnell erfüllt werden würden. Denn es geschah etwas, womit er trotz aller Wünsche und aller Sehnsüchte niemals gerechnet hatte – Cordula flüsterte ihm ins Ohr: „Komm bitte mit in die Küche! Bitte, Rolf! Ich muss dir was sagen! Ich muss dir unbedingt was sagen!" Ihre Stimme klang sehr erregt, sie atmete schneller als sonst. Rolf nahm dies sehr wohl zur Kenntnis und die Spannung und Vorfreude in ihm waren grenzenlos.

Er ahnte nicht, dass Cordula mit diesen Worten die Endphase ihres Racheplans eingeläutet hatte.

Er folgte ihr in die Küche. Er brauchte ihr eigentlich gar nicht zu folgen, sie nahm ihn an der Hand und zog ihn förmlich hinein. Die Feiernden am Stammtisch bemerkten davon nichts. Sie waren in diesem Augenblick viel zu sehr mit sich, mit Bier, mit Schnaps und mit derben Männerwitzen beschäftigt.

„Was ist denn?", fragte Rolf, als sie in der Küche waren. Aber es war kein genervtes „was ist denn?", sondern eines voller Hoffnung auf schöne Dinge, die ihn erwarteten. Dass seine Hoffnung berechtigt war, bestätigte sie, indem sie ihn an sich zog und mit zitternder Stimme sagte: „Rolf, ich möchte mit dir schlafen! Heute Abend noch, ich halt das nicht mehr aus! Bitte!"

Sie standen unmittelbar hinter der Küchentür, mit fahrigen Bewegungen nestelten ihre Finger an den Knöpfen seines Hemdes herum, strichen über seine Brust, sein Gesicht, den ganzen Körper. Rolf konnte kaum fassen, was er da gerade erlebte. Er war ebenso erregt wie verwirrt. „Hier? Jetzt?" keuchte er. „Da könnte doch jeden Moment einer hereinkommen!" Er hätte sich ohrfeigen können für seine Skepsis. So eine Gelegenheit! So eine knisternde Erotik, eine Situation, die man sonst nur aus dem Fernsehen kennt und mit der man im echten Leben nie rechnen würde. So eine Situation sollte man doch verdammt nochmal ausnutzen!

Aber wenn jemand hereinkommen würde? Alles wäre zerstört, die ganze Größe und das ganze Prickeln des Augenblicks wäre dahin. Und wie oft war es schon vorgekommen, dass einer der Stammgäste ungeduldig wurde, weil er sein Bier nicht innerhalb einer Minute nach der Bestellung vor sich stehen hatte, und war dann ohne Zögern in die Küche gelaufen, um nachzufragen. Cordula zerstreute seine Bedenken: „Nein, doch nicht hier! Zwischen all den Töpfen und Pfannen! Ich möchte, dass es richtig schön wird mit uns!" Sie berührte ihn mit beiden Händen an den Schultern. Ihre Stimme zitterte immer noch – sie spielte ihr Spiel perfekt! Rolf interessierte sie als Mann nicht mehr als das Geschirr rings um sie herum, aber sie gab ihm das Gefühl, als könne sie ohne ihn und seine Männlichkeit nicht mehr sein. „Komm bitte um elf Uhr in mein Zimmer, ich warte auf dich! Und mach dir keine Gedanken wegen der Gäste! Ich sorge schon dafür, dass die es nicht mitbekommen, wenn du zwanzig Minuten lang weg bist." „Zwanzig Minuten nur?", fragte er ungläubig und etwas enttäuscht. „Jetzt wart's ab!", lachte sie, „es darf auch länger werden!" Er wähnte sich im Paradies. Alles, aber wirklich alles, was er sich erträumt hatte, wovon er phantasiert hatte, seit er sie das erste Mal gesehen hatte, würde Wirklichkeit werden. Heute noch, jetzt dann! So unverhofft und doch so lang ersehnt! Was war er nur für ein Glückspilz! Er sah auf seine Armbanduhr – kurz vor neun. Zwei Stunden noch, zwei lange Stunden! Aber er würde für diese Wartezeit reichlich belohnt werden, dessen war er sich sicher.

„Also dann, elf Uhr? Ich freu' mich!" Er ärgerte sich, weil ihm in diesem Wahnsinnsaugenblick nichts anderes eingefallen war als „ich freu mich". Da hätte es schon eines bedeutenderen und poetischeren Ausdrucks bedurft. „Verdammt!", dachte er. Doch Cordula nahm ihm seine Selbstzweifel sofort wieder, indem sie liebevoll lächelte, ihn mit dem rechten Zeigefinger an der Nase stupste und sagte: „Ich freu mich auch!" Dann verließ sie die Küche, für Rolf überraschend schnell, um die Gäste zu bedienen. Er folgte ihr ins Gastzimmer.

In der kurzen Zeit, die sie in der Küche verbracht hatten, war Gerd im Bergwirtshaus eingetroffen, voller Erwartung saß er bereits an seinem Stammplatz. Es hatte ihn irritiert, dass er Cordula beim Hereinkommen nicht gesehen hatte. Umso mehr, weil auch Rolf nicht in der Gaststube gewesen war. Beinahe wollte er nachsehen, ob der Wirt sie nicht schon wieder belästigte, Aber nun war sie ja da. Er freute sich, weil sie lächelte, als sie ihn sah. Und sie ging geradewegs hin zu ihm, begrüßte ihn mit „hallo Gerd, schön dass du da bist!" und fragte ihn, was er zu trinken möchte. Er bestellte und zwinkerte ihr zu, als sie zurück zur Theke ging. „Meine Cordula!", dachte er, „meine süße Cordula!" Wie Rolf war er unverrückbar der irrigen Meinung, den jeweils Anderen ein für allemal aus dem Rennen um ihre Gunst geworfen zu haben. Und wie Rolf hatte er nicht den blassesten Schimmer einer Ahnung, dass beide Kontrahenten diesen Abend nicht überleben würden. Gut gelaunt stieß er mit den anderen Geburtstagsgästen an und leerte fast in einem Zug sein Bier. In diesem befanden sich nicht, wie in denen der anderen Gäste, Tropfen, die sie hineingeträufelt hatte. Gerd sollte wach bleiben heute! Er sollte ruhig etwas Alkohol in sich haben, um hemmungsloser und aggressiver zu sein, aber er sollte alles, was noch passieren würde, bewusst erleben und erleiden!

Etwas registrierten alle im Raum: Cordula war zu Gerd viel freundlicher als sie dies zu den anderen Gästen ohnehin schon war. Bei jeder sich bietenden Gelegenheit setzte sie sich kurz neben ihn, sie zwinkerte ihm im Vorbeigehen zu und sie schenkte ihm mehr als allen anderen ihr bezauberndes Lächeln und ihre Aufmerksamkeit. Auch Rolf bemerkte es, doch es störte ihn nicht, heute nicht. Er glaubte ja zu wissen, was Cordula bewog, so nett zu Gerd zu sein: Der sollte noch lange glauben, er hätte bei ihr Chancen und deshalb noch lange ins Bergwirtshaus kommen und hier sein Geld ausgeben! Sein Geld, das ein kleiner Beitrag sein würde zur gemeinsamen Zukunft von Rolf und Cordula! Ein Gedanke beherrschte ihn seit einigen Minuten total: 23 Uhr in ihrem Zimmer! Alles andere nahm er fast wie in Trance wahr – Getränke einschenken, Knabbereien aus der Küche holen – das alles waren mehr oder weniger mechanische Tätigkeiten, die er ohne großes Nachdenken erledigte. Und jedes Mal, wenn sich sein Blick mit dem Cordulas traf, meinte er, ihre Gedanken wären dieselben wie die seinen. Ihr stets zärtlicher, fast schon verlangender Blick bestärkte ihn darin. Doch sie dachte in eine ganz andere Richtung als er. Nicht an Lust und Begierde, nicht an Sex und Erotik, sondern an Rache und Tod!

Auch mit Gerd hatte sie nun schon eine Zeit lang das Spielchen gespielt, mit dem sie Rolf einige Zeit zuvor so glücklich und so erwartungsfroh gemacht hatte: Jede noch so kurze Gelegenheit nutzte sie, um ihn zu berühren. Wenn sie anderen das Getränk auf den Tisch stellte, beugte sie sich absichtlich so weit vor, dass ihre Brust ihn berührte. Wenn sie an ihm vorbei ging, strich ihre Hand über seine Schulter und wenn sie neben ihm saß, berührten sich ihre Oberschenkel und ihre Füße. Gerd registrierte ihre offensichtliche Sehnsucht nach Nähe zu ihm mit großer Freude, er kam sich unwiderstehlich vor. Besonders gegenüber Rolf fühlte er sich sehr überlegen. Der bemerkte von den Berührungen der beiden nichts. Denn Cordula machte es sehr geschickt, ohne dass die anderen allzu viel davon mitbekamen. Und außerdem dachte Rolf ohnehin nur mehr an das bevorstehende Schäferstündchen. Als er sich gerade einige Zeit in der Küche aufhielt, um eine Brotzeit herzurichten, die ein Kollege von Toni bestellt hatte, beugte sich Cordula, als hätte sie auf Rolfs Abwesenheit förmlich gewartet, zu Gerd und flüsterte ihm etwas ins Ohr. Sofort stand er auf und ging mit ihr nach draußen auf die Terrasse.

„Was ist denn so geheimnisvoll, dass du es mir drinnen nicht sagen kannst?" Gerd war irritiert, neugierig und amüsiert zugleich. „Du Gerd! Ich weiß nicht, was heute mit mir los ist! Ich könnte schon wahnsinnig werden, wenn ich dich nur ansehe!" „Was? Wahnsinnig? Wie wahnsinnig? Wie meinst du denn das?" Und dann geschah das, was er nicht zu hoffen gewagt hatte. Das, was auch Rolf vor Kurzem in der Küche nicht zu hoffen gewagt hatte und was sich trotzdem erfüllt hatte. Sie packte Gerd auf Brusthöhe an seinem Hemd und zog ihn zu sich. „Ich möchte heute noch mit dir schlafen! Und wenn es das Letzte ist, was ich tue! Ich will dich, Gerd, und ich will dich heute!" Sie atmete schwer. Er war wie vom Donner gerührt. Ungläubig starrte er sie an, brachte kein Wort heraus.

So mussten sich Menschen fühlen, die gerade im Fernsehen die Lottoziehung gesehen hatten und ihre sechs Zahlen waren gezogen worden. So etwas kann man einfach nicht glauben! Man sieht es, man hört es, aber man glaubt es nicht. Hatte sie das jetzt eben wirklich gesagt? Hatte sie gesagt, dass sie mit ihm schlafen möchte? War er besoffen? Nein, war er nicht, er hatte doch erst sein zweites Bier getrunken! „Cordula!" Nur ihr Name war es, den er im ersten Moment über die Lippen brachte. Ein verblüfftes, ungläubiges, grenzenlos glückliches „Cordula"! Er sah sie mit großen Augen, in denen Freudentränen glänzten, an, und drückte sie fest an sich. „Meinst du das ernst, was du gerade gesagt hast?" „So ernst, wie ich noch nie etwas gemeint habe! Komm um viertel nach elf in mein Zimmer. Bitte Gerd, bitte! Ich warte auf dich! Bitte!" Sie spielte die Liebeshungrige perfekt, ihre Stimme bebte. „Ja, aber die anderen? Rolf, die Gäste, die merken es doch, wenn wir beide auf einmal nicht mehr da sind!"
Er ärgerte sich, dass er, jetzt im Augenblick der höchsten Erregung, nichts anderes tun konnte, als seine Bedenken zu äußern. „Keine Sorge!", beruhigte sie ihn, „keine Sorge! Denen habe ich was ins Bier

geträufelt. Nicht gefährlich, aber wirkungsvoll! Es wird nicht mehr lange dauern und die Herren werden so müde, dass sie die Augen nicht mehr aufhalten können! In deinem Bier war natürlich nichts, du musst ja heute noch wach und stark sein!" Sie lächelte ihn vielsagend an, er fühlte sich männlich und begehrenswert wie nie zuvor.

„Und? Kommst du? Viertel nach elf!" Er sah auf die Uhr – halb zehn, noch knapp zwei Stunden. „Ich komme, da kannst du dich darauf verlassen! Und ich freue mich schon wahnsinnig!"
„Ich mich auch!" Sie küsste ihn sanft auf die Lippen. „Ich verschwinde etwas eher und mache mich noch frisch, bitte sei pünktlich! Die Tür wird offen sein! Und jetzt, jetzt gehen wir wieder hinein, um nicht aufzufallen. Noch sind sie nicht besoffen und müde genug! Komm, mein Schatz!" Sie nahm ihn an der Hand und zog ihn sanft in Richtung Eingangstüre. Wie ein folgsamer Hund trottete er ihr nach. Er wurde die Angst nicht los, dass er jede Sekunde aufwachen könnte und das alles war nur ein schöner Traum gewesen. Immer wieder sah er sich um, berührte mit der freien Hand einen Stuhl auf der Terrasse, die Wand des Bergwirtshauses – es fühlte sich alles echt an, kühl und feucht vom frischen Tau der Herbstnacht. Es war kein Traum, es war real, er erlebte das alles wirklich gerade. Seine Gedanken schlugen Purzelbäume. Was sollte er jetzt machen? Er konnte doch nicht einfach nichts tun, angesichts dessen, was auf ihn wartete. Am liebsten wäre er hineingegangen und hätte laut geschrien: „Hey, ihr Idioten! Nur damit ihr es wisst – ich werde heute noch mit dieser Traumfrau ins Bett gehen! Ihr könnt euch ruhig vollsaufen, ich hab was Besseres vor!" Besonders Rolf hätte er diese Sätze gerne entgegengeschleudert. Aber er blieb trotz des Feuerwerks in seinem Kopf und trotz der Achterbahnfahrt seiner Hormone besonnen, er hatte sich überraschend gut im Griff.

Kurz bevor sie das Gastzimmer betraten, lösten sie ihre Hände voneinander und gingen hinein, nebeneinander zwar, aber nicht so, als hätten sie soeben ein Schäferstündchen vereinbart. Ihre Abwesenheit war kaum registriert worden. Nicht von den Stammtischbrüdern und -gästen und nicht von Rolf, der sich immer noch in der Küche aufhielt und seinen eigenen Träumen nachhing. Erst jetzt, als sie zusammen hereinkamen, richteten sich einige überraschte Blicke auf Gerd und Cordula. Und genau so, wie sie eben draußen noch Gerd belogen hatte, hatte sie für die anderen Gäste sofort eine perfekte Lüge parat: „Wir haben nur eine Zigarette geraucht draußen!" Mit dieser Erklärung gaben sich alle zufrieden und man wendete sich wieder den reichlich fließenden Getränken zu. Gerd setzte sich an seinen angestammten Platz und Cordula ging zu Rolf in die Küche.

Der war damit beschäftigt, Geschirr wegzuräumen, konnte sich aber überhaupt nicht auf seine Arbeit konzentrieren. Er war freudig erregt und erschrocken zugleich, als er Cordula hereinkommen sah. Er wusste nicht so recht, wie er sich nun verhalten sollte, angesichts dessen, was vor ihnen lag. Die Situation war eine ganz andere als noch vor einer Stunde. Mit ihrem schier unglaublichen, für ihn märchenhaften Angebot hatte sie ihrer beider Verhältnis auf eine völlig neue Ebene gehoben. Eine Ebene, die er sich, seit er sie das erste Mal gesehen hatte, so sehr gewünscht hatte, die ihn aber in diesem Augenblick sehr unsicher machte. Doch Cordula nahm dem Augenblick die Peinlichkeit, indem sie ihm einen Kuss auf die Wange gab und lächelnd sagte: „Überanstreng dich bloß nicht! Ich möchte später auch noch was von dir haben!" Er war sehr erleichtert. „Was für eine Frau!", dachte er, „was für eine Wahnsinnsfrau!" Aber das dachte er nur, die Worte fehlten ihm nach wie vor. Außer einem hilflosen Grinsen und einem einsilbigen „genau" brachte er keine passende Antwort zustande. „Mach ruhig weiter mit dem Geschirr, ich kümmere mich draußen um die durstigen Männer! Bis später!"

Mit diesen Worten und einem verheißungsvollen Augenzwinkern ging sie zurück an den Stammtisch, wo die Stimmung zwar sehr gut und ausgelassen war, wo man aber manchem schon eine gewisse Müdigkeit anmerkte. Der Alkohol schmeckte nach wie vor, doch die Augenlider wurden zunehmend schwerer. Jeder dachte, es handle sich nur um eine vorübergehende Schläfrigkeit, deshalb orderte man die nächste Runde Bier und Schnaps in der irrigen Annahme, noch lustiger und wieder fit zu werden und Cordula beeilte sich, sie an den Tisch zu bringen. Alle Biere hatte sie wieder präpariert wie schon die vorigen, nicht aber das von Gerd. Er durfte nicht müde werden, er nicht! Sie würde ihn heute noch brauchen, doch nicht für das, was er glaubte und so sehr hoffte! Sie setzte sich neben ihn und legte, für die anderen nicht sichtbar, ihre rechte Hand auf seinen Oberschenkel. Sie streichelte ihn nicht, die Hand blieb ruhig liegen, und trotzdem war es für ihn ein wunderbares Zeichen der Verbundenheit und der stillen Übereinstimmung. Er genoss die Situation sehr und fühlte sich so gut wie lange nicht. Dankbar drückte er ihre Hand und strich zärtlich über jeden einzelnen ihrer Finger.

Als kurze Zeit später Rolf aus der Küche kam, beendete sie den Körperkontakt sehr schnell, stand auf und ging vor zu ihm an die Theke. Gerd war zwar etwas irritiert über diese abrupte Reaktion, hatte aber Verständnis dafür, dass sie jetzt, kurz vor der Erfüllung ihrer und seiner intimsten Wünsche, kein Misstrauen bei Rolf erregen oder gar eine Auseinandersetzung mit ihm provozieren wollte. Man konnte ja nicht wissen, wie ein eifersüchtiger, gekränkter, älterer Mann, der sich offenbar maßlos in seiner Wirkung auf junge Frauen überschätzte, reagieren würde. So sehr er ihre Berührung genossen hatte – Cordula hatte schon recht: Jetzt nur nichts riskieren!

Gerd freute sich, dass sie in seinen Augen alles dafür tat, ihr Rendezvouz nicht zu gefährden. Doch plötzlich mischten sich Bedenken in die Freude: Wie wollte sie Rolf ihre Abwesenheit erklären? Der würde doch hundertprozentig Verdacht schöpfen, wenn sie und er plötzlich nicht mehr da sein würden? Und dann? Er wäre zwar für Rolf weniger interessant, aber in der Kombination mit Cordula? Rolf würde sie suchen und dann würde er bestimmt irgendwann auch in ihrem Zimmer nachsehen. Gut, sie würden natürlich die Türe von innen verschließen, aber trotzdem – Rolf würde bestimmt Verdacht schöpfen. Und wenn er das vermutete, was tatsächlich hinter der verschlossenen Türe passieren würde, dann würde er in seiner Wut und seiner Eifersucht unberechenbar werden.
Es war zwar klar, dass er und Cordula demnächst reinen Tisch machen würden, um dem aufdringlichen Idioten ein für allemal klar zu machen, dass sie für ihn tabu sei und das auch bleiben würde. Dass sie und Gerd zusammen sein und zusammen bleiben würden, dass sie sich einig seien und dass Rolf in ihrem Leben keine Rolle mehr spielen würde. Das alles musste einmal ausgesprochen werden. Aber heute? Nein, heute nicht, heute war dafür der falsche Tag. Heute konnten sie ihre Vorfreude nicht mit derart banalen Problemen belasten. Gerd versuchte verzweifelt, Blickkontakt zu ihr aufzunehmen. Es gelang ihm nicht, denn ihre Unterhaltung mit Rolf war offenbar sehr intensiv.

Doch die Bedenken Gerds waren unbegründet. Längst hatte Cordula ihren Plan durchdacht und die notwendigen Vorbereitungen getroffen. Längst wusste sie, wie sie es anstellen würde, dass alles so kommen würde, wie es kommen sollte und kommen musste. Und wenn alles so kommen würde, dann würde sich das Problem, das Gerd so intensiv beschäftigte, gar nicht ergeben.

Aber wie hätte Gerd wissen sollen, was heute noch passieren würde? Wie hätte er wissen sollen, dass in einer Stunde der rastlose Geist eines Mordopfers mit dem aufgestauten Hass von fünfzig Jahren seine Rache bekommen und seinen Frieden finden sollte? Er konnte es nicht wissen.

In Cordulas Zimmer war alles perfekt vorbereitet, schon seit dem Nachmittag. Das kleine Tischchen, das normalerweise in einer Ecke des Zimmer stand, hatte sie in der Mitte des Raumes platziert. Das große Messer, das sie aus der Küche geholt hatte, lag griffbereit darauf. Es würde heute Abend seinen Zweck erfüllen, dieses schöne, große, blinkende, tödliche Messer! Sie hatte das Messer, bevor sie es auf das Tischchen gelegt hatte, noch mal vorsichtig in der rechten Hand gehalten und war mit der linken fast zärtlich über die glänzende Klinge und die im Licht blitzende Spitze gefahren. Das hässliche Grinsen, das sie schon in der Stube des Großvaters so angsteinflößend, so unwirklich erscheinen ließ, war beim Anblick des Messers wieder auf ihrem Gesicht erschienen. Bald würde es soweit sein, sehr, sehr bald! Fünfzig Jahre hatte sie darauf gewartet, fünfzig Jahre in einer Zwischenwelt zwischen Diesseits und Jenseits. Fünfzig Jahre, in denen sie das Gefühl hatte, zerrissen zu werden, weil sie keinen Frieden finden konnte. Fünfzig Jahre, in denen ihr Hass, ihre Angst immer präsent war, obwohl ihr Körper und ihr Gehirn längst von der Verwesung zerfressen waren. Es würde herrlich sein, endlich dorthin gehen zu dürfen, wo sie schon erwartet wurde – von den Eltern, von Freunden, die längst gestorben waren, die sterben hatten dürfen. Das waren ihre Gedanken beim Präparieren des Zimmers gewesen. Wenngleich sie voll tödlichem Hass war, durchfuhr sie jetzt in der Gaststube ein wohliger Schauer beim Gedanken an das, was kommen würde und Rolf wunderte sich, warum plötzlich ein Lächeln über ihr Gesicht huschte.

Die Zeit verstrich, zäher als sonst, zumindest für Gerd und Rolf, die sich schon den wildesten Phantasien hingaben. Rolf und Cordula unterhielten sich nach wie vor. Unterdessen hatten am Stammtisch die Tropfen, die Cordula in das Bier gemischt hatte, ganze Arbeit geleistet. Sehr schläfrig, teilweise schon apathisch, saß die Geburtstagsrunde beieinander. Die Unterhaltung war fast vollständig zum Erliegen gekommen. Wenn einer noch den Versuch machte, zu sprechen, dann waren es nur einige gelallte, unverständliche Worte, die im Raum versickerten und die niemanden mehr interessierten. Nur Cordula, Rolf und Gerd waren noch Herr ihrer Sinne. Eine ganz seltsame Stimmung lag im Raum. Trotz des andauernden Gedudels aus dem Radio spürte man eine gespannte, eine abwartende Stille – ähnlich der drohenden Stille, die man trotz Straßenlärm oder Vogelgezwitscher unmittelbar vor einem schweren Gewitter spürt, die man fast mit Händen greifen kann.

Gerd saß nach wie vor am Stammtisch und versuchte vergebens, die Zeit durch Konversation mit einem Tischnachbarn zu überbrücken. Es gelang ihm nicht mehr, die Aufmerksamkeit irgendeines der Feiernden zu erregen, denn zu gut hatten die Tropfen gewirkt. So beschränkte er sich darauf, Cordula, die immer noch vorne bei Rolf stand, zu beobachten, sie sich nackt vorzustellen und sich auf das freuen, was nun schon sehr bald folgen würde. Aber immer noch wusste er nicht, wie man Rolf ihrer beider Abwesenheit erklären sollte.

Endlich kam sie zu ihm an den Tisch. Rolf war in der Küche verschwunden. „Du, Cordula", sagte er besorgt zu ihr, „wenn wir zwei jetzt dann weg sind, dann fällt das doch dem Rolf auf. Ich denke, wir sollten ..." Sie unterbrach ihn zärtlich-vorwurfsvoll: „Du sollst nicht denken! Überlass das Denken mir! Du sollst lieb und nett zu mir sein! Du sollst mir jetzt dann das geben, was ich heute unbedingt brauche! Versprich mir, dass du das tust!" „Ja, aber ..." Sie legte ihren rechten Zeigefinger auf seine Lippen. „Versprichst du es mir?" Er gab auf: „Ja gut, ich verspreche es dir!" „Na also, geht doch!" Sie lächelte ihn verliebt an. „Und zu deiner Beruhigung: Was glaubst du, warum ich grade eben so lang mit dem Rolf geredet habe? Ich habe ihm gesagt, dass ich hundemüde bin und jetzt dann gleich in mein Zimmer gehen werde. Für die paar Gäste, die alle schon fast schlafen, braucht er mich sowieso nicht mehr. Und schon ist er beruhigt und schöpft keinen Verdacht, wenn ich verschwinde!" „Genial! Du bist ganz schön raffiniert, mein Schatz!" „Gell! Und du, du sagst ihm, dass du nach Hause gehst und kommst dann zu mir! Rolf kann sich dann noch mit den dösenden Stammtischbrüdern amüsieren! Ich amüsiere mich lieber mit dir!" In ihrer Stimme lag nun fast etwas Verruchtes, etwas, was Gerd sehr gut gefiel. Sie wusste, dass er sich bei Rolf gar nicht mehr verabschieden würde können, weil der zu diesem Zeitpunkt längst bei ihr im Zimmer sein würde. Sie wollte Gerd beruhigen, damit die Durchführung ihres Plans nicht wegen seiner Bedenken in Gefahr geriet. Ihre Vorfreude wuchs. Und es war nicht die Vorfreude auf das, was Gerd und Rolf gleichermaßen erwarteten, sondern die Vorfreude auf das, was jetzt dann wirklich geschehen würde. Die Uhr stand auf viertel vor elf Uhr, das Startzeichen für sie. „So, jetzt muss ich aber! Ich möchte mich vorher schon noch etwas frisch machen! Bis dann, mein Schatz! Um viertel nach elf, komm bitte pünktlich!" „Auf die Sekunde, ich verspreche es dir!" Er lächelte sie zärtlich an. Sie stupste ihn sanft am Oberschenkel, warf ihm einen Kussmund zu und ging dann in die Küche zu Rolf.

Sofort drückte sie sich an ihn, schob ihr rechtes Bein zwischen die seinen und gab ihm dabei einen Klaps auf den Po. „Du, ich geh jetzt rüber und mach mich noch frisch", flüsterte sie, schwer atmend, „vergiss mich nicht, ich warte auf dich! Ich will dich, ich muss dich haben!" „Punkt elf! Ich werde da sein, versprochen!", hauchte er, begeistert von ihrer eindeutigen Geste. Etwas ungelenk küsste er sie auf den Mund. Sie wehrte ihn halbherzig ab. „Noch nicht! Erst um elf!" Seine Erregung war groß. „Du Rolf, und mach dir keine Gedanken wegen der Gäste! Bis auf Gerd pennen alle tief und fest und der Gerd will sowieso gleich gehen. Das hat er mir grad gesagt. Dann sind wir beide ganz unter uns und keiner kann uns stören! Wir haben viel Zeit!" „Also mehr als zwanzig Minuten?", fragte er lachend in Anspielung auf ihre Bemerkung vor einer guten Stunde. „Viel mehr", sagte sie, „viel mehr! Ich hab mich schon von Gerd verabschiedet und ihm gesagt, dass ich jetzt in mein Zimmer gehe. Du, ich freu mich auf dich!" Ihre Stimme klang nicht minder verrucht als eben noch bei Gerd. „Toll!" Rolf war begeistert. „Genial, wie du das eingefädelt hast! Ich freu mich auch!" „So, und jetzt verschwinde ich!" Sie küsste ihn kurz auf die Stirn, löste die Umarmung und verschwand durch den Hinterausgang ins Nebengebäude.

Rolf wollte unterdessen, was Gerd betraf, auf Nummer sicher gehen. Er kam aus der Küche in die Gaststube. Tatsächlich, die Geburtstagsrunde schließ tief und fest, in den verschiedensten Körperhaltungen. Die Köpfe waren bei einigen auf die Brust gesunken, bei anderen lagen sie, gebettet auf die Unterarme, auf dem Tisch. „Na, die hat's ja ganz schön erwischt!", lachte Rolf. „Jaja, das war heute scheinbar zuviel des Guten" meinte Gerd mit schadenfrohem Blick auf die Schläfer. Weder Gerd noch Rolf ahnten, dass der andere von den Tropfen, die ins Bier gemischt worden waren, wusste.

„Du Gerd, macht es dir was aus, wenn ich dich alleine lasse und in Ruhe die Küche aufräume? Cordula hat sich schon hingelegt und ich möchte morgen früh nicht gleich das ganze dreckige Geschirr anschauen müssen, wenn ich runterkomme. Da arbeite ich lieber noch in Ruhe eine Stunde und hab dann zum Frühstück eine saubere Küche!" „Kein Problem Rolf, kein Problem", beruhigte ihn Gerd, „ich verschwinde eh bald! In einer Viertelstunde bin ich weg." Er gähnte demonstrativ und ausgiebig. „Ich bin hundemüde, und eine Unterhaltung dürfte heute sowieso nicht mehr möglich sein. Sieh sie dir an!" Er lachte und deutete auf die schnarchenden Tischnachbarn. „Nein, eine Konversation wird sich da wohl nicht mehr entwickeln", versuchte auch Rolf zu lachen, obwohl er schon sehr angespannt war. Er sah auf die Uhr an der Wand – 22 Uhr 56! Die Zeit drängte, er wollte Cordula keinesfalls warten lassen!

„Also dann, Gerd, komm gut heim! Bis zum nächsten Mal! Ich verzieh mich zu meinen Töpfen, Pfannen und Tassen!" „Servus Rolf!" Auch Gerd war bereits sehr nervös, ließ sich aber nichts anmerken. Rolf verschwand in die Küche und Gerd hoffte, dass die nächsten fünfzehn Minuten schnell vergehen würden. Vorsichtig lugte Rolf noch aus der kleinen Durchreiche von der Küche in das Gastzimmer. Gerd saß am Stammtisch und zündete sich gerade eine Zigarette an, sog genüsslich den Rauch ein und kraulte Rolfs Hunde, die sich an seine Füße schmiegten. „Gut so", dachte sich Rolf, „gut so! Die wird er jetzt noch rauchen und dann verschwindet er bestimmt nach Hause." Er huschte durch den Hinterausgang hinaus in den kleinen Garten und dann, nach wenigen Metern, hinein in den Anbau mit den Fremdenzimmern, von denen Cordula eines bewohnte. In seinem Kopf schwirrten die Gedanken. Wie würde es jetzt dann werden? Romantisch und zärtlich? Oder wild und heftig? Schmutzig? Laut? Leise? Würde sie ihn nackt erwarten? Oder in aufreizenden Dessous? Würden sie sich zuerst unterhalten? Würden sie sich streicheln oder würde es gleich zur Sache gehen? Würde sie ihm gierig die Kleider vom Leib reißen? Diese Vorstellung gefiel ihm sehr gut.

Aber was, wenn sie einfach nur dastand und ihm das Heft des Handelns überließ? Was erwartete sie von ihm? In wenigen Sekunden spielten sich die verschiedensten Szenarien vor seinem geistigen Auge ab. Es ist das Wunder der menschlichen Phantasie, dass sie Bilder, dass sie ganze Filme im Zeitraffer erzeugen und in Sekundenbruchteilen abspulen kann.

Er stand vor ihrer Tür, es war punkt elf Uhr. Sollte er anklopfen? Er beantwortete sich die Frage selbst: Nein, natürlich nicht! Anklopfen! Niemals! Er schüttelte den Kopf darüber, dass er überhaupt eine dermaßen abstruse Idee gehabt hatte. Anklopfen, das würde dem Ganzen jegliche Spontaneität, jegliche Verruchtheit, jegliches Knistern nehmen. Er öffnete die Tür, in ihrem Zimmer brannte kein Licht, doch im Schimmer, der von der Gangbeleuchtung hereindrang, sah er sie: Sie war nicht zugedeckt und lag vollkommen nackt auf dem Rücken in ihrem Bett. „Bitte komm, bitte komm schnell!" sagte sie. Ihre Stimme war einerseits ein zärtliches Hauchen, andererseits ein lüsternes Keuchen. Sie hatte ihm die Entscheidung, was er sagen sollte, abgenommen – nach diesen Worten gab es für ihn nichts mehr zu sagen. Jedes noch so wohlformulierte Wort hätte jetzt nur gestört. Sie wollte ihn und sie wollte ihn sofort, ohne langes Gequatsche, da war er sich sicher. Hastig zog er sich aus, warf seine Kleidungsstücke einfach auf den Boden und schloss dann die Tür. „Bitte mach das Licht an, ich möchte dich sehen!" Ihre Stimme klang sehr erregt, heller, höher als sonst. „Ich möchte dich auch sehen, Cordula! Ich möchte dich auch sehen!" Er drückte auf den Schalter neben der Tür und hastete dann zu ihr ins Bett. Sie atmete sehr schnell. Fordernd, gierig zog sie ihn auf sich und ohne irgend eine zärtliche Berührung, ein Streicheln oder ein Wort vereinten sich ihre Körper. Außer einem leisen Seufzen Cordulas, als er in sie eindrang und dann dem gleichmäßigen Knarren des alten Bettes war nichts zu hören. Sie bestimmte geschickt den Rhythmus seiner Bewegungen und er, er konnte sein Glück kaum fassen.

Er wähnte sich im Paradies, als er die vermeintliche Lust Cordulas am gemeinsamen Liebesspiel zu sehen und zu spüren glaubte. Und sie spielte ihre Rolle perfekt. Ihr Atem wurde immer schneller und stoßartiger, sie schloss die Augen. Er dachte daran, wie er sie vor wenigen Tagen nackt auf dem Gang gesehen hatte. Die Vorstellung, dass sie bis jetzt nichts davon wusste, erregte ihn noch mehr. In typisch männlicher Manier interpretierte er ihre Bewegungen, ihr leises Stöhnen, ihr lustvoll verzerrtes Gesicht als Beweis seiner sexuellen Leistungsfähigkeit und des Vergnügens, das er ihr bereitete. Ihre Lust galt jedoch etwas ganz anderem. Es galt dem, was in den nächsten Minuten geschehen würde, geschehen musste! Und es geschah!

Gerd hatte im Gastzimmer voller Ungeduld gewartet. Wie ein Kind fühlte er sich, das am Heiligen Abend das Christkind herbeisehnt. Seine Hände krraulten Rolfs Hunde zu seinen Füßen, seine Augen verfolgten schon einige Zeit den Sekundenzeiger der Uhr und seine Gedanken waren bei Cordula. In seine grenzenlose Sehnsucht nach dem ersten echten Zusammensein mischte sich auch Angst. Angst davor, sich zu blamieren, ihren Erwartungen nicht zu entsprechen, zu versagen. Natürlich hatte er, wie alle Jungs vom Stammtisch, schon einschlägige Filme gesehen, natürlich wusste er von den rein technischen Abläufen und den Worten, die man dabei üblicherweise so sagt. Aber eben nur aus Filmen, im echten Leben war er noch Jungfrau. Außer einigen harmlosen und vom Alkohol geförderten und benebelten Schmusereien war mit Mädchen bisher nichts gewesen. Das war auch der Grund für viele Hänseleien und dumme Bemerkungen seiner Freunde, die jetzt tief und fest neben ihm schliefen. Aber er beruhigte sich selber, indem er sich einredete, dass sie sicher die Initiative übernehmen würde. Sie war es ja gewesen, die es so sehr wollte. Sie war es ja, die sich vor Sehnsucht nach ihm verzehrte. Und die Sehnsucht nach einem körperlichen Zusammensein mit ihm musste wirklich riesig sein, denn normal war es nicht, dass eine Frau einem Mann ein derart eindeutiges Angebot macht. Da war er sich trotz aller Unerfahrenheit in solchen Dingen sicher. Also würde sie es auch sein, die ihn lenken und leiten würde, die ihm sagen würde, was und wie sie es wollte.

Endlich – es war dreizehn Minuten nach elf! Er stand auf, unbemerkt von den selig schlummernden anderen Gästen und begleitet von den gelangweilten Blicken der beiden Hunde. Zur Sicherheit wollte er sich noch kurz von Rolf verabschieden. Nur sicherheitshalber, damit dieser ihn nicht vermisste und womöglich nach ihm suchen würde.

Er ging in die Küche, doch die war leer. Er ging in die Herrentoilette, doch auch hier war Rolf nicht. Wo konnte er um diese Zeit sein? Doch wohl nicht .... Krankhaft verliebte und eifersüchtige Männer kommen auf die abwegigsten Ideen, wenn es um das Objekt ihrer Begierde im Zusammenhang mit anderen Männern geht. Wenn Rolf nun ins Nebengebäude geschlichen war, um Cordula zu belästigen? Sie hatte es ihm ja erzählt, dass der Wirt jede Gelegenheit nutzte, um ihr nahe zu sein, sie zu berühren, sie mit seinem verliebten Sermon vollzuschwafeln. Wenn er zu ihr hinübergegangen war und sie womöglich nackt angetroffen hatte, voller Sehnsucht auf ihn, auf Gerd, wartend? Wenn er über sie hergefallen war? Er hatte sie gestern im Wald schon so massiv bedrängt!

„Um Himmels Willen!", dachte er, „um Himmels Willen, dieses Schwein wird doch nicht …" Seine Schritte wurden schnell, er hastete zur Küchentür hinaus in den Flur, durch den Hinterausgang in den Garten, den Kopf voller wirrer und gefährlicher Gedanken und Ängste. Er betrat das Nebengebäude und ging die Treppe hinauf in den ersten Stock, wo ihr Zimmer lag. Dann hielt er plötzlich inne. Vielleicht hatte er sich doch geirrt, vielleicht war Rolf nur nach draußen auf die Terrasse und hinüber zum Parkplatz gegangen, um die frische Nachtluft zu schnuppern. Oder er rauchte irgendwo draußen gemütlich eine Zigarette.

Für einige Sekunden war Gerd beruhigt, aber nur für einige Sekunden. Denn was er nun hörte, traf ihn wie ein Stich ins Herz, machte ihn rasend, raubte ihm die Sinne. Durch die verschlossene Tür ihres Zimmers vernahm er deutlich ein Keuchen, ein Stöhnen, ein Seufzen und das rhythmische Quietschen des Bettes. Und es waren zwei Menschen, die keuchten, stöhnten und seufzten. Und man konnte klar unterscheiden, dass es sich um eine männliche und eine weibliche Person handelte. Gerd glaubte, der Boden unter seinen Füßen würde ihm weggezogen. Rolf, dieses Schwein! Diese verdammte geile Drecksau! Dieser hinterhältige, verlogene, perverse alte Bock! Er war sich sicher: Rolf hatte die Situation brutal ausgenutzt! Cordula allein im Zimmer, voller Erwartung, die Gäste besoffen und er vermeintlich schon nach Hause gegangen. Cordula hatte sich für die Verabredung mit ihm vorbereitet, sich auf ihn gefreut, ihn herbeigesehnt. Und sie hatte geglaubt, er käme wie verabredet zu ihr. Und dann, dann war Rolf gekommen und über sie hergefallen wie ein Tier! Genau so musste es gewesen sein!

Gerd konnte die Einbahnstraße, in die sich seine Gedanken verrannt hatten, nicht mehr verlassen. Er war zu allem entschlossen! Er wollte sich rächen für den Verrat an ihm, für das Leid Cordulas, das ihr Rolf vermeintlich gerade antat. Wütend riss er die Türe auf und sah seine schlimmsten, seine allerschlimmsten Befürchtungen bestätigt. Alles, was er sich so wunderschön in seiner Phantasie ausgemalt, wovon er geträumt hatte, seit er Cordula das erste Mal gesehen hatte, auf das er sich noch vor einer Minute so gefreut hatte, alles war zerstört. Zerstört von Rolf! Der hatte gar nicht bemerkt, dass Gerd das Zimmer betreten hatte. Schweißnass, animalisch keuchend, lag er mit geschlossenen Augen auf Cordula. Seine Hände waren auf dem Bett abgestützt und sein Unterleib bewegte sich auf und ab im Takt des quietschenden Bettes.

Cordula hatte den unfreiwilligen Zeugen erwartet und deshalb auch sofort bemerkt, als er hereingekommen war. Nun waren ihre schauspielerischen Qualitäten gefragt! Mit flehendem Blick aus großen, wie auf Befehl verweinten Augen und einem angsterfüllten, von Ekel gezeichneten Gesicht sah sie Gerd an. Alles wirkte auf ihn wie ein stummer, verzweifelter Hilfeschrei. Und es war ein Hilfeschrei, dessen war Gerd sich sicher. Es konnte gar nicht anders sein – Rolf war gerade dabei, Cordula zu vergewaltigen. Sein Stöhnen, das er schon draußen gehört hatte, war das triumphale Stöhnen des Stärkeren, der der Schwächeren keine Chance lässt. Und ihr Stöhnen war kein lustvolles, sondern ein schmerzerfülltes gewesen, das war für Gerd jetzt sonnenklar.

Er stand einige Sekunden lang da und betrachtete stumm das für ihn ekelhafte Schauspiel, das sich vor seinen Augen abspielte. Einen klaren Gedanken fassen, dazu war er nicht mehr in der Lage, die Welt war für ihn zusammengebrochen, sein Leben schien völlig aus dem Gleis geraten und ohne Wert geworden zu sein. Und alles nur wegen einem Menschen, einem Schwein: Wegen Rolf. Was dann geschah, geschah mechanisch, ohne Emotion, ohne Zögern und ohne den Hauch eines Gewissensbisses: Gerd sah das große Messer auf dem Tischchen in der Mitte des Zimmers liegen, sah die im Licht blinkende, lange Klinge. Nie wäre er in seinem Zustand darauf gekommen, dass es kein Zufall war, dieses griffbereite, verlockende Messer mitten im Zimmer. So als wollte es sagen: „Nimm mich, stech sie ab, die Sau!" Und er nahm es, getrieben von der Vorstellung, vom Wahn „Rolf ist schuld, Rolf muss weg!" Rolf, dessen lautes Keuchen immer mehr zu einem wimmernden Stöhnen wurde, hatte ihn noch immer nicht bemerkt und für Gerd war jedes Stöhnen ein Stich ins Herz. Cordulas Augen waren weit geöffnet und sagten zu ihm: „Hilf mir, bitte hilf mir! Tu es!" Und mit all seiner Wut, all seiner verletzten Männlichkeit, aller Verzweiflung über seine zerstörten Träume, stach Gerd zu. Er rammte die Klinge tief in Gerds Rücken, so tief, dass nur noch der schwarze Schaft herausragte. Mit einem lauten Stöhnen, fast einem Schrei, der sowohl dem Gipfel der Lust als auch dem Beginn des Schmerzes entsprungen sein konnte, bäumte Rolf sich auf, die vorher geschlossenen Augen weit aufgerissen. Dann sackte er, ohne ein Wort gesprochen zu haben, zusammen.

Der Stich musste sein Lebenslicht in Sekundenschnelle ausgelöscht haben. Regungslos, mit immer noch weit geöffneten Augen, in denen sich grenzenlose Überraschung widerspiegelte, lag er auf Cordula. Die reagierte erstaunlich kontrolliert und abgebrüht. Wie ein lästiges Kleidungsstück schüttelte sie den Toten ab und erhob sich. Die Leiche fiel aus dem Bett auf den Boden, Blut begann aus Rolfs Mund zu sickern – nicht spektakulär, kein Sprudeln, ein kleines, dünnes Rinnsal nur. Und immer noch starrten die ungläubigen toten Augen ins Leere. Die rechte Hand zuckte, als wolle sie sich erheben, aber es war keine vom Gehirn gesteuerte Bewegung, nur mehr die Muskeln, die sich entspannten. Das Leben war vollends aus Rolfs Körper gewichen. Cordula und Gerd standen vor dem Bett und starrten wortlos nach unten. Cordula war immer noch bemerkenswert emotionslos: Sie weinte nicht, sie schluchzte nicht, sie wirkte weder geschockt noch erleichtert. Sie stand nur da und betrachtete abfällig die Leiche.
Das Zucken der rechten Hand hatte aufgehört.

Einige Sekunden standen sie so da, beide nach wie vor den Blick auf Rolf gerichtet. Cordula war immer noch nackt, doch das nahm Gerd, der sich das noch vor wenigen Minuten so sehr gewünscht hatte, nun gar nicht wahr.
„Du hast ihn umgebracht!" Alles hatte Gerd erwartet, alles: Dass sie ihm schluchzend um den Hals fällt, dass sie sich bei ihm bedankt.

Bedankt dafür, dass er sie von Rolf, diesem Tier, befreit hatte. Dass sie schreit, dass sie hemmungslos weint, weil sich ihre ganze Angst, ihr ganzer Ekel, ihre Abscheu und ihre Panik mit einem Mal Bahn bricht. Das alles hätte ihn nicht überrascht. Aber dass sie ihm jetzt so eiskalt, ohne irgend ein Zittern in der Stimme, fast vorwurfsvoll dieses „du hast ihn umgebracht" entgegenschleuderte, das traf ihn wie ein Keulenschlag.

Er brauchte einige Sekunden, um darauf etwas erwidern zu können. „Umgebracht? Wie umgebracht? Was heißt hier umgebracht? Es war doch Notwehr!" „Notwehr? Er hat dich doch nicht angegriffen, er hat dich nicht einmal bedroht!" Gerd glaubte, nicht recht zu hören, seine Stimme wurde lauter und hysterischer: „ Ja, aber er hat dich doch vergewaltigt! Cordula! Ich hab das doch für dich gemacht, nicht wegen mir! Für dich war es Notwehr, dich habe ich verteidigt!" Fast verzweifelt rechtfertigte er sich. Cordula blieb kühl, für ihn unfassbar kühl: „Gerd, jetzt mal ganz ruhig und ganz vernünftig: Glaubst du wirklich, das kauft dir irgendwer als Notwehr ab? Ein nackter Mann, tot im Bett, erstochen, ein Messer im Rücken! Im Rücken! Ein Messer, dermaßen hineingerammt, dass die Klinge fast durch die Brust wieder herauskommt! Glaubst du wirklich, das kannst du als Notwehr bezeichnen?"
„Was heißt ich? Wir! Wir gemeinsam, wir können es doch! Und es war doch auch so! Wir müssen nur beide sagen, wie es wirklich gewesen ist! Dann kann uns doch nichts passieren!" „Woher willst du denn wissen, wie es wirklich gewesen ist?" „Was?" Er wurde zunehmend panischer, er wusste nicht mehr, was er von ihr, die er so angebetet hatte, halten sollte. „Was soll das heißen? Soll das heißen, er hat dich gar nicht vergewaltigt? Soll das heißen …?" Er führte die Frage nicht zu Ende, er sah sie nur ungläubig an. Was hatte sie denn nur?

Sie blieb so kühl und berechnend. Nicht unfreundlich, aber völlig emotionslos: „Egal jetzt! Aber glaub mir Gerd, da hast du keine Chance! Da kannst du, da kann ich, da können wir sagen, was wir wollen, kein Mensch wird das glauben! Überleg doch mal, das ist doch die klassische Situation – eifersüchtiger junger Mann tötet älteren Nebenbuhler! Das ist schlicht und einfach Mord!" Gerd schrie: „Mord? Das ist kein Mord! Ich habe ihn doch nicht ermordet!" Er glaubte, wahnsinnig zu werden. „Natürlich hast du ihn ermordet! Wer denn sonst? Du hast ihm ein Messer von hinten in den Rücken gestoßen und jetzt ist er tot! Also, wer hat ihn ermordet? Doch du!" „Aber ..., aber es war doch nur wegen dir, wegen dir war es doch! Ich wollte ..., ich habe dich doch befreit von ihm, ich habe dich doch , ich habe dich doch erlöst!"

Er weinte jetzt fast. Was war denn nur los mit ihr? Wieso redete sie so komische Sachen daher? Und wieso war sie zu ihm wie ein Polizist, der einen Hauptverdächtigen verhört? Er war außer sich, konnte keinen klaren Gedanken mehr fassen. Wieso musste er sich jetzt verteidigen? Er hatte doch nichts Unrechtes gemacht, er war doch edel gewesen wie ein Ritter. Er hatte sie doch vom Bösen befreit. Sie hätte ihm doch unendlich dankbar sein müssen, jetzt, wo das Schwein geschlachtet vor ihnen lag.

„Was hast du denn?", fragte er, „Cordula, was hast du denn plötzlich? Wieso bist du denn so komisch zu mir? Ich habe dir doch nichts getan! Er hat dir doch was getan! Er, nicht ich!" Er deutete auf die Leiche. „Mensch Cordula, Schatz, was ist denn?" Wohlüberlegt ruderte sie zurück. Jetzt, vor dem großen Finale, sollte seine Stimmung nicht zu schlecht werden, ein bisschen sollte er sich schon noch freuen, dann würde ihn das, was ihm bevorstand, noch viel härter treffen. Alles war bis jetzt so gelaufen wie von ihr geplant, fast als würde ein Drehbuch text- und handlungsgetreu abgespielt. Es war schon eine große Befriedigung für sie gewesen, was bisher geschehen war, aber erst Gerds Tod würde sie endgültig erlösen. Gerd, das Ein und Alles seines geliebten Opas, ihres Mörders! Er musste sterben, damit sie endlich tot sein durfte! Ihre Stimme klang wieder versöhnlicher, als sie sagte: „Gerd, wir müssen die Leiche beseitigen! Wir können ihn hier nicht liegen lassen! Kein Mensch glaubt uns, was eben passiert ist, kein Mensch! Auch wenn wir beide das sagen, das glaubt uns einfach keiner! Und ich will doch nicht, dass du eingesperrt wirst! Wir hatten doch noch soviel vor!"

Gerd war trotz der unfassbaren Situation, in der er sich befand, mit einem Mal wieder beruhigt, fast glücklich – das war wieder die Cordula, die er kannte, die er liebte. Das war seine Cordula! Seine Cordula, die sich um ihn sorgte, die ihn retten wollte! Er war stolz und gerührt zugleich, doch nach wie vor nicht in der Lage, vernünftig und rational zu denken. Nun erst recht nicht mehr, nachdem sie ihm wieder Hoffnung gemacht hatte. „Gib mir das Messer, darum kümmere ich mich! Und dann ziehen wir ihn raus! Glaubst du, du schaffst ihn alleine?" „Natürlich", sagte er, „der ist doch nicht schwer!" Er zog das blutverschmierte Messer aus Rolfs Rücken und gab es Cordula. Dann fasste er den Leichnam unter den Armen und zog ihn hinaus auf den Gang, Rolfs Füße schleiften auf dem Boden dahin. Er war erstaunlich leicht, noch leichter, als Gerd dies angesichts der schlanken, fast dürren Erscheinung Rolfs erwartet hatte. Er hatte den Körper mit dem Rücken nach oben gedreht, damit das Blut, das aus der Stichwunde sickerte, die Steinfliesen nicht allzu sehr verschmutzte. Trotzdem ließen sich einige Tropfen nicht vermeiden. Cordula folgte dem makabren Abtransport, das Messer in der rechten Hand. Das Messer, das Rolf so wunderbar getötet hatte und das auch Gerd töten würde. Sie lächelte still vor sich hin. Gerd hatte ähnliche Szenen schon in Filmen gesehen und auch jetzt kam ihm das Ganze vor wie eine Filmszene; es wirkte surreal auf ihn. Eigentlich konnte das doch gar nicht wahr sein! Noch vor wenigen Minuten war er unten gesessen im Bergwirtshaus und hatte sich gefreut, weil die Frau, die er so verehrte, mit ihm Sex haben wollte. Neben ihm die schlafenden Stammtischbrüder, in der Küche der Wirt. Und jetzt? Jetzt zog er den toten Wirt, den er erstochen hatte, die Treppe des Anbaus hinab und die Angebetete folgte ihm mit dem Messer in der Hand. Roboterhaft, wie in Trance funktionierte er und war nicht fähig, einen klaren Gedanken zu fassen. Cordula war dazu durchaus fähig: In ihrem Kopf spielte sie die Abfolge der weiteren Geschehnisse durch. Alles würde so kommen, wie sie es geplant hatte, alles!

EINE TOTE KEHRT HEIM

Erst jetzt, als sie unten im Garten angekommen waren, hielt Gerd inne. „Und jetzt?", fragte er sie, „was machen wir jetzt mit ihm?" „Wir müssen ihn beseitigen, endgültig! Keiner darf ihn finden! Und wenn morgen jemand nach ihm fragt, dann sagen wir, er ist im Laufe des Abends plötzlich verschwunden und keiner weiß, wohin!" Sie wusste, dass es weder für sie noch für Gerd ein Morgen geben würde.

„Genau, das machen wir!" Gerd war trotz aller Verwirrung und Verzweiflung erfreut über ihre Besonnenheit. Und die Tatsache, dass sie ihm dermaßen mit Rat und Tat zur Seite stand, war für ihn ein Liebesbeweis. Er lächelte sogar kurz. „Und wo beseitigen wir ihn?" „Ich weiß einen guten Platz", sagte sie, „einen sehr guten! Gar nicht weit weg von hier! Komm mit!"

Sie ging die wenigen Meter hinaus auf den schmalen Weg, der, vorbei am kleinen Forellenweiher, in den Wald hinein führte. Gerd folgte ihr rückwärts gehend, den Leichnam hinter sich herziehend. Das relativ helle Mondlicht erleichterte ihm die Aufgabe und nach kurzer Zeit hatten sie ihr Ziel erreicht. Cordula hatte ihn genau an die Stelle geführt, an der sie selbst seit fünfzig Jahren begraben lag. Zur kleinen Erdmulde etwas unterhalb der nicht sehr hohen, aber markanten Felsformation. Sie hielt das Messer immer noch fest in der Hand. Die unvorstellbare Spannung, die Erregung, die Sehnsucht, die sie erfüllte, war ihr nicht anzumerken. In wenigen Minuten würde sie ihre Rache bekommen – und ihren Frieden – nach fünfzig Jahren! „Hier", sagte sie und deutete auf die Bodenvertiefung, „hier gräbst du ihn ein!"
„Hier?" Er legte den toten Körper ab und betrachtete skeptisch die Stelle im fahlen Mondlicht. „Wie soll das gehen? Ich brauche eine Schaufel! Ich kann doch nicht mit der Hand graben! Wie stellst du dir das vor?" Sie antwortete nicht. „Hörst du, Cordula? Ich brauche eine Schaufel!" Wieder erhielt er keine Antwort. Er drehte sich um, da sie vorher hinter ihm gestanden hatte. Sie war nicht mehr da. Gerade noch hatte er sie doch gesehen, wohin war sie verschwunden?
Er hatte sie auch nicht weggehen hören – in dieser Stille hätte man doch ihre Schritte im trockenen Laub rascheln hören! „Cordula?"

Keine Antwort. „Cordula?" Er bekam es mit der Angst zu tun und rief lauter: „Cordula! Verdammt nochmal, wo bist du denn?" „Ich bin schon hier! Jetzt beruhige dich und grab endlich!" Ihre Stimme klang plötzlich ganz anders: Tiefer, kälter, unheimlich, hallend. Er sah sie noch immer nicht. Da, plötzlich, am Fuße des Felsens, gut zehn Meter bergauf vor ihm, glaubte er einen Schatten zu sehen, eine menschliche Gestalt. Von der Größe her hätte sie es sein können. Und aus dieser Richtung war auch die Stimme gekommen. Aber diese Gestalt schien weiß gekleidet zu sein. Und Cordula hatte doch einen schwarzen Rock angehabt!

„Cordula? Bist du das?" Seine Angst wuchs. „Cordula? Jetzt sag doch was! Was machst du denn plötzlich da oben? Wie bist du da raufgekommen?" Die Gestalt stand regungslos und stumm. „Jetzt grab schon!

Da war sie wieder, ihre Stimme. Es war ihre Stimme, da war er sich sicher. Aber sie klang wieder sehr fremd, sehr unmenschlich. Und sie kam jetzt eindeutig von hinten, nicht mehr aus der Richtung der Felsformation. Er drehte sich um – sie war es. Sie stand wenige Meter hinter ihm. „Du, da oben ist jemand", flüsterte er ängstlich, „da oben, vor dem Felsen, da steht jemand!" Er deutete mit inzwischen schweißnassen Händen hinauf, doch die Gestalt, der Schatten, was immer es auch war, es war nicht mehr da. „Aber da war jemand", sagte er trotzig, „ganz bestimmt! Ich habe es selber gesehen! In einem weißen Kleid oder so, ganz ehrlich! Wir sind nicht allein hier!"
Sie schwieg. Wäre es heller gewesen hätte er erkannt, dass ihr Gesicht jetzt eine abstoßende, fratzenhafte Form und Farbe angenommen hatte, wie gestern in der Stube des Großvaters. „Warum sagst du nichts?" Er sah sie hilfesuchend an.
„Du hast Rolf getötet! Warum hast du Rolf getötet?" Obwohl er schweißnass war, ließ ihn ihre Stimme frösteln. „Was? Wieso ich Rolf …? Du weißt doch, warum! Er war doch ein Schwein! Ein Schwein war er doch!" „Du bist ein Mörder!" Er wusste nicht mehr, wie ihm geschah, um ihn drehte sich alles. „Cordula! Was ist denn? Was hast du denn plötzlich schon wieder? Warum redest du so komisch? Jetzt komm, wir müssen ihn eingraben! Eingraben, eingraben! Er muss weg, weg! Jetzt komm, hilf mir! Komm, weg, weg mit ihm! Graben, hilf mir graben!"

Er begann, mit bloßen Händen das Laub, das sich in der Mulde ange-sammelt hatte, wegzukratzen und grub dann im weichen, schwarzen Waldboden weiter. Und er redete schnell und wirr vor sich hin: „Und morgen …, morgen, Cordula, morgen verschwinden wir, irgendwo hin, wir beide! Ich liebe dich doch! Und du, du liebst mich doch auch! Du hast doch gesagt, dass du mich liebst!" Auf seinen Knien wühlte er weiter in der flachen Mulde. Zwei Minuten, drei, vier, er hatte jeg-liches Zeitgefühl verloren.

Plötzlich hielt er inne. „Da, da ist was! Du, da ist was! Ich spüre was, etwas weiches, warmes. Da liegt etwas …, du, das sind Finger! Ich spü-re Finger …, eine Hand! Da liegt jemand! Unter der Erde! Das gibt's doch nicht! Cordula, hörst du? Da liegt jemand! Cordula?" Er dreh-te sich um, sie war nicht mehr hinter ihm. „Cordula? Um Himmels Willen, Cordula, wo bist du denn? Da liegt jemand begraben! Wer ist das?" Er wollte weitergraben, weiterscharren. Plötzlich bewegte sich der Waldboden vor ihm und ein menschlicher Körper schnellte hoch, richtete sich sitzend vor ihm auf, der Kopf befand sich wenige Zentimeter vor seinen Augen. „Ich bin es, Gerd, ich bin es!" Es war Cordula, es war ihre Stimme, und die toten Augen in ihrem bleichen Gesicht starrten ihn an. Er prallte entsetzt zurück, völlig in Panik, völlig verstört, völlig ratlos dem gegenüber, was er soeben erlebte. Das konnte, das durfte nicht sein! So etwas gab es nicht im echten Leben! Befand er sich in einem Albtraum? War das alles gar nicht echt? Wa-ren die letzten Tage nur ein Traum gewesen? War Cordula nicht echt? War vielleicht Rolf auch nicht echt? Würde er jetzt dann bald aufwa-chen? Aufwachen in einem ganz anderen Leben, einer ganz anderen Zeit, an einem ganz anderen Ort? Hatte er alles bloß geträumt? War vielleicht er selbst nicht echt, nicht real? Das was jetzt gerade geschah, das konnte gar nicht geschehen, das musste ein Traum sein!

Er stand auf und starrte in die Mulde. Was war das? Cordula war plötzlich nicht mehr da! Eben hatte sie doch noch vor ihm gesessen und ihn angestarrt und angesprochen mit Augen und mit einer Stim-me, die ihm das Blut gefrieren ließen. Er rieb sich die Augen – nein, sie war nicht mehr da, nur der aufgewühlte, dunkle Waldboden starr-te ihn an.
„Bitte lieber Gott", sagte er laut, „bitte lass mich aufwachen! Ich halt das nicht mehr aus! Bittebitte lieber Gott!" Er flehte und weinte wie

ein Kind, das sich in der Nacht vor Geistern fürchtet. „Du bist wach!“, hörte er hinter sich Cordula.

Er fuhr geschockt herum. Tatsächlich, da stand sie wieder. Und sie trug ein weißes Kleid, wie damals, in der Nacht, in der sie getötet wurde. Er lachte, er lachte irr, laut, hölzern, er lachte und weinte zugleich. Er hatte endgültig den Verstand verloren. „Das gibt's doch alles gar nicht!“, kicherte er und schüttelte den Kopf. „Das ist doch alles ein einziger Wahnsinn!“

„Weißt du, was Wahnsinn ist, Gerd? Weißt du das? Wahnsinn ist, wenn ein Dreckschwein wie dein Großvater ein unschuldiges Mädchen wie mich schändet und tötet und hier im Wald verscharrt! Und wenn ihm ein Wirt dabei hilft, die Leiche zu beseitigen und ihn nicht verrät. Wenn die Eltern des Mädchens jahrelang hoffen, dass sie eines Tages wieder heimkommt. Wenn sie eines Tages sterben und bis zu ihrem Tod nicht gewusst haben, was aus ihr geworden ist! Und wenn dieser Großvater als geachteter Mensch ein feines und unbeschwertes Leben führen darf und währenddessen die Leiche des jungen Mädchens fünfzig Jahre lang hier im Wald vermodert! Den Wirt hat der Teufel schon lange geholt, aber dein Großvater, der lebt heute noch!“

Gerd hatte sich das alles mit wirrem Gesichtsausdruck ungläubig angehört. „Was? Mein Großvater? Ein Mörder? Wieso mein Großvater? Und wen hat er umgebracht? Dich? Vor fünfzig Jahren? Du bist seit fünfzig Jahren tot? Jetzt ist es mir klar: Das muss ein Traum sein! Das kann alles gar nicht wahr sein! Dich gibt es gar nicht, du bist ein Trugbild, ich träume dich nur! Jetzt werde ich dann gleich wach und liege in meinem Bett! Ganz sicher!“ Mehr als ein wahnsinniges, hysterisches Lachen und ein verzweifeltes Kopfschütteln brachte er nicht mehr fertig. Sie starrte ihn an, mit toten Augen, mit hassverzerrtem Gesicht. „Kein Traum, Gerd, kein Traum! Das vergilbte Bild, das im Gastzimmer hängt, auf dem dein Großvater so breit grinst, das Bild habe ich gemacht, vor fünfzig Jahren! Und zwei Stunden später war ich tot, geschändet und erschlagen von deinem geliebten Opa! Und vergraben von ihm und vom Wirt in dieser Mulde! Hier modern meine Knochen seitdem vor sich hin und hier ist mein Geist seitdem gefangen! Und hier wirst auch du sterben, genau hier! Und dann werde ich meinen Frieden finden!“ Gerd lachte weiter sein wahnsinniges Lachen und schüttelte immer wieder den Kopf. „Gleich wache ich auf, gleich wache ich auf!", stammelte er immer wieder. „Im Gegenteil, gleich schläfst du für immer ein!" Cordula hob die rechte Hand, in der sie nach wie vor das Messer hielt, und ging auf ihn zu. „Dein Großvater hat mir mein Leben genommen, jetzt nehme ich ihm das, was er am meisten liebt, dich! Verrecken sollst du!"

Er wich vor dem erhobenen Messer zurück, taumelte, stolperte und fiel. Auf dem Rücken lag er vor ihr und blickte sie mit ungewöhnlich großen Augen ängstlich und zugleich verwundert an. Er wollte etwas sagen, aber kein Laut kam aus seinem Mund. Cordula wollte gerade mit dem Messer auf ihn einstechen, hielt dann aber inne. Wieso blieb er liegen? Wieso versuchte er nicht, zu fliehen. Und wieso bewegte er seine Lippen, als wolle er etwas sagen, sagte aber nichts? Sie bückte sich zu ihm hinunter und bemerkte, dass er am Hals blutete. Und das etwas aus seinem Hals herausragte. Es war die Spitze eines Astes, der sich durch den Sturz von hinten in seinen Hals gebohrt und der vorne wieder ausgetreten war. Offenbar hatte das harte Holz seinen Kehlkopf durchstoßen und ihm das Reden unmöglich gemacht. Das Blut am Hals wurde mehr, er zuckte am ganzen Körper und versuchte offenbar verzweifelt, etwas zu sagen. Ungläubig und hilflos starrten seine Augen sie an, auf seiner Stirn bildete sich Schweiß, eisig kalter Schweiß.

Sie hatte sich noch weiter zu ihm hinuntergebeugt und weidete sich an seinem Todeskampf. Plötzlich sah Gerd etwas an Cordula, was er bisher noch nie gesehen hatte: Das Kettchen, das silberne Kettchen mit dem „C" als Anhänger! Sie trug es, es glänzte im fahlen Nachtlicht wie neu. Wie konnte das sein? Er hatte das Kettchen doch verrostet im Laub gefunden und eingesteckt – wie kam es nun an ihren Hals?

Er konnte sie nicht mehr fragen. Immer mehr Blut quoll aus seinem Hals, sein Atem wurde schneller, panischer, und sein Gesicht bleicher. Er streckte die rechte Hand nach ihr aus, er wollte das Kettchen berühren, doch seine Kraft reichte nicht mehr. Langsam sank die Hand zurück auf den laubbedeckten Waldboden.

Cordula freute sich über die schreckliche Situation, sie lächelte nun fast. Eine glückliche Fügung des Schicksals hatte dafür gesorgt, dass sie ihre Rache bekommen hatte, ohne zur Mörderin werden zu müssen. Eine höhere Macht hatte den letzten Teil ihrer Rache übernommen. Die Macht Gottes? Des Teufels? Der Natur? Egal, sie fühlte sich gut, sie fühlte sich befreit, als sie die beiden Männer vor ihr liegen sah. Rolf war längst tot und Gerds Lebenslicht hatte auch aufgehört zu brennen, nur ein leichtes Flackern ließ seine blutverschmierten Lippen noch ein wenig auf- und zugehen. Doch kein Laut kam aus seiner Kehle und die Zuckungen, die vorher noch den ganzen Körper erbeben ließen, waren sehr schwach geworden. Da lagen sie nun, der Wirt und sein Stammgast! Vor fünfzig Jahren war es anders gewesen, ganz anders. Da war sie hier gelegen und der Wirt und sein Stammgast hatten ihren Körper verscharrt. Genau hier, hier in der kleinen Mulde im Wald.

Der Wirt und sein Stammgast! Zu Todfeinden waren sie geworden, im wahrsten Sinne des Wortes, aus Liebe zu einer Frau, die es seit fünfzig Jahren nicht mehr gab. Aus Liebe zu einer Frau, deren vermodernde Leiche keine hundert Meter neben dem Gastzimmer gelegen hatte und immer noch lag, in dem sie oft zusammen gegessen, getrunken und gefeiert hatten. Das Gastzimmer, in dem sie vor vier Tagen Cordula kennen gelernt hatten, in einer schwülen Gewitternacht. Vier Tage nur hatte es gedauert, die beiden zu begeistern, zu verzaubern, zu verhexen und schließlich zu töten. Welch kurze Zeit – im Vergleich zu den fünfzig Jahren vorher! Cordula war glücklich, sie wusste, dass ihr Werk vollendet war, dass Ruhe und Frieden auf sie warteten. Sie stand langsam auf, die Augen von Gerd folgten ihr nicht mehr, er war tot. Sie warf einen letzten Blick auf die beiden Leichen, atmete befreit und tief durch und ging dann langsam bergauf. Ein leichter, ungewöhnlich heller Nebel war aufgekommen und je näher sie der Felsengruppe kam, umso undeutlicher und verschwommener wurden ihre Konturen. Man konnte nur mehr erahnen, dass hier ein Mensch ging.

Plötzlich hörte man Stimmen aus dem Nebel, erst ganz leise, nur ein Murmeln, dann deutlicher und lauter: „Sie kommt! Endlich kommt sie heim, unsere Kleine!" Es war eine freudige, eine ältere weibliche Stimme, die das sagte.

„Hallo Mama! Grüß dich Papa! Schön, wieder daheim zu sein!" Man sah sie nicht mehr, aber man hörte deutlich, dass es Cordula war, die das sagte. Sie hatte ihren Frieden gefunden. Der Nebel hatte sich wieder aufgelöst, genau so schnell, wie er aufgezogen war. Es war ruhig jetzt im Wald, hinter dem Bergwirtshaus.

Es war eine stille, friedliche Bergnacht. Unter dem Waldboden lag eine tote Frau. Und auf dem Boden lagen zwei tote Männer, der Mörder und sein Opfer. Zwei Männer, die noch vor vier Tagen gute Freunde gewesen waren.